国家出版基金项目
NATIONAL PUBLICATION FOUNDATION

这里是新疆丛书

在菜籽沟醒来

段蓉萍 ◎ 著

新疆文化出版社

图书在版编目（CIP）数据

在菜籽沟醒来 / 段蓉萍著 . — 乌鲁木齐 : 新疆文
化出版社, 2024.6
（这里是新疆丛书）
ISBN 978-7-5694-4326-4

Ⅰ.①在… Ⅱ.①段… Ⅲ.①散文集－中国－当代
Ⅳ.①I267

中国国家版本馆 CIP 数据核字（2024）第 014778 号

在菜籽沟醒来
ZAI CAIZIGOU XIANGLAI

著　者 / 段蓉萍
封面绘画 / 吕剑利

出 品 人	沈　岩	责任印制	刘伟煜
策　划	王族　王荣	装帧设计	李瑞芳
责任编辑	张炜炜	版式制作	田军辉

出版发行　新疆文化出版社有限责任公司
地　址　乌鲁木齐市沙依巴克区克拉玛依西街 1100 号（邮编：830091）
印　刷　永清县晔盛亚胶印有限公司
开　本　787 mm×1 092 mm　1/16
印　张　19
字　数　244 千字
版　次　2024 年 6 月第 1 版
印　次　2025 年 1 月第 2 次印刷
书　号　ISBN 978-7-5694-4326-4
定　价　58.00 元

序

我有两个院子,一个南院,一个北院。我喜欢它们。

在我眼里,南院北院的每一处地方都有它们的好,我以为自己跟它们都很近,很了解它们。穿过时光的河,站在又一个盛夏的午后,我才发现,对它们我还有许多疑问。

北院有我熟悉如同老友的石洞子、古牧地、东道海子、玉西布早以及沙河。说实话,我早先曾经嫌弃过它们,比如少年时,我去古牧地的路总是坑坑洼洼,摔倒磕破膝盖,暗自咒骂几句,心里生出几分厌恶。十年后,当修建一条水泥路时,我拿出微薄工资的一部分捐出去。路修好了,真是漂亮。我骑着自行车,一路狂奔,直到满头大汗才减速,静享清风的爱抚。这条路陪伴了我二十多年,它指引我走向更远的地方。至今仍然时时想起它,觉得它像我十五六岁的模样。

许多时候,怀念院子是因为院子里的人。我去白哈巴是因为一名老兵，他曾在那里的边防站服役五年。当他想回曾经洒过青春汗水的地方看一看时，却因骑马摔伤的腰无法行走，不能亲自前往。每每想起过去，他兴奋激动得跟孩子似的，一次次重复述说骑马巡逻在边防线上，识别奇异的花草和蘑菇等经历。我从老营房旧址捡回一节腐木，他抱在怀里，因病变弯曲的食指一遍遍轻轻地抚摸着干枯的木头，泪水无声流淌。这人不是别人，是我的父亲，但他因病离开了我。我想他又回到了白哈巴，回到了他曾经手握钢枪守护过的边防哨所。

我轻轻推开伊犁喀赞其那一扇扇彩色大门，探访里面的花、空着的藤椅、沸腾着茶水的壶以及传出的琴声时，我像一个出嫁的闺女，回到娘家似的——不告诉你，我回来了，而是蹑手蹑脚地进去，想给院里和屋里的人一个久违的惊喜。

博乐，一听名字就令人心生暖意。去过多次，最终是达勒特古城让我留宿在那里。我在考古友人的陪同下进入考古现场，热风烈日撕疼了皮肤，但没有吓跑我，待了一个多小时。我蹲在坑沿边，看考古人员用细软的刷子，轻轻刷墙壁上的土，土层差异中掩藏着年代以及人类生存状态的信息。我站在高大的城墙上，瞭望远方，一队人马正向我而来，我跟随他们一同向西再向西去。那一夜，我梦到了土、碗和钱币。

相对北院来说，南院更让我着迷。这种着迷，是从最初口口相传中来的，比如说一种土法酿制的葡萄饮料，能把人喝醉。我不信，饮料就是饮料，酒就是酒。同学设宴，给我斟满一杯慕萨莱思，闻一下，并无刺鼻的酒精味。一杯下去，又一杯下去，不以为然，再后来，我成为慕萨莱思的俘房，由此喜欢上了芬芳阿瓦提。

去和田，我不是淘玉，虽然我酷爱玉石。飞抵和田，没有直奔玉石巴扎或者玉石城，而是一路风尘去看朋友。那个年轻的小卜，告别父母，从乌鲁木齐市米东区到于田来工作，说这里更需要他。比他来得更早的是江伟东的父辈们，他们一家来自广东，还有从甘肃、陕西、四川、山东等地陆续来的戍边人。在我眼里，他们都是打理院子的人，是我想念的人。

于田地处沙漠边缘，地势平坦，用不着适应高原气候，而身处帕米尔高原塔什库尔干塔吉克自治县的黄成耀一开始走进单位时，气喘得厉害，满眼美景却无法让心绪平静下来。只有适应当地的气候、融入生活，才能工作下去。他弹起吉他，在音乐的旋律中消磨孤独以及无数个寒夜。他没有退缩，一直坚守在那里。他不是战士，在我的心里，他是响当当的战士。

喝了阿瓦提的慕萨莱思，在岳普湖吃了盐碱地里种出的水稻蒸熟的抓饭，无须配菜，都香，何况还有烤南瓜、烤肉。我不觉得是在陌生人家做客，而是在自家院子里与相熟的人共进晚餐，气氛融洽，心情大好。

当然，有时间在菜籽沟住一晚，第二天醒来时会发现，当一个农民是幸福的事。

这里是新疆，是我的院子，天山将它分为南院和北院，而它们在我的心里是一个，完整的一个，我喜欢它们。

是为序。

目 录

第一章

晨风茂盛

在菜籽沟醒来

一

　　我从天山北麓东段木垒菜籽沟醒来的时候，天边没有朝霞，只有一堆堆的云。这样的天气我为喜欢摄影的友人捏着一把汗。我看出来了，那云朵朵们赶集似的，密密匝匝，一点也没有想散去的意思。摄影讲究光线，阳光会在理想的时段出现吗？我真的说不好。

　　世界上说不好的事情多了。比如这次来菜籽沟，我想睡土炕的心愿能否实现，就说不好。我知道沟里农户家里是有炕的。想起炕，不仅是想到热，而且是一串串深藏记忆深处的故事。这故事不光是我有，许多人都有，版本不同而已。

想看看起伏的山丘。刚走入麦地不过十几米，被露水打湿的脚踝提醒我不能再往前了。麦子已发黄，麦秆很脆，若踩倒就再直不起腰了。忽然我的脑际想起，曾跟爷爷下麦地时，爷爷看到好端端的麦子被人踩了，拉下脸气恼着说："这些挨刀的，粮食咋就狠心踩呢！"

一种愧疚感，让我一步步退出麦地。对同行的友人说，算了，去村里走走。

一切都是有定数的。你遇到谁，谁遇到你。

安静是村庄所具有的一种特点。即便是听到的鸡鸣狗吠，都不是刺耳的，那声音是柔和的。这是安静的另一种呈现。

路边半截干打垒的土墙后，一棵硕大的杏树吸引了我。这杏子在当地的发音叫"henzi"。早先在乡下时，我家果园里也有几棵杏树。要放在从前，我一定会在树下，用脚在树干上用力踩几脚。挂在枝头的杏子，下雨似的落在地上。捡起几个在衣襟上蹭蹭，塞进嘴里，酸涩是土杏子的味道。如今，久违的相见，眼睛发光，欢喜不已。

我探过头，发现更大的惊喜：一簇簇灰条草旁坐着两位年迈的老夫妻。再看第二眼时，觉得他们极像我的爷爷奶奶。心似乎早就听到他们的召唤，脚迈过那扇低矮的柴门，朝他们走去。

我知道不是去见陌生人，是去拜访谙熟于心的亲人。

二

凉夜梦深。

从酷热的米东到凉爽的菜籽沟，与几位文友餐后在漆黑的山路上散步，不知不觉就是两个多小时。我们聊起发生在乡村奇异的事情，比如鬼,比如磷火,比如突然到来的死亡等。我没有像当年那样,吓出一身冷汗,也没有大呼小叫。听者与讲述者一样如黑夜那么平静。回到宿舍,洗漱完毕,不多时便进入梦乡。

梦是被夏风牵引走的。沿着这条纵横绵延的天山,从木垒菜籽沟出发,翻越无数条沟壑,到了那个叫柏杨河的村子。爷爷在那里种过旱田,放过羊。这些散落于天山褶皱中的村子,都是兄弟姊妹。他们经历相似,年龄相仿。

一辆马车,拉着15岁的奶奶、17岁的舅爷,从巴里坤到木垒,过咬牙沟,奔向老奇台的过程,曾去这里某条沟的老乡家歇脚。

人涉足过的地方,会留下气息。这种气息很神秘,且持久。它不会随风吹走,更不会随时光流转而消失。它是可以被识别和唤醒的。一切只需要一个恰如其分的时间。

一切真如梦境一般。不是说这里绮丽多彩的景致,是指留在人情感深处,你永远都无法抹去的回忆。如我遇到两位老人时,一切都被唤醒。

那个早晨,我遇到了81岁的刘存德与80岁的苏艳芳两位老人。

"祖上在这里有五六辈子人了。"刘存德告诉我。如此推算,与爷爷家来新疆的时间大体相当。刘存德兄弟7个,爷爷是独子。同样生活在苦难流离的年月,个人的命运不尽相同。

排行老二的刘存德,因家中贫寒,从小过继给舅舅张生其,但并没有因此离开父母。张家、刘家在一个大院里,张家在里院,刘家在外院,大小三十几口人,一口锅里吃饭,一个屋檐下生活。

"人一辈子就跟刮了一场风一样。"在回首往事时,刘存德发出如此感叹。当能手拿鞭子时,他成了一名羊倌。几十只到几百只羊是他的伙伴,也是他的主宰。他这个羊倌,当得自在,当得活泼,当得惊心。

山野在一个八九岁男孩子的眼里,一切都是祥和的。在大大小小羊儿们的眼里也是和顺的。低头吃草，抬头看天。天与地，羊与草，自然和谐。

危机往往就在不经意间发生的。从起伏山峦间行走一个上午后，困顿疲乏中，刘存德把自己的身子交给了几棵蓬勃的"覆盆子"——树莓。睡在树莓下的他，早已进入梦乡，忘记了羊儿们的安危。

一只灰狼悄无声息地靠近羊群，把其中一只羊的肠子扯出来，半个身子被鲜血染成红色的羊，不肯就这么死去，拼命挣扎。其他的羊受了惊吓，四散逃回家，此时家里人才知道羊群被狼袭击。不见羊倌的踪迹，着实让家人焦急。几十口人在山上沟里寻了个遍，活不见人，死不见尸。当全家人无望时，刘存德踏着暮色回到家中，被问及发生的事时，他摸着自己光亮的脑门，眨着眼睛，一语不发。他不清楚到底发生了什么事情。梦里清晰的事情，醒来或许什么都记不得了。

人在，一切在。

三

出生在菜籽沟，比刘存德小一岁的苏艳芳有记忆时，每次从梦里醒来，想自己的父亲，更想吃一顿饱饭。

让孩子吃饱是父亲的责任。家中顶梁柱父亲的去世，母亲改嫁后，该向谁讨那顿饱饭？对一个七八岁的女娃来说，她是混沌的。这样的经历奶奶也曾给我讲述过。从小我也明白了吃饭是百姓、家里、天下最要紧的事情。手里有粮，心里不慌。这不仅是一句口号、标语，更是真理。

向亲戚求助是最直接的方式。

苏家两代人嫁入了有磨坊和碾坊的刘存德的舅舅家。当家里几天都揭不开锅时，苏家人骑着毛驴到张家门口时，张家老人的脸上是和善的笑容。在抱下苏艳芳后，会打发伙计，从仓库里扛出一麻袋麦子，赶紧磨好，再装入袋子里。吃饱睡醒后的苏艳芳，望着毛驴背上的面袋子，眼里是盈盈的泪花。张家老人抹干净她眼角的泪珠，将她抱上毛驴，把缰绳放在她稚嫩的手里，嘱咐一句："我的娃，路上慢点，小心别摔着了。"

广阔的旱田，足够养活勤劳的人，前提是有健壮的劳力。四个尚未成年的孩子，让苏艳芳家的日子更为窘迫。

在一个夏日的清晨，苏艳芳醒来后，成家的哥嫂告诉她，她被许配给了张家过继来的儿子刘存德。年少的她，并不清楚未来的日子里，这个放羊的男娃与她会有怎样的生活。

如出一辙的命运也落在我奶奶的身上。只不过奶奶出嫁时，刚过15岁。苏艳芳出嫁时17岁。

苏艳芳身着婆家送来的大红色丝布棉衣，被一辆顶着毡子的马车接走的。如此，她成为第三个嫁入张家的女人。根连根，亲套亲，在乡村如此自然延续着。

多年后的某日，刘存德想让苏艳芳的侄女嫁给他的侄子，苏艳芳气急败坏地说："我把你家的锅给砸了！什么年代了，还打亲戚的主意，村里再没有姑娘了吗？"

结婚那天，马车前面坐着穿着新衣的刘存德。他18岁，知道这是他人生幸福日子的开始。他，眼窝窝，眉梢梢，嘴角都能洋溢着喜气。

我没有经历那场简朴的婚礼，也没有品尝"四大碗"的乡宴。但人的喜怒哀乐的情感体验是相同的。我想，人生最为甜蜜与重要的时刻，刘存德不仅揭开了新媳妇的盖头，也揭开了自己日子的盖头。

四

“苦了一堆肉疙瘩,我这一辈子。”摘下蓝头巾的苏艳芳拍打着衣襟对我说。

苏艳芳一口气生了六个儿子。与丈夫一起供孩子们一个个上学,又一个个娶媳妇成家,不辞辛苦帮儿子们带一个个的孙子孙女。

什么事情最累?毫无疑问是养儿育女最累。这不是一个简单生活的问题,而是在接下来的几十年时间里,所有的财富、精力、情感,糅合着血水、奶水、泪水、汗水,浇筑在自己养育的果实里,甘苦自知。

除了种旱田,老夫妻俩在房前屋后种了杏子树、苹果树、葡萄树,又种农家常吃的各种蔬菜,喂猪养羊,让整个家如那一棵棵树,渐渐结实起来。

得知村里开始唱夜戏时,刘存德带着孩子们都去看。虽然没读过一天的书,可他从《杨家将》《樊梨花征西》《隋唐演义》听书看戏里知道许多事理。他说,戏文里有书本中没有的事,娃们应该知道。

这一幕,我太熟悉不过。我曾被爷爷架在脖子上,挤在人群中看那吼破天的秦腔。我一句也听不懂,但并不想离开。爷爷看得极为入神,我从他的脸上大致看懂戏的来龙去脉。

糖是甜蜜的诱惑。望着六双眼睛,苏艳芳从篮子里摸出几个鸡蛋,揣在怀里,到村里的门市部换来水果糖,舍不得一人给一个,把糖咬碎,每个孩子分一小块。因大小不一,孩子有噘嘴的,有流泪的。千般不忍,万般无奈,让这个母亲不敢懈怠一分,放下镰刀拎起锄头,整日劳作,从未歇息。

“你别帮我捋草了,摘几个杏子吃吧。”刘存德老人招呼我。“以前还把杏子果子摘下来卖几个钱,如今孩子们都成家了,我们也干不动。杏子熟了,地上就是一片黄摊。苹果熟了,地上一片白摊。没人吃,也卖不了几个钱。"

我深有体会,也想不明白,那些年为什么农产品价格都那么贱?麦子几毛钱一公斤,各种水果也大致这个价。付出半年,乃至几年的辛劳,换来的钱往往不够一家人过一个富足的冬日。来年春日,又是脚不沾地的忙。因为穷,我逃离了农村,也曾讨厌农村。可如同自己的父母一样,出生的地方是无法选择的。你必须认命,自己是土地,是乡村的一部分,逃到哪里都有一股子乡土气;吃什么山珍海味,都不如麦子香,果子甜。一切如基因一样,决定着你的相貌,固化你的味觉,控制你的梦魇。

面对黄灿灿的杏子,我只是看看,因胃不好,生冷硬的食物极少食用,即便看着好吃,也没了食欲。儿时各种果子不洗直接吃,从不会闹肚子。老人们说农村的一切都很干净,包括尘土。这话,今天我是相信的。

生活是最好的老师,也是最出色的艺术大师。有心的人,即便目不识丁,也会成为一名优秀的匠人。

我笑着问苏艳芳老人:"大妈,大伯不会就当了一辈子的羊倌吧?"

"你别说,他还是个好木匠呢!"苏艳芳说。

我惊讶地把目光投向对面的刘存德老人,问道:"您怎么就会了,没人教您?"

脸已经笑成花的刘存德说:"三个长两个短该知道的。自己琢磨,先给自己家和邻居、亲戚们做。"技艺日渐成熟,名声跟百灵鸟的歌声一样,传出了村子,他便走出去,以一名木匠的身份,行走在一户又一户农家的院子里,直到70岁才不干了。其实刘存德想继续干,干着不仅能挣钱,人的精神也好。只因他给老五儿子盖房,落下半身不遂,腿站不住,才歇息了。说这话时,他有点不舍与无奈。

在不盖房的时候,刘存德就赶着马车、驴车、牛车到北山煤矿,乃至更远的大黄山去拉煤。一趟少则五六天,多则十几天。每次回来,看到炉膛里欢快的火苗,以及散发着热气的热炕,他有种满足。老婆孩子热炕头,最为平常踏实的幸福,是他创造的。他是这个幸福王国里的无冕之王。

五

热炕是故事的摇篮。

儿时在热炕上听奶奶、听母亲、听二姨等给我讲形形色色的传奇故事,听到惊悚处,将头蒙在被子里,可还要问一句:咋样了?

在新农村建设中,越来越多的热炕与屈指可数的土墙红瓦消失在轰轰烈烈的建设中。有人欢喜,也有人悲伤。我告别热炕30年了,似乎是与一位至亲离别了。岁月没有让我忘却记忆,反而加深了我对它的怀念。是的,我常在夜里,在夜里的梦中与它相遇。

深藏于此的菜籽沟是庆幸之处,那个看似光鲜亮丽的"触角"尚没有延伸到这里,干打垒土墙、土块墙、砖基土坯墙、砖包土坯墙、拔廊房历经风雨,屹然而立。热炕在苏艳芳这样的老人家里安然静卧,醒目的红柜坦然立在屋内。

一切稳妥安详。

"出嫁那天,我把炕收拾整齐。自己洗漱干净,穿戴停当。我哥嫂做一锅热乎乎的揪片子,送我嫁了。"苏艳芳说。

"那时候,娃们多,睡了一炕。干活累了,顾不上看谁在谁不在,我只摸一下有几个头,数字对了,我便安心地睡去。"她又说。

"别人让我把炕拆了,换成新式样的床,我没听他们的话。冬天娃们都回来了,热炕睡着多舒坦。你想想三十多号人,床能睡几个人,一个热炕,一家人都睡下了。"她接着说。

别看苏艳芳上了年纪,心里亮堂着,真是难得的明白人。

我坐在炕沿上,端着一碗头天她给我做好而没有来得及吃的扁豆子汤,一只胳膊撑在红柜面上,边吃边想,这哪里是一间热炕,简直是一盘颜料,带有温度的颜料。

在一个个深梦中,刘存德与苏艳芳老人,勾勒出他和家人乃至家族的图画。无论是潜意识,还是有意识的,他们都是对生活、对未来是有梦、有憧憬、有向往的人。

同样,在一次次酣梦醒来之后,用双手双脚做画笔,在这无边无际的旱地里,他们种下五谷,在河边种下甜蜜,在屋舍前后种下希望。

摄影师、画家们把菜籽沟视为天堂。他们用相机、画笔创作出了一幅幅摄人心魄的作品,这里便有了艺术家村落的美誉。一间间艺术工作室,如一棵棵杨树、榆树,自由地在这里生长。他们的创造是二度创作,以大地为蓝本。

刘存德和苏艳芳以及跟他们一样的农户们依然过着亘古不变的日子,艺术家们依存在他们的生活环境里。刘存德与苏艳芳们才是这里的主人,真正的艺术大师是他们,他们是原创者。春日的田野山路上,从先前的"二牛抬杠"到今天机械化的播种收获,令世人震撼的旱田美景出自他们之手。出自他们之手的包括这里的一切。

尊重原创,就是尊重这些繁衍生息于此农人的劳动。

六

30年前的某个清晨,我从梦中醒来时,我生活的那个村庄消失了,被一座大型市场取代。

在离开菜籽沟的前夜,我梦到苏艳芳带我去了娘娘庙,又去赶药王节,路过铁匠铺时,拿了之前就定制好的两把镰刀和一把菜刀。路上遇到了说书人郭先生,说晚上要讲"穆桂英挂帅"记得来听。而擅长扭秧歌的刘婶子则说,闹社火秧歌队差两三个人,如果没有要紧的事情,来凑个场子,无非让大伙图个热闹。

醒来后,才知道,今天要早起早出发去县城。我急慌慌地奔出宿舍,直奔那颗挂满杏子的敞院——一定要去给刘存德夫妇道别。

苏艳芳大妈拉着我的手说:"我没有闺女,你就是我闺女,八月里果子就熟了,把娃领上来。"

刘存德说:"明年五六月里来,沟里的油菜花开了,你就看到真正菜籽沟的漂亮了。照到照片上,好看得很!"

在这四天的日子里,我睡去醒来,有三个清晨都与他们在一起。不,还有我的爷爷奶奶,还有我的村子、眼前的菜籽沟,以及那些在慢生活中留下无尽趣味的人和事。

深梦与醒来都如此有趣,何况是在菜籽沟。

天 山 脚 下

天山，是几百万年前就有的山，它的样子一开始就这样，今天还是这样。孩子每年都会长一点，据说山也会长，如今的高度是多少，不得而知。谁能说得那么准呢？

静，是天山给我最深的印象。在乡村的麦场上，或者自家院子里，或者从八楼办公室偌大的玻璃窗望去，山总是那么安静，似乎自己发出喧闹的声响就是对它的冒犯和不敬。

这个天山普通得很，是地球上众多山系之一。可这座山细说起来就不普通了。不普通是说在整个亚洲腹地，它雄踞其中，东西绵延2500公里，最宽则有800公里。

天山，不仅仅是山，关键是山上有雪，这是金贵的资源。说它是乳汁，有点俗气。可事实上，山中溪流发源而成的河流,滋养了亚洲大陆一半的区域。这么说,稍有地理常识的人就能理解,因此一点也不过分。

它太庞大,我是从东天山的博格达山窥视它的。

更多时候,我和我周围的人说山的时候,皆指向博格达山。我庆幸自己一出生就在它的怀抱里,感受到世界的静美与时光的柔软。

一

近,是我小时候对博格达山的认知。觉得它离我很近,手一伸能摘下博格达山的皇冠。我说是皇冠,有小伙伴们说是帽子。一抹云遮住山腰,只露出山峰时,皇冠更为逼真。这样的情景在春秋两季常常出现。我每次目睹这种景象,总看得出神,甚至发呆。

一场春雨后,我顺着一条三四米宽的乡村柏油路,向它奔跑而去。我想摘下那顶皇冠,戴在自己的头上。这时候,我有8岁。我想骑着爷爷饲养的那匹枣红马,飞驰向更远的地方。对,我对远方总充满幻想。在太阳落下的地方,会是一条河还是一道峡谷,抑或是望不到边的大海?也许是其他意想不到的地貌。想看看那里到底是什么样子,跟我们这里有什么不同?

我还想象着戴着银光闪闪的皇冠,骑着高贵的马,我是一位尊贵的公主。

公主,这个词太好听了。邻居马爷爷这么叫过我。他通常背着手来找爷爷聊天时,会说一句"你家小公主呢?"如果恰巧我在屋里,听到他的话,会高兴地跑出来,喊一声"马爷爷好!"

马爷爷这么叫我,我心里高兴。邻居家的胖哥哥笑着说:"公主是国王的女儿,你是农民的丫头,怎么是公主呢!"听到这话,我瞪一眼胖哥哥,噘嘴跑回屋里,一个下午都不开心。

我常看着银色的博格达峰,不时出现一种幻觉,觉得山跟我一样,会跳舞,会做鬼脸,会突然间消失,这种感觉很奇妙,也成为我心中的秘密。我没有给爷爷说,也没有给父母说。

小路的尽头是山,一直沿着小路跑下去,一定能到博格达山脚下。我从没有怀疑过,会有另外的路通向那里。

山,看着并不遥远,以我的体力完全可以跑到那里。我相信,我得到山神的护佑,不会遭遇猛兽的袭击,能顺利登上山顶。我早听爷爷说,雪山里有雪豹、有狼、有熊、有野猪等。听起来很可怕,我没有见过它们,对它们没有畏惧心理。

拦住我前进的不是这些猛兽,是一条怀抱五彩石头的河。这条河我不陌生,母亲早晚去河里挑水。有时,我也跟着在河边玩耍。

进入伏天,河水像是生气了,清澈的河水变得浑浊不堪。它怒吼的声音,吓到我,惊恐中,站在原地。母亲告诉我,冰雪融化,河水裹挟沿途的山土及砂砾,有时甚至会拔掉河岸边的树木。

如果不是这条河拦住我,一定能跑到博格达山那里。对此我深信不疑。

风,把我从发愣中摇醒。我不想回去。我坐在河边不远处一块绿石头上。我想,也许过一会,河水会小一点,那样就可以过河。水差不多到我的膝盖处,哪怕再高一点,只要我能过河就好了。

我双手托着下巴,目光捉住博格达山的眼睛,问它会不会等我,问它会不会逃跑。半天也不见它回答,我有点急,跺脚哭出声来。往日温顺的河欺负我,你也要欺负我。我把头伏在膝盖上,大哭起来。

不知道是不是我的哭声惊扰到河水,滔滔的河水声居然变小了。我站起身再次向河边跑去。忽然,那山腰处有两条彩色拱桥,清晰耀眼。

我顾不得脚下,径直奔向河里,不能再等,还犹豫什么?

那一刻，我是一匹马，一匹勇敢的小马。我不曾畏惧什么，只知道勇敢地向前冲。

莽撞和无知的我并没有意识到这一切的危险。事实上，我刚踏入河中，就被汹涌的河水推翻打倒，滚入河中，顺着河水向下而去。我无力呼喊和挣扎，身子失去重量，像一朵花瓣落入水中……

一双粗大有力的手抱住我的身子时，我已经说不出话来。

不知道过了多久，我醒来时，躺在一张白色床单的床上，床边站着爷爷、母亲等人。

他们一脸不安，这我能读懂。他们总是对我不放心，似乎我跟家里那只小花猫、小黄狗一样，跑出去后，总担心会被人抱走，或者迷路，找不到回家的路。

我8岁了，怎么能跟小花猫和小黄狗一样呢？我想不通这样的担心，会偷偷笑他们。当然不能让他们看到，不然，又会说我傻。

我不傻，这我知道。如果我傻，就会跟那个在村里四处捡垃圾吃的女人一样。可我从来没有随便在地上捡东西吃。他们凭什么说我傻呢？

有人喊母亲去地里干活，爷爷留在我身边。

液体输完后，爷爷抱起我。他的手指干瘦，但很有力量。我趴在爷爷的肩头，对爷爷说："想去骑马。"

爷爷拍拍我的后背说："傻丫头，身子这么虚弱，还要骑马？真是不要命。等过几天，再带你去骑马，你说去哪里都行。"

"真的吗？"我问。

"爷爷什么时候骗过你？"

想想，爷爷真是说话算数的。带我去县城赶集，带我去省城人民公园坐木马，带我去更远的东山挖野蒜。

"那好，带我去把那顶皇冠摘下来，我想戴在头上。"我说着，举起右手指向白色的博格达山。

它一直都在那里，无论白天，还是晚上；不管春天，还是冬天；它似乎一直在等待我的到来。

爷爷的目光顺着我的手指望去，只停留几秒钟，目光收回落在我的脸上，哈哈大笑起来，河水一样的笑声明朗欢快，夹在风中奔腾而去。

爷爷的笑把我的好心情拦腰砍断。我�’着嘴，头一歪，把手塞进衣服口袋，眼睛低垂，什么也不想看。那一瞬间，我有点难过。最亲的爷爷也不理解我的心情，我只不过是想要一顶皇冠，我没有要粉裙子、红皮鞋，干吗要笑我呢？

我细想着，眼睛发热。每当这个时候，泪水不请自来。我管不住它，它也从来不听我的，跟树上麻雀一样，想来就来。

眼泪滚落下来，“啪嗒”钻进爷爷肩头蓝色褂子里。我低声抽泣。爷爷语气柔和地说：“等下次去红山商场，给你买发夹，戴着一定好看。那个皇冠呀，别急，你还小，等长大了，再戴不晚。”

“我长大了呀。”我抹一把眼泪说。

“嗯，你是长大了，等再大一点才能去那里。你看着很近，其实远着呢，坐汽车都要好几天。”爷爷说。

爷爷的这个回答，我有点怀疑，他还不是怕我掉进河里，才这么说。

我趁着爷爷回屋的空当，顺着木梯子爬上屋顶。这是家里最高的地方。这样就不怕树挡住我的视线，可以更清楚地看到山了。

这个时候，我觉得山有点像爷爷，慈祥平和。我能清楚地看到它脸上的一道道深浅不一的皱纹，还有一块一块大小不同的阴影斑点，像是爷爷脸上的老年斑。

难道它真跟爷爷一样，那么它会不会像爷爷一样也生病住院呢？会不会像邻居爷爷死去，被埋在东面高高的山冈呢？

忽然，我为洁净如玉的博格达山担心起来。

这种担心让我睁开眼睛就想看到它。早晨起床飞跑到院子里，看它安然无恙，便安心去吃饭，背着书包去上学。

刮起狂风时，我又担心起来，会不会把它裹走，心怦怦地乱跳。直到风停下来，看它好好的，我才会踏实地去睡觉。

这样的担心，一直伴随着我度过了整个童年时光。

日子一天天过去，山没有变，我长大了。院子里的树长高了。

二

从米东区柏杨河一路向上，在独山子村一处算不得高的石壁上，我看到了许多岩画，岩画的图像以动物居多，马、羊、狗、牛、鹿等。

这样的岩画散落在整个天山山脉，博格达山的岩画是其中一部分。

乌黑发亮的石壁，如果不仔细看，很难发现这些画的遗迹。三千多年的风吹日晒，最初鲜亮的模样早已被时光偷走。如果遇到水，生动鲜活的画面会跳出来，这可谁也说不准。

有一年，我陪采风的作家和摄影家抵达这里时，已经是晌午了，好在云层密实，不觉得灼热。将矿泉水瓶里的水洒一些，一幅幅千年游牧生活场景流淌进视线。许多人跟我一样兴奋，目光牢牢锁住画面，不时听到有人惊叹的唏嘘声。

画中的羊犄角弯曲，胡须飘然，健壮肥硕，形象逼真，不难看出这是北山羊。

还有一幅图刻画的是一位牧人，做拉弓射箭状，身体微微前倾，弯弓搭箭，似在射猎一只惊恐驻足的小鹿。

每一幅图都是有故事的。这些画作的原创者是曾经活跃在天山的塞人。这个曾经称雄一时的彪悍的游牧部落,他们戴着高高的帽子,喜欢金饰。骁勇善战的塞人,逐水草而居,连绵的高山草场,山下是流淌不息的水磨河,在此生息,可谓天然福地。

在第一场秋雨过后,我信步再次登上刻有岩画的石山。

在一幅刻有马的岩画前,我停下脚步,端详好一阵。腿有点发酸,我索性蹲下身子,坐在岩画旁一块长有青苔的石头上,潮湿柔软。岩石上的马昂首,前蹄跃起,精神亢奋状。我想这是一匹年轻的马驹才这么意气风发。看着看着,我笑起来,好像自己是个老练的相马人,只那么一眼,便知马的全部信息。

在村子里,爷爷喂马,十几匹马。马的秉性我熟记于心。

我曾在本地最大的活畜交易市场上过班,在那里见到了更多的马。但离真正的相马人还有差距,不能说知道马的秉性就算熟知马。这里有大学问。

马,我骑过。最初是爷爷带着我。后来,我自己骑一匹马。马跑起来的感觉如飞一样,有种梦幻的感觉。这是一匹马,那么如果是几十上百匹,或是几百上千匹马同时飞驰,又是什么样的景象呢?

万马奔腾,气势浩荡。不管是千年前,还是今天,同样会撼动人心,触及人的灵魂。人要有精神气,大概先要向马学习。那一刻,我有这样粗浅的顿悟。

忽然,一声马的嘶鸣,将我从岩画的想象中拉回来。我扭头循着声音而去,一个十一二岁的少年骑着一匹油光黑亮的马,在山脚下向我投来打探的目光。

我举起双手,放在嘴边,做一个喇叭状,大声说:"我在看马呢!"

那黑油发亮的马,转了一圈,马侧着脸,那神情似乎在说:活生生的马不看,看一个不会呼吸的马,真是莫名其妙。

奇妙的事情很多，远不止这些岩画。

我从山上下来，顺着一条羊肠小路下到水磨河边。

把鞋子甩在一边，光脚蹚进河里，冰凉入骨，心猛地揪到一起，也只是那么一会，适应水温后觉得极为舒服。

脚掌踩在大小不一、颜色各异的鹅卵石上时，我觉得时间跟水一起在倒流。

时间继续向后退去。吟诵着"明月出天山"的诗仙李白，马蹄驰骋，长鞭飞扬，他是不寂寞的，高山长河，红日落霞，无不触发他的灵感，以诗表意的名篇佳句便流传至今。

镇守西域的将士们必定翻越天山，跨过诸如水磨河这样的源自天山某一沟壑的河流，自东向西，或自南向北，将国家的旨意一级一级传达下去。

连天的烽燧烟火，驿站的昏黄油灯，古城的飞檐角楼，清晰的车辙大道，狂舞的疾风大雪，一次次又出现在岑参饱含激情的诗中。

水，是让人有追忆的意境。闪着银光的水波从峡谷中飞奔而来，击醒石头一样坚硬的记忆。

随手从河中捡起一块石头，是那种淡绿泛青的圆石。令人眼亮的是，在石头的顶端有两个圆圈，一大一小，像是变魔术的人，戴着一副夸张的眼镜，站在观众面前，期待扣人心弦的一刻。

继续往前，一块手掌大的红色片石上，一道海浪状的白色波纹印刻其间。看着这块扁平的石块，似乎我就在滚滚巨浪中穿行，而这片红石就是我的护身符。

左右手各拿一个石头，在清澈的河水中慢行，我想，已经回到了最远古的时候，我手里有那个时代记忆的信物。

三

当雪裹住大地的时候，一切安静下来。

雪后的柏杨河村格外得乖，连平日里的狗吠声也缩回去了。我散漫地在村里游荡，心想，能否与一头花牛，或者两头黄牛相遇，看看它眼里的天山，是不是还是绿色？至少可以跟一只穿新棉衣的大尾巴羊狭路相逢，问一下它产的小羊，这几日是不是已经不害怕黑狗的叫声了。

对了，那头灰驴还去圆疙瘩山下吃草吗？

圆疙瘩山上有一棵树，是一棵榆树。谁种的？什么时候种的？没有人知道准确的答案。在此居住了八九代的郝氏家族德高望重的我二姨说，这棵树，在她爷爷那辈就有。

这么说，在一百多年前，这棵树就在山上扎下根。那么遇到干旱少雨的年份，山坡上的草干枯而死，唯独这棵树跟没事似的，顽强地活着，只是枝干不曾像身居河谷的榆树粗壮敦厚。

这样神奇的一棵树，山里人视为"神树"，三三两两的善男信女们彼此相中，许了终身时，爬上山，在树枝上系上一条红色的丝带，寓意爱情如这棵树一样，经久常青。

村里那几匹威武的枣红马，常在河边吃草，今天怎么不见面？我任性地踢一脚路边的雪疙瘩，飞溅出去，落在一块不规则的石头上，石头毫无伤痕，像从来没有发生过刚才的一幕。

静谧的村子，需要有点声响。常在树林中飞上飞下的喜鹊、麻雀跟商量好似的，集体玩起捉迷藏的游戏，一个都不露面，真是邪乎！你们真是懒得出来溜达呀，但我是要走一走的，不然辜负了从容淡定的雪，它可是走了一夜的路程才赶来。

一路向东，坡度越来越大，扯开厚厚的云朵，太阳越来越大，不过半个钟头，路上的雪开始有融化的迹象。柏油路边的雪渐渐发黑，不多时，路面已是湿漉漉。

过了老牧中，从医三十多年的表哥跟我聊起当年在新地梁拾麦穗的情景。那时天还没有亮就出门，到下午，整整一麻袋的麦穗，扛在肩头，一口气走几公里的路程，额头脖颈面颊都是豌豆大的汗珠，撩起衣襟擦一下，又急忙赶路。等到家时，月亮早爬上天空。此时又饿又渴，恨不能摘下月亮当烧饼吃。在整个割麦的日子里，十几岁的表哥跟家中几个姊妹们都加入拾麦穗的大军中。捡来的麦穗，将是他上高中时带到学校的口粮。

转过一个山弯，眼前是一排排整齐的哈萨克族风格的砖房，这是牧民定居点。表哥很难将这里与曾经大片大片的旱田联系在一起。

馒头一样的山丘已经被平整出来，一栋栋白色的房屋如雨后的蘑菇，立在天地间。

表哥手搭凉棚，向远处的山峦望去，层层叠叠的山后是高大挺拔的博格达峰。时光在变，曾经的山丘夷为平地，而唯独屹立万年的博格达山没有变。

长大的人，如今把家安在山里，就是想与博格达山厮守一辈子。

院里木质秋千椅，孩子们喜欢，我也喜欢。坐在秋千椅上晃来荡去，抬眼能窥见博格达雪山的最高峰。

在一个夏日的清晨，我靠在秋千椅里，东方飞出藕粉色的朝霞，这是太阳送给我的衣裙。欢喜中，它藏在天山上的云里，不让别人看见。

太阳走过一条优美的弧线，我掰开一枚籽粒饱满的西红柿送进嘴里，四周落入一种期待已久的暮色中。我摇动着秋千椅，在惯性作用下，飘荡的快感让我充满遐想。此刻，从肃穆的博格达峰后，羞答答地探出月牙的眼。以为它只那么一看，会心闲安稳地睡去，哪里知道，它怕我在秋千椅上孤独，不管不顾地猛地一跃，露出温润的脸。寂静空旷的夜幕下，蝉鸣悦天耳，南风柔如水，我向它狂奔而去，生怕黎明的曙光蒙住我的眼和脸。

乌鲁木齐北

一

提起乌鲁木齐的北门，说来真是话长。有多长呢？那还得从二百多年前说起。

1763年，秋高气爽，鱼肥瓜甜的时节，乾隆把在旧城基础上北扩新城命名曰"迪化"（今乌鲁木齐）。城有四门，每个门的名字皆含吉祥美好之意，东为惠孚门、南为肇阜门、西为丰庆门、北为景惠门。

我曾祖母住在这里。据祖父回忆，老北门是现在的健康路北端、北门花园以南一带，原本这里有一道土梁，1943年城区扩建，拆除旧北门，在现在解放北路北端一带修建新北门，祖父说新城门一砖到顶，拱形城门，上有两层木质城楼，青砖砌墙，高有七八米的样子。城墙每隔一段有一座瞭望台。城门一侧有一排土坯带廊平房，常有看门衙役出入。当时因时局不稳，城门早上开，晚上关闭。

迪化城三面环山，只有北面是开阔的平原。这里也是迪化最早种植水稻的区域。当然麦子、糜子、玉米、高粱等在一个个村庄的田地里都有种植。这么一说就不难理解，出北门是迪化的粮仓。

祖父告诉我，当年因家里实在无粮食下锅，曾祖母又卧病在床，曾祖父让他出城去八道湾或葛家沟的亲戚家借粮。祖父骑一头借来的毛驴，回来晚了，城门已关，怎么央求，衙役都不开门。无奈祖父将驴拴在城门外的树林里，自己在路旁林带里蜷缩将就一夜，那是初夏，夜里不冷不热。

如今多数的乌鲁木齐人以为进乌鲁木齐的主路是河滩快速路。殊不知，这条路的前身是乌鲁木齐河水流淌的河床，后来上游修建水库，利用河床修建成连接乌鲁木齐南北的一条主要道路，在没有修通这条路之前，包括米东区在内的北疆地区人们进首府都是由北门进城。可想，曾经的北门何等繁荣。

解放前曾祖父是个裱糊匠，每天都会在北门城墙边的人力市场招揽生意，曾祖父身材高挑，人虽清瘦，但很精神。他通常手持一根长木杆，上面挂一个不大的铁皮桶，里面装着刷子扫把等工具，不时吆喝几声。站累了，靠在城墙边上，从衣兜里摸出拳头大的布袋，熟练地卷一支莫合烟，吸几口，在烟雾升腾中耐心地等待生意。

这样的活儿没有准。幸运时，一个月接好几家生意，忙得曾祖父顾不得回家吃饭，一个大饼或一个馒头打发肚子。等拿了工钱，除了买些口粮，疼爱孙子们的他，总不忘给伯父和父亲买一些葡萄干、桃皮、杏干等塞进孙子们的小手里。伯父说，他小时候每次从曾祖父手中接过这些零食时，很高兴，装在衣兜里，舍不得一下吃完，宝贝似的不时揞住衣兜口，怕它们跳出来。父亲则吃得一干二净，又跑到曾祖父面前，不说话，忽闪着眼睛。曾祖父就从兜里摸出几个放在父亲手里说，慢些吃。

逢年过节，曾祖父也会领着伯父与父亲在北门一带看耍猴子、练气功、玩杂耍的，或领到卖羊头羊蹄子羊杂碎、煎饼馃子、糖葫芦等这些小摊贩前，坐下来，享用一碗羊杂碎，来一个煎饼馃子，或买根脆甜的糖葫芦吃。无论何时，享受儿孙之乐是人生快乐之一。

一连七八天不开张，曾祖父也不急，太阳正好，晒着浑身舒坦。曾祖父晓得心急没用，权当休息。生性平和的曾祖父，常会在此时，站在北门一带的说书摊前，听听先生说书，然后把听来的故事再讲给家里人听。祖父说，别看曾祖父一个字不识，没什么文化，可他懂事理，说起历史故事头头是道。不知道的人，以为他是秀才出身。

待伯父稍大一些，会跟着孩子们一起出北门，到北门不远处去玩耍。伯父说，当时北门城外有一处池塘。夏天时，酷暑难耐，孩子们跑到池塘里洗澡嬉戏，孩子们不会用正规的泳姿游泳，去的次数多了，跟着其他孩子学会"狗刨"，也有不会游泳的孩子跳进池塘里玩水，有时发生溺水的事情。

这座新城门没有存在多久，十多年后，它和老北门都在城市扩建中拆除。

2005年，儿子胃溃疡住进北门儿童医院，伯父来看我们。伯父回忆说，20世纪50年代初，北门城门楼及城墙忽然间被许多拿着铁锨、坎土曼的人给拆除，这座原本在他眼里无比高大宏伟的建筑，轰然夷为平地，在他儿时的心里留下深深的遗憾。在他看来，这座城门楼及城墙是整个城市记忆的载体，忽然消失在城市中，那段记忆也渐渐消失了。

从我有记忆时，从米泉（今米东区）到乌鲁木齐北门有两条路，一条是坐13路（现613路）到医学院，换乘1路，在北门下车；另一条是坐33路直达北门。但凡我坐车,十有八九选择第二条路线,虽然那时班车趟次没有现在多,但因是直达,省去转车的麻烦。

到北门去看我的干妈干爸,看我的姨奶奶,看那位享誉文坛的作家周涛。

自小喜欢看书的我,在抄录诗文成为一种流行的日子,我的笔记本里自然少不了从诗坛跃起的这位军旅作家。

那时,我只知道周涛在北门的新疆军区大院上班,其他信息一概不知。记得我拿着从新华书店买来他的诗集《神山》在军区门口等候,希望得到他的签名。那时候只周日休息一天,我早早坐车去,等候一天,也没等到。看着站在门口的战士也不敢问。我只在报纸上看过他的照片,想如果他进去或者出来时,我能认识他。这样的等待对一个爱读书的年轻人来说,是有意义的等待。难道我的运气真这么背吗?一次次失望地离开,莫名心里就有这样的疑问。

可每次路过北门时,我还是不由自主朝那扇大门里看几眼,知道那里有一位我尊敬喜爱的作家。

后来我学习摄影,有幸走进新疆军区大院,拜访"新疆航拍第一人"李翔老师。

当我说起当年在军区门口等候周涛老师签字的情景时,他哈哈大笑起来,半晌说:"周老师出入坐车,他哪里知道门口有一位读者在等他,你想见他,我帮你联系。"

我笑着摇摇头。我相信人与人的相识需要一个缘分,强求不来,一切顺其自然就好。

多年后,邀请周涛老师到米东区,提及这些往事,年已花甲的他笑得合不拢嘴。他鼓励我,文学不一定给人荣华富贵,陶冶情操是一定的,喜欢就坚持下去。

二

出乌鲁木齐北门是红山。奶奶总在我跟前这么念叨。我自然懂奶奶的心情，这里曾装着奶奶年少时甜蜜的记忆。

所谓的甜蜜是每年四月十五庙会期间，红山是全城最热闹的地方，汇集各路商贩，当然也少不了各色美食。最吸引人的是那些玩杂耍的人，气功表演、杂技表演以及可爱的耍猴人。这时候，奶奶可以吃到平日里吃不上的好东西，对一个十几岁的孩子来说，这自然都是甜蜜的事情。

我没有参加过热闹的庙会，但我对红山的记忆是一座毫无生机的山。

干妈家住在红山脚下的新兴街。哥哥们常领我去爬红山。我从山的这头跑到山的那头，从不觉得累。当时山上没树，山上有个山洞，我们便钻进去玩。玩累了便随意坐在一块石头上，望着远方。风从不吝啬它的爱抚，让满头是汗的我们在凉爽的风中忘记疲惫与时间。

后来山上陆续种上各种树和灌木。山是一年一年绿了。每年清明一过，爬红山的人多起来。我带孩子也多次爬过红山，给孩子讲红山的传说故事，讲我小时候爬红山的趣事，孩子手拿一把木制宝剑，面对红山塔，一脸认真地说："那些妖魔鬼怪尽管来吧！"逗得旁边的游客想笑却又笑不出来。我对孩子说："传说只是故事，哪里有什么妖魔鬼怪。"

后来的日子里，我常陪外地来新疆的客人登红山，站在山顶，眺望这个城市，积木一样的高楼，彩带一样的高架桥，让我这个自认为熟悉的城市总是在变，变得越来越大，变得越来越高，变得越来越时尚。

说到红山，不得不说以红山命名的一座商业中心，这地方便是红山商场。

半个世纪前，乌鲁木齐没有一家像样的大型商场，想在一家商店一次性把吃穿用买全是不可能的事情,那时西大桥西头北侧还是一片荒滩,杂草丛生。

曾在红山商场工作20年的申步云老人回忆,1964年红山商场开始动工,1965年主体竣工,1966年年底正式开业。这一年多都在进行内部装修,耗时最长的是所有的货架柜台都是在楼内实地测量,根据商品种类性质不同"量身定做",如装糕点的货柜是抽屉式的,以防灰尘。

红山商场地上三层,地下一层,建成后成为乌鲁木齐地标性建筑,许多人还在商场前照相留念。

当时,作为乌鲁木齐市最大的商场,工作人员有三四百人之多。因是国营单位,在该商场工作令许多人羡慕不已。商场一楼主要经营烟酒糖茶、食品糕点、水产干货、家用电器、五金用品、各类图书等。二楼是日用百货类,三楼是针纺织品、服装鞋帽等。老百姓进商场,吃穿用全能买到,用当下时髦的一句话来形容:只有你想不到的,没有你买不到的。商品种类之全堪称乌鲁木齐之最。一时间,红山商场成为百姓购物首选之地。

申步云当时负责食品部。老人回忆,当时茅台酒一瓶才六块多钱,平时都不好卖,只有逢年过节时才有人问津。从上海采购的干鱼翅,放一两年也没有卖掉一斤。

母亲说起第一次去红山商场的经历,很有意思。在米泉一中上学的母亲听到红山商场开业的消息,特想去看看。一个休息日,母亲和同学花三角五分钱的车票,到乌鲁木齐红山商场时,已是中午,又临近春节,母亲楼上楼下转几圈,最终看上一条红色羊毛围巾,售价四角五分钱。母亲心里一直犹豫不定。每月二姨给母亲生活费是五元钱,如果买围巾,要从生活费里挤出来,也意味着有那么几天要吃不饱肚子。母亲太喜欢这条色泽纯正的围巾,拿在手上看了又看,搭在颈上,对着柜台上的镜子照了又照,营业员和同学都说漂亮,母亲思量再三,决定买上。这条红色羊毛围巾一直陪伴母亲15个春秋,等我上中学时,母亲又围在我的颈上。

我记忆中的红山商场很神奇。那是干妈带我去的,从干妈家出门,沿着红山公园后门,过西大桥就到红山商场,步行20分钟。

儿时我眼里的红山商场是宏伟高大的样子。

在鞋帽柜台童鞋处,摆着许多童鞋。干妈给我挑选了一双红色的拉带皮鞋,这是我的第一双皮鞋,甭提多开心,走起路来,脑袋昂着,用干妈的话说"像只刚离开母鸡独自闯天下的小公鸡"。后来,上学但凡获得"三好学生""优秀班干部"这样的奖状,家人对我的奖励就是到红山商场买件我喜欢的物件。在这里,我买过平生第一支钢笔、第一个铅笔盒、第一本印有彩页的日记本等。

进入20世纪80年代,为适应商场发展需要,红山商场在原建筑基础上又增加两层,外墙也选用红色涂料,远远望去,既高大又气派,依然不失乌鲁木齐商业领头羊的地位。

1993年,准备结婚用品的我,第一个想到的就是红山商场。虽然此时乌鲁木齐又有几家新商场,我对红山商场因儿时美好的记忆而情有独钟,结婚用品几乎全是在这里购买。

后来,这个红火的商场在激烈的商业竞争中,失去昔日辉煌的商业地位,被另一家企业兼并,最终于2001年,在一声爆破的巨响中被拆除。红山商场这个曾经响亮的商业名片也淡出人们的记忆。

如今这里还是车多人多,重新崛起的商场也有了新的名字,但抬起头依然可以看到醒目的红山。顺路往东,那个叫北门的地名依然出现在车站牌上,只是很少有人问起关于北门的事情。

三

乌鲁木齐再往北则是另一幅图景。

早先是连片的芦苇湖，有的是沟渠纵横形成的水系，有的是一面面比镜子还亮堂的水塘。这都不是最惹眼的景致，让人欢喜甚至睡不着觉的是那一行行一排排整齐的秧苗。

是不是怀疑自己的眼睛，离沙漠不过几十公里的地方，怎么可能会有水稻呢？没错，看到的就是水稻。这里种植水稻不是一年两年的历史，早在唐代，这些镇守驿站烽燧的将士们解决吃饭问题，途径之一是就地开垦种植粮食，自给自足。

这里大规模种植水稻，得感谢从三湘四水奔赴新疆的湖湘子弟们。

爱吃米的湖湘子弟们觉得本地的羊肉肥美，大块吃起来很过瘾，可总觉得没有白花花米饭满足胃的需求。

怎么办？从湖南把大米一车一车拉来，不是不行，路途遥远，成本太高。本地有小麦、玉米、高粱，偏偏没有大米。

望着成片的荒地，望着一股一股从地里涌出的泉水，从不怕吃苦的湖南人决定在这里开荒种水稻。有水，何不让家乡的水稻在这里安家落户？

好了，在古牧地战役中负伤后痊愈的青壮年人不在少数，于是年长且有威望的人召集开会，主题只有一个，选一些人回湖南将优质的稻种带回来。

这任务太光荣，如同几年前，这些人在乡里被召集起来远赴新疆一样，只不过那时是一种前途未卜的心情。如今就地安置，有新的使命，屯垦戍边，悬着的心儿落了地，这里不再是战场，是要建设的新家园。

精心挑选的人分配了精良的马匹。几千公里的路途，只有马跑得最快。人们的心情一致：快去快回。

那是1877年的春天，抑或是晚一年的春天，这些人陆续回到坝上，他们赶着车马，上面是成袋子的稻谷。十里八乡的人像欢迎英雄一样夹道欢迎他们。

杀猪宰羊，倒满一碗碗醇香醉人心的酒，几个通宵，人们都沉浸在对未来充满希望的欢乐中。

这里荒地多，水多，可盐碱重，远远望去地表白花花一片硬壳。从空中俯瞰，像一坨坨白花。这白花让人们高兴不起来。世界上的难事是吓不倒人的，总有办法去解开那个难题。好了，开渠排碱，除草开荒。一时间坝上热闹起来，农家院子里乃至更远一些沉寂的土地上，都是忙碌的男男女女的身影。

土地在农民的手里就是画家案子上的宣纸，怎么画心里都有数。纵横交错的田埂将杂乱无章的荒地分割为整齐的田地，灌入水的田，瞬间成为一面面闪光的银盘，照出蓝天、白云和太阳。清晨，那些撸起袖子、挽起裤腿的人们，赤脚蹚进闪亮的田里。日出而作，日落而息。接下来的半个多月时间里，人们都在田里忙活着。这是一年的希望，哪个人都不敢怠慢。

修渠筑坝成为首要的事情。就地挖土，一车车黄土筑起几米高的大坝，将河里的水通过灌渠引到田里。那条蟒蛇一样游走在坝上的黑河水，如果没有堤坝拦住，就是匹没有笼头的马，四处撒野地跑。

头道坝、二道坝、三道坝、四道坝，坝与坝之间万亩良田随风荡漾，从绿色的海浪到黄色的稻浪，不过几个月的时间。

赶着马车、牛车、驴车的庄户人将一捆捆稻谷堆积在自家院子里，所有的辛劳都有回报。稻谷碾成米，家里的女人从汩汩泉水里淘洗干净，放进锅里，干柴追旺土灶里的炉火，不一会儿，稻米的清香在沸腾的泉水中，藏在体内的香顺着蒸气在空中漫开,不断上升,一时间整个屋子、院子、村子都被这种清香包裹起来。

用不着什么菜与之相配,单纯的一碗米饭,足以让庄户人感受劳动换来的幸福感。更何况那水塘里有的是鱼,有的是鸭和鹅。春日里随意撒下的青菜种子,早已填满房前屋后的绿。

湖湘子弟将故乡的稻米播撒在这里,这里便有了与湘地一样的美称——鱼米之乡。

这么好的地方,成为姑娘们选择婆家的首选之地,临近几个乡镇自不必说,就是稍稍远一些的阜康、吉木萨尔、奇台、木垒的姑娘都乐意嫁到这里。

幸福的日子,从吃饭开始,这谁都知道。

到了改革开放后,田分到各家各户,那些善于种田的人不满足自己家分到的那几亩地,承包别人家的田不算,又向村里申请将那些偏远一些没有人肯去种的荒地再开发出来种上水稻。此时水稻面积已经扩展到了两三万亩。

到5月底6月初,行走在坝上,到处都是水天一色的稻田。有脑子活泛的人,在田里套养了鱼儿的,后来有在水田里放养了鸭子的。至十几年前,又在水田里放养了螃蟹。鱼儿、鸭子、螃蟹都给农民们增加了收入,这养鱼儿、鸭子、螃蟹的稻米价格也比普通稻米高出几倍,这时候稻米的名字变了,一曰有机米,一曰稻蟹米。

那时吃饱是人们最初的诉求,如今吃好吃出健康成为人们选择食品的首要标准。那时候往家里是一麻袋一麻袋扛大米,如今是5公斤的小袋,或者那种一两公斤的小盒子,轻巧得很。

我喜欢到坝上去,一个人或者约几个好友。在田间走走看看,跟秧苗说说话,或者唱几句小曲子。风推着秧苗,哗啦向前,一会儿又哗啦向后,像是听笑话的孩子一样,前仰后合,不能自制。有时我喜欢坐在高高的坝上,看夕阳扑向大地。那时我总想时间在这一刻停止就好了。让我从幻想中惊醒的是发出"嗡嗡"声的"吸血鬼"蚊子。它们三五成群偷偷地从田边杂草中飞来,锁定目标后,毫不留情"亲"一口。我是怕它们的,匆匆逃离。

夜空明净,星星们像刚沐浴过,月亮如梳洗打扮出闺房的姑娘,真是好看。

远远近近闪亮着灯火,我不由欢喜起来,那些忙碌了一天的农人都回到家里开始准备晚饭。

飘来稻米的香味将人抓住不放,我不由觉得肚子叫,来一碗米饭是最甜美的事。

四

赶来看社火的人络绎不绝。

2019年元宵社火展演中,米东区三道坝镇代表队以《九龙闹春》拔得头筹,参演人数达200多人,是乌鲁木齐市米东区参加队伍中人数最多的一支队伍。9条巨龙中有4条龙是稻草编织的龙,每条稻草龙长12米,由稻草捆扎而成,着重体现坝上的稻作文化特色。

早在民国时期,三道坝有一个大名鼎鼎的公和堂,公和堂的修建源自这里的湖南人。他们在老家时,一般大姓人家都有祠堂和族长,是家族的中心和权威。这些扎根这里的湖南人,希望同乡有类似老家祠堂的地方,大家一起商议事情,举行节庆活动,开展互动交流。如此三道坝的湖南人自筹资金,张罗修建公和堂,公推威望高的人主事,这人是刘金城。

刘金城,民国初年来三道坝,曾任乡约,人称刘乡约。公和堂设在上三道坝村,距乾德县(1954年改称米泉县)政府只有两公里。

当时时局动荡,社会上一些不法粮商,存在缺斤少两等不诚信行为,各地因为斗秤不公,时有发生纠纷的情况。县衙没有设置公平秤,百姓又希望能解决这个关系大家个人利益的问题。在百姓看来,这是头等大事。刘金城顺应民意置办一套标准的斗和秤,凡百姓间发生斗和秤的纠纷,都愿意到公和堂解决纠纷。

一时间,公和堂成为坝上最热闹的地方,出出进进、来来往往的人络绎不绝。公和堂的名气渐渐为外人所知,外县来乾德县的商人进行交易时,买卖双方都要用公和堂的斗和秤。

每年农历正月初一,坝上的湖南人聚在公和堂举行团拜(每户成年男子参加),如此公和堂又置办几十桌餐具和桌子板凳,团拜会派上用场,一次可以开酒席50桌,免费进餐,吃的都是素食,场面壮观,在县里绝无仅有。公和堂的这些炊具和桌凳,农民谁家有红白事情都可以免费使用。

每年正月,公和堂在大院内搭台,由当地湖南人唱花鼓戏,演员是百姓,男扮女装,十分热闹,极大地活跃了百姓的文化生活。

每年的正月要举行湖南灯会。灯会的负责人也是刘金城,他的宅邸是800多平方米的四合院,在坝上是数一数二的院落。此院与众不同的是将天井封闭起来,刮风下雨,院里开展活动不受影响。公和堂成为每年举行灯会活动的中心所在。

百姓最为难忘的是由公和堂举行的社火表演。坝上的百姓自发建起庙宇,有关帝庙、娘娘庙、城隍庙等。除祭祀祈福外,过年有庙会。赶庙会成为当时百姓过年的一项重要社会活动。与之相伴而生的是社火,社火的组织者就是公和堂。

公和堂有两套龙和狮子的行头,舞龙包含四层含义:一是"祈",即祈雨祈福;二是"娱",即娱神娱己;三是"显",即彰力显威;四是"旺",即旺丁兴族。

舞龙是社火中的重头戏，除公和堂的两套龙行头外，这些湖湘后裔及当地百姓就地取材，以水稻秸秆为材料，扎制草龙。当时民间有扎制草龙的专业艺人，为正月十五的社火表演，草龙艺人们早早准备。制作草龙的工艺可繁可简，材料主要是干稻草。简单得就像姑娘们织麻花辫，循环交叉打结。复杂的会采用编、织、插、嵌、镶、绕、缠、悬、挂、空、别、剔、镂、透等十多种工艺技巧。制作一条长28米，龙身直径0.38米的草龙，要用约8万根稻草。

草龙舞动起来，时而"双龙出水"，时而"蛟龙漫游"，时而"龙尾齐穿"等，舞龙时务必跑动起来，把龙舞得霸气十足、神气万分。舞龙，将火热的祝福、浓烈的爱意装满百姓的心房，难怪它经久不衰。

草龙白天登场，晚上龙灯出游。百姓参与活动的积极性很高，日常排练大概有近200人，最多时有上千人。

舞龙灯也被称为"耍龙灯""跑龙灯"。耍龙灯是十分隆重的事，前有一个仪仗队伍，可谓壮观。先是12个1.6米的长铜号，长铜号各个锃亮，号手们个个精神抖擞，腮帮子鼓着像是嘴里塞个鸡蛋。他们目光直视前方，憋着气时，那溜溜圆的眼珠子似乎马上要从眼眶里跳出来似的。接着是三眼土炮，装上药，不时鸣放，声音震耳欲聋。再接着就是四顶绣制精美、颜色鲜亮的华盖和十六面绣有龙图案的彩旗。最后是大鼓、大钹和唢呐队伍。

舞龙灯人数多是单数，通常有九人舞，一个人负责耍珠。正月里，天寒地冻，阻挡不住百姓们舞龙灯的盼望。往往一大早，各家各户准备焚香纳福接社火。龙灯舞到谁家门口或者院内，主人要给社火队披红挂彩。家境好的农户，在龙灯舞完毕后，还要给舞龙灯的人发红包。如果赶巧，农户家有刚出生的婴儿，婴儿的父亲便会喜出望外地抱着孩子，从龙头进,龙尾出,以求这祥瑞的龙保佑孩子平安健康成长。家境殷实富裕的农户,还会点自己喜欢的花样,图个吉利和热闹,最受欢迎的当属"麒麟送子"和"鲤鱼跳龙门"了。这两个节目有一定的难度,整条龙要缠绕在一起,又迅疾解开。在其行云流水般舞动中,考验社火队员相互配合的默契程度。社火队员们表演时,劲头十足,乡邻们看得兴高采烈,一路上,铜号声、锣鼓声、唢呐声与人们的欢呼声交织在一起,各族百姓随着龙灯队伍浩浩荡荡走村串户,村村户户都沉浸在热烈欢乐的氛围中。

当时舞龙一般要举行5天,那时舞龙队也到羊毛工、长山子等地进行表演,同样受到各族群众的热烈欢迎。以前坝上的老乡约祖能和街长阿吾提,在每年舞龙灯表演时都会请龙灯到他们家院里热热闹闹地进行表演,会给龙灯挂红绸或者给红包。

社火表演中,作为祥瑞之兽的狮子必不可少,因此便有狮子舞的表演。

在坝上,社火耍狮子的以四川人居多。表演平地舞狮时,两人顶狮、一人引狮。耍法由顶狮人的技艺高低而各异。开演时,锣鼓齐鸣助威,引狮人快速舞步引雄狮绕场一周,然后以箭步或筋斗跃身于出场正前五六米处,举灯、挥手高声喊逗。狮以猛虎下山势扑来,双方反复搏斗多次,打完四门(即十字形)。雄狮作驯服状,再由引狮人指挥做表演,如腾翻、扑跌、跳跃、打滚、滚绣球等。最后,引狮人手牵狮头或飞身骑狮绕场结束。狮子舞不仅要有智力,更需要体力,因此,对舞狮人总是千挑万选,最终成为一名舞狮人也是很荣耀的事情。

要说惊险刺激,当数坝上人表演的高空舞狮。据说有一位高空舞狮人,高高的颧骨,瘦削的脸庞,古铜色的皮肤,身板刚中带柔,精神饱满,一亮相就赢得一片欢呼声。在空地上,将八张方桌摞起来,由双人表演的一只狮子,随着铜锣铿锵有力的节拍,从上面第一张桌子上慢慢完成挪步、转身、直立和倒立等动作。动作流畅,表演时环环相扣,惊心动魄。在场的观众都不由自主屏住呼吸,盯着舞狮人,许多人暗自为表演者捏着一把汗,生怕有什么闪失。胆子小的人,不是扭过头去,就是低头捂住眼睛。等表演结束,舞狮人安全着陆后,围观的人群中会爆发出雷鸣般的欢呼声。有热情的百姓上前与满头大汗的舞狮人,或握手或拥抱,以示祝贺。舞狮人满脸是笑,一个劲向四周喝彩的百姓们鞠躬致谢。零下30多度的天气,舞狮人卸下行头,满头大汗,与冷空气一接触,浑身的热气散开,四周雾气升腾,人像是从天而降。小孩子们抑制不住自己的兴奋,跑上前去,摸摸狮头,咧着没有门牙的小嘴,抬头望一眼舞狮人,扭头就跑了。

如果说舞龙舞狮是含有一定技巧的表演项目,秧歌表演和旱船舞则是百姓参与最为广泛的社火活动。据曾经参加过东北抗日的老战士说,这里社火中的秧歌表演是当年部分东北抗日联军进入坝上务农,他们组织起东北秧歌队参加每年的社火表演。这新增的表演形式不仅抒发对故乡的怀念,也丰富了本土社火的内容。

参与旱船舞的多为甘肃籍和陕西籍人。旱船舞也被称为跑旱船,分单船、双船两种。单船表演时,船姑娘(多为男扮女装)"坐"在船舱内,艄公和船姑娘对舞。双船则船姑娘"坐"在船舱内,艄公"坐"在船的前板上和船姑娘同舞。两种船体都用木条扎成,外用布、纸彩装,四角悬吊绣球,船舱前后固定着美丽的彩灯,把船打扮得异常华丽美观。在旱船舞中还穿插有跑驴、贝壳姑娘、大头娃娃和猪八戒背媳妇等表演形式。表演从始至终诙谐有趣,跌宕有致,波澜起伏,艄公和船姑娘配合默契,乐而不俗,很受群众喜爱。

在社火表演中踩高跷的多为山西人、甘肃人及河北人。高跷低的低至数寸,高的高至七八尺。高跷艺人脚绑长木跷进行表演,他们各个身着色彩艳丽的戏服,表演多为戏曲中的人物形象等。其技艺性强,形式活泼多样。在社火表演中高跷多为双跷,在音乐的伴奏下翩翩起舞,舞姿以雄健、惊险为主。

坝上的人只要得知组织社火,男女老少是争着抢着报名参加,有人为能参加社火表演争得面红耳赤,互不相让。70多岁的杨树林连续参加了多年的社火表演,我坐在他对面听他给我聊社火的经历时,他说:"庄户人的日子一年比一年好,村里也是大变样,人们耍社火的热情一年比一年高,大家都觉得日子这么好,咋表现出来呢,耍社火就是表达心声的好时候。"杨树林老人擅长丑角、赶毛驴等,表演诙谐滑稽,生动有趣,并能及时与观众互动,常引来观众的热烈掌声。不幸的是2018年5月杨树林老人病逝,我难过了好几天。

在坝上,这样多年参加社火表演的人很多,许多年轻人也加入表演队伍里,为社火表演注入新活力。

坝上的人对社火的热情不减,这么一代代传承下来,已经融进坝上人的血液里,时代在变,可坝上人对社火的激情始终如一。

2018年10月,坝上所在地三道坝镇被中华人民共和国文化和旅游部授予"中国民间文化艺术之乡(社火)"的称号,这是坝上的荣誉。坝上人敲起锣鼓,龙狮齐舞,人们兴奋、欢愉的情绪随着欢乐的鼓乐声,飘向天空。

五

求学之门是学子们的向往之门。进这道门,意味可以上更好的学校。

走在三道坝镇的街巷里,随意推开一户人家的院门,问一下娃娃们在哪里上学,十之八九说去上学。这上学不是说读初中高中,多半是说上大学,考进清华、北大、复旦等一流名校的孩子也大有人在。

这里有尊师重教的传统。早在民国初期,这里便设立学堂,几十名孩子就读于此。

1937年2月,乾德县第一国民小学成立。曾任清军统领黄远鹏的女儿和成济安的儿女首先报名,带动当地百姓。当年招生150人,其中女生40多人。解放了百姓的教育观念,男女生在一间教室里上课,开全县教育之先河。

曾就读于该校的成树兴说,他清晰地记得毛泽民走进班里,跟学生们讲:"学文化,才能干想干的事情,才能为国家出力。"他那时就暗下决心,好好学习。当时上课没钢笔,都是毛笔,他写得很认真。后来他考到乌鲁木齐一中读书,高中毕业到乾德县任秘书,跟他写了一手好字有关系。70多年后的今天,我再去拜访他时,老人依然坚持每天写100个毛笔字,个个都写得那么好。

当时,毛泽民同志看到学校教室破旧拥挤,叮嘱同行的人员给学校拨专款修建校舍,改善学生的学习环境,并勉励老师们把教育抓好。

后来这些学生多数都升入中学就读,毕业后被分配到乾德县的各个部门工作,成为这里第一批通过学习改变命运的人。

这种示范作用的影响力是深远的。从此以后,这里的人似乎都明白不能把孩子的未来拴在田地,要到更广大的世界去,只能靠求学这条路。

从这里走出去的孩子,有教师、工程师、医生、博士、教授、建筑师、画家等各个行业。有的人回到这里,更多人有自己的天地,但他们依然心系故土,回来投资建厂,资助学校,修建乡村公路,探望乡邻。

在这里漫步是很惬意悠然的事情,不管是那些在田里劳作的人,在水塘边垂钓的人,抑或在村头广场跳舞唱歌的人,面容都祥和可亲,我喜欢跟这些人搭讪,随意聊几句家常,觉得我与他们并不是陌生的路人,似乎他们就是我的一个邻居,家长里短,语短情长。

新年,我从北门干妈家回来,一路向北,想起祖父,想起那些曾经从北门向北来的人,会不会想到我沿着他们的脚步前行。我把车停在路边,一个人走在路上，大地一片白像铺了一层白砂糖。阳光猛烈扑过来，我抬起右手挡在额头，被雪反射的阳光依旧刺眼。我有点恍惚，目光所及，似乎稻田里的稻谷成熟了，清清爽爽的稻香从低垂的穗子间散发出来，被奔跑的风紧紧握在手里，带到了农家、村庄，带到更远的远方。

遥远的古牧地

一

　　遥远有多远，没有人告诉我，在我少年的时候，我渴望知道遥远的古牧地到底有多远。

　　我没有走出过村庄，这个小小的村庄是我的全部世界。我觉得村庄很大，那么多的人，村庄周围那么多的地，那么多的树木，天空还有数不清的鸟儿。

　　这就是我的王国，当然也是跟我一样大的孩子们的王国。

　　王国的边界被打破，是我上学以后的事情。

　　上小学时，我刚会写"古牧地"三个字时，天真地理解为：一望无际的草原,古人放牧的地方,就是古牧地。这个单纯而朴素的认识,一直根植于我的心灵深处。放学,每次牵着那头给妹妹挤奶喝的山羊去村边放羊时,我就想,我所见的不是麦地,就是盐碱地,哪里来的牧场!

我是见过辽阔牧场的。爷爷带我去过天池,进山后,山上到处都是绿色,山崖上站着吃草的山羊。我也去过母亲的娘家柏杨河,那里的山算是丘陵。春季,一场雨后,山渐渐披了一身绿衣。表哥表姐们会赶着自家的羊、马、牛到山上去吃草,那才是牧场。

视野里也有那种绿毯子似的感觉,只在冬麦刚刚长出来,或在春麦探出头时,远望田野,颇有大草原的气势。可一垄垄的田埂让人只能理解为麦田,而不是草原。

好奇心如一株求知的小苗,一旦在心里扎根就会一直跟随着你。

我走进中学大门时,门口一块白底黑字的牌子上赫然写着:古牧地中学。

我就好奇这个名字怎么来的呢?

我问了爷爷,也问了老师,想知道这"古牧地"是什么含义,怎么来的。可没有人告诉我答案。直到我参加工作后才从一位资深地方文史老人那里得知其意为多河沟的地方。

上初中时,班里的同学来自古牧地的16个行政村。一放假,我骑着自行车去同学家玩。当我骑着自行车穿行古牧地时,发现这里河流确实不少。

古牧地河、芦草沟河、水磨沟河、乌鲁木齐河等都流经古牧地辖区。

古牧地河,离我家老屋不过二三百米。虽不比其他大江大海那么有名,我眼里的它却四季各有风情。初春,河边柳树枝杈吐绿时,河水缓缓流淌,远远听去如妙龄少女低吟诗句般浪漫怡人;入夏,河水一路欢唱滚滚而来,如充满活力的青年正奔跑在田野上一般,浪花翻涌,激情四射;秋日,褪去锋芒的河水,减慢了流速,如一位稳健持重的中年人;进入三九天的古牧地河,在冰雪中如同一位安详的老人,让古牧地河多了几分肃穆庄重。我常在河边发呆冥想,她伴随了我许多美好的记忆。

如今与古牧地河相伴的日子已步入不惑之年。要知道这河水在20世纪70年代末至80年代初都是清澈见底的。

自我有记忆起,村里人就是从河里挑水吃。我十一二岁能撑起扁担的时候,也加入挑水的行列。起初,我总是跟跟跄跄地挑着水桶前行。每天清晨或傍晚在通往河边的小路上、河岸边、来往穿梭的人流中,有与我年龄相仿的少年,有比我大一些的青年人,有身强力壮的中年汉子,还有精神矍铄的老人。有两个人来抬水的,有赶着驴车拉水的,更多的则是担着扁担来挑水的,形成一幅别样的风景。

早年,古牧地河的两岸是麦地。春天播种后,到麦子发芽,长出十几厘米时,绿油油的一片,远远望去如绿色海子。天晴时,太阳赤裸裸地直射在大地上,在一片绿浪中的河,被阳光照射得泛起白色的银光,远远望去像是一条银色的绸带镶嵌在绿海之中。

河岸边,人们都喜欢捧上一口清凉甘甜的河水解解渴,那发源于天山东麓的圣洁之水,远比今天的纯净水、矿泉水更有滋有味。嬉戏的孩子们喜欢捡起几枚石子,扔向河中心或不远处其他的同伴,溅起的水花起落一瞬间,看伙伴们来不及躲闪而被水花四溅的各色模样。孩童们追逐着、嬉笑着,在劳动、自然、天真、纯朴中享受无与伦比的快乐。

有趣的是,河里有泥鳅、狗鱼,它们成群结队地在河底的石头缝隙中穿梭游动。你要想捕捉它们真是简单不过,用手在河中任意一处挖一个深一点的坑,过一会,便有许多泥鳅、狗鱼聚集在水坑里,用竹篮或桶子,一下就捞上来许多,拣一些小个的放回河里,大个的便带回家,母亲便会给我们做一道美味的鱼肴。这是真正的纯天然、绿色食品。如今要想吃到这样的美味，怕是可望而不可即了。

那时，孩子们会与鱼儿们嬉戏，围捕鱼儿，十有八九是鱼儿们身形敏捷东躲西藏地逃脱孩子的围捕，藏匿于大大小小各色鹅卵石下、萋萋绵密的水草之中，虽然多半都是以失败告终。与鱼儿嬉闹的过程，成为童年最为美好的一段记忆。如今想起来，让人快乐而难忘的滋味，不是一个完美的结果，而是身心无束享受这个过程，至于结果似乎并不是那么重要。

古牧地河形成于什么时候，没人能说清楚。

爷爷说，刚和平解放那时，这古牧地河上只有一座简易的木桥，也就几米宽，遇到发洪水的年份，木桥就会被冲垮，影响南来北往的行人通行。如今这河面上已经架起了好几座桥，有河有桥的地方有灵秀气。尤其河边栽种垂柳后，岸边柳枝轻拂，河中波光粼粼，颇具江南水乡的韵味。饭后我总喜欢沿着河岸走上几圈，一天的疲惫不知不觉就消除了，整个人感觉神清气爽。用百姓的一句话来说，那真叫个美当。

清澈的古牧地河，随着社会快速发展，工业化进程的加快，农业的快速扩张，河水变得污浊不堪，河床也萎缩一半，看了让人心疼。

人吃饱肚子，讲究一下穿衣戴帽。古牧地河也是一样，吃饭不再是伤脑筋的事情后，关注环保的呼声越来越高。

关停并转有污染的企业，还古牧地河的本来面目。河水一天比一天清澈，那种难闻的气味也不见了。

进入新世纪，在古牧地河上架起新桥，河边修建了古香古色的贡米巷，汇聚本土特色美食，一时成为网红打卡地，游人络绎不绝。我时常约家人朋友在巷子里走一圈，选家喜爱的老字号，坐下来慢慢享受美食，待华灯迷眼时，赏完夜景，才想起回家。

我时常与这古牧地河对话，我的喜怒哀乐它都看得见。有时心情烦躁或郁闷时,我就独立于窗前或站在河边,静静注视着这河,宠辱不惊,淡泊于世,我仅仅是这河中的一滴水而已,人一生不过生老病死几件事而已。这河经历的事,哪是一个人一生所能经历体会的!

二

遥远不仅仅是距离上的概念,也与时间关联。

当我以一名基层工商所干部的身份行走在古牧地的一条条乡村小路上时,我有新的发现,这个发现与一座城有关。

这便是老百姓俗称的破城子。这破城子有两处,一处叫大破城;距离大破城一公里多的西边,是小破城。这里先说大破城。

这座位于米东区城西不到5公里的下沙河故城被农田包围,如果不细心,你很难发现那座被玉米、向日葵或麦子淹没的石碑,即便你留心看了,也会不屑一顾,除了离它一百多米开外有两个大土包外,就是农田和纵横不规则的几排白杨树。你很难把它和盛世繁华的唐代、闻名中外的丝绸之路联系在一起。这其貌不扬的土丘,在一千多年前的唐代,可是西域古道上有名的驿站。

那个灿烂无比、开放包容的唐代,这里就是丝绸之路北道上一个重要的屯兵地,也是往来客商歇息的地方。

冯其庸、杨镰等先后到这里进行田野考察,寻觅这座古城遗物。

出生在这里、全疆有名的"农民发明家"马俊曾经告诉我,他小时候,同伴们常来这里玩"打仗"的游戏,有高高低低的土墙,又有高大茂密的树木,隐藏起来很方便,这是男孩子们显示聪明智慧的乐园。

游戏只是其一,让他们开心的是,不时在田地里、城墙边等地捡到铜钱。稍大一些的孩子,还可以挖到陶片或瓷片之类东西。那时并不知道这是什么宝贝,陶片都当作废物随意丢弃。瓷片用来玩输赢的游戏(比谁的花色漂亮,谁的瓷片大)。瓷片装在衣服或裤子口袋里,时间长了,就把口袋磨出个窟窿。大人们就会嚷嚷,快把那些东西扔了,好好的衣服磨破,也不知道心疼。孩子们哪里肯听大人们的话。你说你的,我玩我的。但最后,瓷片还是被当作废物扔进垃圾桶。如今想来,真是可惜。几十年过去,这些东西很难再找到。

我不懂考古,但喜欢探究掩藏在历史中的秘密。我一直关注着这座古城,不时会到这里看看,走走,像来听一位长者讲过去的故事一样。

我常常一个人站在这座千年古城的城墙上,四处张望:那滚滚的河水像是勇士们高声呐喊,那一排排的白杨树瞬间成了一队队身姿威武的士兵,个个精神抖擞,正向这边昂首阔步走来。

风,那缕带着田野气息的风把我从迷幻中唤醒。我踮起脚来再看,这破城子依河而建。宽阔的河面,既可解决城中用水问题,也可做城的防御,一举两得。

如今,高大厚实的城墙只有不到50米的两段,永恒相伴这块土地上繁衍生息的只剩那轮红日和明月。渐渐地,夕阳快要沉下地平线,红透天边的彩霞映射到远处的天山上,真是"微阳下乔木,远烧入秋山"。我感觉自己长出一双翅膀,飞向这七彩霞光的天空,这城的遗址一点点恢复:雄伟的城楼,高大的城墙,迎风飘扬的旌旗,身着铠甲威武的战士在城楼上举目远眺。这些从长安出发的将士们为守边屯田,报国效忠有时日,思乡之情难割舍。有回到故乡的,也有忠骨埋葬在此地的。

一个个下午,一个个黄昏,我来到这里。

在一排笔直挺立的白杨树两边是刚刚平整过的麦田,黑色的土壤还有点潮湿,看来田地的主人刚刚翻好它,正等待秋播。只有那变黄变红的树叶在蓝天和黑土的映衬下格外醒目,离土丘不到200米的乡村柏油路上,也不见车和人的踪影。

后来因为工作的关系,我常带着客人来此地,感受历史的沧桑。一次我陪新疆大学周轩教授和新疆师范大学刘学堂教授来此地考察时,城北门瓮城及角楼轮廓清晰可见。西边城墙有明显的火烧痕迹,也许城的消失与战争中的火灾有关。刘教授从城墙地基的草丛里捡出一块红色的陶片对我说:"这一看就是唐代的。"说着他在地上用树枝给我画一下这块陶片完成的器型。我暗自叹服的同时,将陶片拿在手里端详。刘教授笑着说:"只能看,不能带走,遗物要留在原地,这是考古人的规矩。如果时机成熟,可以进行专业的考古发掘。"我笑着点点头,将陶片放回原地。

在城的南面是一条公路,连接米东区与乌鲁木齐安宁渠,双向车道,缩短了两地的距离。好在修路时,保留了故城遗址。

在城的东边,一栋栋新盖的居民楼矗立在那里。这个曾经以种植,后来以养殖发达,又以工程建设富起来的村子,面貌今非昔比。80年代初我来的时候,家家户户是土坯房,90年代初第一批"万元户"第一次改变村里房屋的面貌,砖房取代土房子。如此不用担心房子因为下雨而漏雨。现如今,现代化高层小区是村民的家园,走在路上,很难想到这里居住着曾经面朝黄土背朝天的农民。

越来越多的人走出村子,去开店,去打工,去找新的营生,目标只有一个:把日子过得更好。

木 垒 三 章

一

　　我是一个博物馆迷，听说木垒县博物馆落成，便驱车去参观。在展厅里，一块原石吸引我的注意力。这是一块很普通的石头，放在戈壁滩上或者一条河沟里，谁都不会注意它的存在。可它放在博物馆里，其意义就有所不同。因为这个重达几百公斤的石头上刻着"咬牙沟"三个字，这让我心里一惊的同时又倍感亲切，这唤起我对咬牙沟的记忆。

　　咬牙沟作为地名进入我的记忆是奶奶告诉我的。

　　奶奶十五六岁时跟着哥哥，也就是我的舅爷，从哈密到乌鲁木齐,路过咬牙沟。他们从巴里坤出发,搭一辆顺路的驴车。赶驴车的是六十开外的男人,说他只到木垒。奶奶跟舅爷想,走一段是一段,说不定再往前走,也能遇到顺路的车马或者驴车,实在不行就步行。

奶奶跟舅爷到木垒已是傍晚,他们找一家客店过夜,次日再走。此时已是十月底。

第二天早上,他们简单吃过早饭,便在客店门口打听有没有去乌鲁木齐的便车,可等了好大工夫,也没有得到令人满意的消息。

坐车无望就迈开双脚走。奶奶跟舅爷出木垒县城,向西过木垒河古河道,顺着一条延伸向远方的慢坡走,这条普通得不能再普通的沟渠就是咬牙沟。

奶奶跟舅爷出门时,店主看一眼奶奶的脚说,这咬牙沟有近三十公里,路上不耽误的话,五六个小时就过去。奶奶知道,店主看她脚的意思是,若是小脚女人,走这段路就麻烦了。好在奶奶小时候虽然裹过脚,但并非十足意义上的"三寸金莲",是比小脚女人脚大,比大脚女人脚小的那种。

深秋时节的咬牙沟,萧瑟的秋风吹过波浪似的山坡,风过耳际是一种"嗡嗡"的响声,这响声中还夹杂着许多的声音——悠远的驼铃声、急促的马蹄声、高亢的山歌声等混杂在一起,随着一股股秋风,漫卷过山梁,也漫卷过匍匐在山梁上的野草。奶奶跟舅爷走了近两个小时,舅爷没有觉得累,奶奶有些受不了,要怪就怪当年裹脚时脚趾变了形,长时间走路脚就痛。

走不动就歇一会儿,舅爷让奶奶坐在路旁的石头上。这才走了一小半路,往前是若隐若现的山梁,往后看是孤寂沉默的山坡。眼见就到正午了,奶奶虽然脚痛,但也不敢耽误,必须赶在天黑前走过这段没有人烟的地方。除了坚持,没有别的选择。

什么叫咬牙沟呢？世居木垒的苏大爷告诉我,过去往返于此,不咬着牙坚持下来是过不去的,由此得名。苏大爷家住东城,祖上是开磨坊的,母亲娘家是木垒县城的人,经常往返这条咬牙沟。

他还给我讲了一个有趣的故事。以前这里常有土匪出没,威胁到百姓安全通行,人们便想修建一座山神庙,希望山神能保佑过往百姓人身财产安全。当地富户纷纷捐钱捐物,贫困人家自愿出人力来帮助修建山神庙。所谓的山神庙不过是一间几十平方米的平房,里面请塑像匠人塑尊山神像,置于中央,再摆上香案等。

房子很快盖好,也请来陕西的塑像匠人塑好山神像。就在将山神请进山神庙时,一支骑着快马、身份不明的队伍在夜深人静的时候,不仅将山神庙烧了,还将山神像也砸个稀巴烂。百姓们得知后,既气愤,又无奈。那些来无影去无踪的人手里有枪,百姓手里除了锄头、铁锹、镰刀,没有能与之抗衡的武器。

后来那些骑着快马的人在咬牙沟里抢劫了一支商队的货物,还有几个随队的女眷。说来也奇怪,这伙人当天吃过晚饭后,一个个都像得了瘟疫似的,横七竖八地躺着,动弹不得。女眷中有一个练过武术身手敏捷的,趁着夜深人静时,牵出一匹白马骑着跑出来。后来带人上山时发现,除了商队的人都尚存一息外,那些土匪们无一例外都命归西天了。百姓们说,这些冒犯了山神的人遭此厄运,一定是山神显灵。

后来我从《木垒河》的作者李健那里获悉,这条路是古丝绸之路新北道的一个分支,是绥新驮运的“下八站”之一,是小草地、大草地及南路要冲。当年,商贾旅人、驮夫贩卒,拉着一队一队的骆驼,在悦耳的驼铃声中,一路向西,从哈密到镇西,过色皮口、大石头、一碗泉到木垒,稍事休整后,再经咬牙沟去奇台,到孚远,到迪化,到中亚,到更远的地方……这条路与其他丝绸之路分支的使命一样,担负着货物交流、人员往来的职责。

第一次经过咬牙沟是1988年的冬天,我跟同学去她亲戚家玩。当时我们坐了一辆老式的吉普车,车密封不好,坐在车里,刺骨的寒风直往衣领、袖口里钻。吉普车大概行驶一半距离,忽然熄火了。我心里咯噔一下,心想,不会出什么毛病吧。年轻的司机跳下车,我们坐在车里,谁也不说话。估计大家都在想车快快修好,天寒地冻的,要是坏在路上,那就难办了。几分钟后,司机打开车门,一脸阴沉地说:"车坏了,你们下来走吧。"真是怕什么来什么,我跟同学对视一眼,下了车。

走路不怕,怕的是这路上雪厚,路没有完全压开,人步行就很费劲。那时候,过往的车少。我们在路边等了足足一个小时,也没见一辆车过往。干瞪眼着急没有用,我跟同学便步行往前,目的地是西吉尔乡。

一路这么走着,起初并没有感觉到累,放眼看着被皑皑白雪包裹着的山梁,光亮刺眼。我忽然有种到山顶上看看的欲望。我对同学说:"走到山顶上看看。"同学惊讶地看我一眼,"你去吧,我在这里歇一会儿。"同学说。

我把背包扔给同学,迈开步子向山顶走去。我是一口气爬到山顶的。站在山顶,眼前是连绵不断的山,如海浪一样一波连着一波,像站在海边似的,我兴奋地放声呼喊起来:"咬牙沟,我来了!"声音随着气流传出很远,声波振动,让我感受到空气的洁净,我大口大口吸着气,生怕呼吸慢了,它们会逃跑似的。忽然,从那白茫茫的"海浪"中,驰骋而来一支马队,那马匹是清一色的白马,马鬃飞扬,马蹄飞奔,朝我的方向而来,我惊喜地张大嘴,注视着它们。再看,那头马上是一个白衣的女子,宛若天仙。我想看清楚那女子的面容,便不由自主地眨眼睛,等我再睁开眼睛时,一切都消失了。我有些懊悔,真不该眨眼睛,有那工夫,她就到我面前了。

"快下来,要赶路了。"同学大声地喊我。

我一脸沮丧地回到路上,告诉同学刚才发生的一切,她摸摸我的脑门,摇摇头说:"没发烧呀,怎么说起胡话。"我无趣地往前走,感觉腿上绑了一个大石头似的,十分沉重,每迈出一步都那么艰难。我低着头,想奶奶当年过这咬牙沟是怎么走完的。

同学看我一副疲惫的样子,建议我们在路边休息一会儿。我没有采纳她的建议,继续往前走,且咬紧牙关,憋着一股子劲,努力地迈开更大的步子。我想奶奶能走过去,我也能,何况我的脚还比奶奶的大些。

等我再次路过咬牙沟,是去菜籽沟,那是2013年的夏天。此时这条沟的山坡上早已种植了杏树、枣树、榆树等,穿了绿衣的山坡,生机盎然。同学说春天来这里都是花和花香味。

那些曾经红火的客店、酒家早已消失在历史的车轮中,挺立在艳阳下一株株一片片的树木,连同飞翔在天空中的鸟儿们一起,见证着咬牙沟现在与将来发生的故事与传奇。

二

畅游鸣沙山是我向往已久的事。

我们从乌鲁木齐市出发,大概行驶4个小时的车程到达木垒县。

我们没有按部就班去联系住所,而是迫不及待地直奔距县城125公里的鸣沙山。出生木垒东城的老三告诉我们,因为在修路,建议我们别去遭受颠簸之苦,改去水磨河也不错,但同行的伙伴都不同意,我们就一路驶向鸣沙山。

鸣沙山,哈萨克族语称为"阿依艾库木",意思是"有声音的沙漠"。木垒鸣沙山共有5座红色沙山,其中最大的一座长度在五六百米,相对高度近70米,呈西南东北走向,沙山下为一片平坦的砾石间歇性河床。

当汽车开进沙山时,似有雷鸣号角之声从沙山内部发出,时断时续,时高时低，忽如丝弦悠扬，忽若铁骑奔突。当我们从沙山顶部向下滑动时，随着黄沙的滚动，沙山发出雄浑、低沉的响声，其声犹如轰炸机掠过低空一般，经久不息。老三常来这里，告诉我们另外一种玩法，多人并排下滑。我们听从老三的建议，一字排开，他一声号令，我们不约而同滑下去。摩擦的轰鸣声震耳欲聋，身体与沙子接触的部位产生如由按摩器振动产生的酥麻感，尖叫声此起彼伏。更有趣的是从沙山上的不同位置下滑时会有不同的响声，而且痕迹稍现即逝，马上平复，令人称奇不已。

俗话说，上山容易，下山难。鸣沙山给我的感觉恰恰相反。因为沙子是松软流动的，每迈一步都很吃力，如果不连续前进，就有可能被向下流动的沙流带下去，先前的努力就白费了。所以必须不断往上爬，真有点逆水行舟的感觉。但当你爬上山顶时，又是另一番景象。绵延不断的沙丘一个接一个，在夕阳的掩映下如同红宝石一般。山上的风很大，风中不断夹杂着细小的沙粒，一不小心就钻进你的眼里、衣服里，但这并不妨碍你滑沙的兴趣。去山顶上或坐上木制的簸箕(有人叫作爬犁)或什么也不坐，顺着山坡滑下，如同从高空飞下一般，根本感觉不到你是在顺着沙坡下滑。只有在不断变化鸣响的声音中才会有滑沙的感觉，从几十米的高处滑下，只要短短的几秒钟，被黄沙摩擦而感到松软的身体是无比舒服。

鸣沙山在全国有好几处，如敦煌、巴里坤、内蒙古都有鸣沙山，虽说木垒鸣沙山的名气不大，可它离我们距离最近，多了几分亲切感，像是自己家的后院更让我们无拘无束。

夕阳西下，偌大的鸣沙山上只剩下我们一行人，但大家都没有返回的心思，老三提醒我们，这里没有住宿的地方。无奈中，大家依依不舍地离开这让人流连忘返的地方。

三

2017年冬天，作家李健打电话来说，冬天木垒有流水席过来品尝一下。对我这个喜欢民俗和地方文化的人来说，这是不能错过的机会。

开车抵达木垒时，天气晴好。听从主人安排，我们走进一户农家，拔廊房里摆上方桌，一桌八人，很快具有木垒特色的八大碗（羊肉烧条子、清炖鸡块、红烧牛肉丸子、糖洋芋、夹沙等）端上桌，热腾腾的花卷馒头也摆放在我们面前。

这样的宴席早先在乡村很流行，红白喜事都会请亲朋好友。我家所在的米泉早些年也能吃到这样的宴席，如今乡村的年轻人都进城了，留在乡村的多半是老人和孩子，办这样的流水席需要提前几天准备，也需要更多的人帮忙才能完成，少了青壮年是无法实现的。为了方便，大家都选择在镇里或者县里的餐厅待客，如此流水席就难得一见。

流水席让我的记忆回到从前，脑子想起过去零零碎碎的事。

散席后，其他人在院子里嗑瓜子聊天，我在这户人家房间看了一圈。别说这户人家房子挺大，一排有五六间房，每间都在30多平方米。在西头的房间里有土炕，土炕上有叠放整齐的被褥，土炕旁放着一个木制柜子，红色。显然这柜子有些年头，柜角磨损的痕迹证明了岁月的流逝。我一眼就喜欢上这红柜。

为什么就钟情红柜呢，是源自奶奶的遗憾。奶奶曾告诉我，她结婚时，爷爷家条件差，做不起红柜，要知道做红柜都是上好的松木，好松木价格不菲。过去也只有条件中等以上人家，儿子结婚或者闺女出嫁才能请木匠做个红柜。红柜里放着家里值钱的物件，也有放衣服，也有放粮食的。不管怎么说，在那个年月红柜是有象征意义的。

我打听到女主人，试探性地问是否愿意出让红柜。女主人一脸笑容说，这是她婆婆的陪嫁，如今婆婆90多岁，住在女儿家，人都健在，她的物件肯定不会卖的。这多少让我有点遗憾。

我告诉李健想买个红柜，他说，这事不能急，只能慢慢碰。

从此，红柜一直藏在我心里。

有一天，老三来家里吃饭，我突然想起红柜，又提及想买红柜的想法。做面粉生意的老三常回木垒，想他说不定在乡下收麦子时能遇到卖红柜的人。我说出这个想法时，老三说："嫂子，不用买，我高中同学彭豪民家就有一个红柜，闲置在家里，我去给你要过来。"我一听喜出望外，白要人家的肯定不妥，多少得给点钱吧。老三说："我跟他关系好，一件旧家具能值几个钱，到时候，你请他喝顿酒就行。""那太简单了吧。"我不好意思地说。

我话语刚落，老三当着我的面就给彭豪民打电话，几句寒暄后，老三直截了当地说一个朋友想要家里的红柜。听到这里我心里蛮忐忑的，给还是不给？老三按着免提键，只听电话那头说："抽空我开车送过去。"老三连声道谢。我不敢相信自己的耳朵，以为自己听错了。老三坚定地说："嫂子放心，我同学实诚得很，相信我没错。"

这是5月份的事。6月很快过去。

7月初的星期天，老三打电话说："嫂子，准备好接红柜，彭豪民开着皮卡车，拉着红柜过来了。"头天闺蜜约好去逛街，不知道红柜啥时候来，我只能在家等候，逛街的事只能放弃。

从中午等到下午，还不见人影，我心里发急，又问老三是不是有什么事，改变行程了？老三说电话无法接听，不知道啥情况。此时，老三跟我一样着急。

鸡鱼都准备好了，不敢做。除了等，别无他法。我查了一下，从雀仁乡到米泉近300公里路程,至少得四五个小时。

好在夏天黑得晚,大概快9点的样子,站在路口的老三大声喊道:"来了,来了。"说着一辆皮卡车停在门口。

老三不由分说就问:"咋回事,手机关机了,急得人跳蹦子。"

彭豪民不急不慢地说:"手机没电了。路上限速走得慢。"

"快歇一会,平安到了就好。"我忙让彭豪民坐着喝茶。

歇息了一会,彭豪民将皮卡车倒进院子里,打开车厢板时,除了红柜,还有两只大公鸡和一袋子甜瓜。彭豪民说公鸡是自家养的,甜瓜是自家种的。不用说,他是个勤快人。

红柜抬下来,放在院子中央,我欢喜不已。彭豪民说这是他岳母的陪嫁,在她家已经几十年。我打开盖板,里面完好。外部的漆面脱落了,但不妨碍整体的美观。如愿以偿,心情自然舒畅。

雀仁乡地处沙漠边缘,常年风沙大,彭豪民脸膛黑红,与妻子种地养殖,小日子过得美满。沙地适宜种瓜,卖完剩下的晾成瓜干。等冬天时,端上桌子就是一道不错的零食。

酒杯端起来,大家的话也多了。彭豪民说,夫妻俩种了几百亩地,顾不上孩子和家务,岳母帮着带孩子,料理家务,虽然年纪大了,但身体硬朗,耳不聋眼不花,走路利落。

席间,老三夸赞彭豪民的妻子饭做得好,人脾气更好。有几次夜里12点到彭豪民家,他媳妇起来做拉条子,又炒大盘鸡,吃得舒坦。我相信老三说的是实话,乡村媳妇能干贤惠的人多。

彭豪民喝了几杯酒说,这红柜在乡下已经落伍,现在的年轻人都喜欢新式家具,这样的老古董没市场早已失宠。

旧物有情。我偏偏喜欢这样的物件。也就在木垒这样的民风淳朴的地方还能见到老物件,在繁华的大都市已经很难见到了。我很看重红柜,将它摆放在最大房间中显眼的位置。每次家里来客人,我都要隆重地介绍一下红柜,似乎它是我的故交老友,相识多年,值得信任,可以托付。

2019年11月,我和家人出门散心。当我们到老三家时,进门听到的第一句话就是,几天前彭豪民突发心脏病去世了。听到这个消息,我眼睛湿润了。其实我与他不过一面之缘,因为红柜记住了他。让我感激的是,那么远的路,他亲自开车送红柜过来,分文不取,这种质朴真诚的情谊在当下太稀有了。我还曾想,亲自到他家看看,看看他种的地,看看他养的牛羊鸡鸭,尝尝他妻子的饭菜。没能成行,却就此永别。

转眼,彭豪民离开已经一年。几天前,他妻子带着四只家养的鸡来看老三的母亲。他妻子说,彭豪民走了,她还在。我埋怨老三,怎么不告诉我一声,好请人家吃顿饭。老三说,时间紧,下次请不迟。

以前听到下次不以为然,如今越来越怕听到这个词了,说不清为什么怕。

雪下起来,冬天真的来了,想必雀仁乡也下雪了。

冬不负雪

此刻，窗外飘雪。

脚心发痒，急慌慌跑出屋，在漫天飞雪中旋转。霎时间，沉重肉身，轻盈如雪，飞入空中，向更远的高山、更广阔的大地而去。

与无限遐思相比，冬日雪后，我喜欢一个人，或者约三五好友去几十公里外的东天山国家森林公园徒步。细算一下，爱上冬日徒步，已有12年。

2010年元旦，我与几名友人蹚过东天山水磨河，翻山抵达天山天池的经历至今难忘。起初，我没有勇气和胆量挑战这趟对个人来说史无前例的徒步之旅。但同伴鼓励说，你长在新疆，长在乌鲁木齐，长在冰雪圣地的天山，不来趟冰雪徒步，辜负了冰雪盛情。

一听这话，我不服气，心想不就是走路吗？没啥大不了，说走就走。从早上出发，到下午七点抵达。一脚踩下去，没过膝盖的雪。每一步都很艰难，听到雪地的嘎吱声，像是在嘲笑我这个懦弱的家伙，生性刚毅的我第一次体会到融入冰雪中旷达自由轻松的心绪，这是在城里无法感受到的。

　　从此，我痴迷上了在冰天雪地里徒步。

　　水墨天山，是陪画家去东天山写生时听到最多的一句话。那时盛夏和金秋，山体青灰，毫无表情。我看不出它们想些什么，觉得无聊，手里捧着书，躺在树下的防潮垫上翻一翻。

　　"嘿，到山里，不是来睡觉的，过来看看。"画家喊我时，才懒洋洋地起来，漫不经心地走到画架前。

　　"呀！怎么是白茫茫的雪景？"画家笑着说："我画的就是冬天的景色。"

　　"太不可思议了。"我盯着画面，像已经身处冬日。

　　不能停留在画家的画布中，一定要身临其境感受才晓得。入冬的一场大雪后，我开车与好友进入东天山的小东沟。车子停在沟口牧民家门前，一只黑色牧羊犬昂着头，瞥我们几眼，摇动尾巴回到窝里。

　　清冽的空气裹住身上，一点也不觉得冷。放眼望去，两侧山峦白雪皑皑。直插云霄的雪岭云杉和圆锥状的西伯利亚落叶松，英姿勃勃地矗立在山上。匍匐在山坡的西伯利亚刺柏安然地接受冬日阳光的沐浴，一副与世无争的模样。黑加仑、野蔷薇、皂角等灌木错落有致地散落山谷中，雪扑撒在它们身上，触手可及。

　　山路上有牛羊马的足印，我们几个有意将自己的脚印覆盖在它们的足印上。如此一来，不是规规矩矩地走，而是连走带跳。牛羊马不辞辛劳徒步山野间是生存需要，要刨开厚厚的积雪，啃食雪下枯枝烂草果腹。它们要起早，要走更远的路。我们这些人跑进山里来是为消耗掉多余的脂肪，让腰部的"橡皮圈"不再扎眼，为听山林间喜鹊、山雀、山鸡的鸣叫。

"不要走得太快，留点力气，我们要从小东沟翻山从大东沟出来。"有人在后面提醒我。为"开疆拓土"，我独自疾步走在前面，将友人甩在后面。穿了雪套，毫无顾忌地踏入没有足印的山路上。突然间，有种成就感。崭新干净的地面，以地为纸，足为书，开始一段徒步丈量的书写过程。想到这里，心里洋洋得意。

突然，不远处的灌木丛中传来窸窸窣窣的声音。我猛然停止行走，站在原地观望。一只壮硕的野猪带着四个猪仔觅食，不知是我吓到它们，还是它们吓到了我。有那么几秒，我脑际一片空白，像是一枚木楔子钉在地上，一动不动。作为资深徒步领队的友人曾告诉我，在徒步中不管遇到任何情况，不要慌张，保持冷静。多数动物，不管是野猪、狼还是狐狸，在没有遭受外部攻击的情况下，通常不会主动发起攻击。换句话说，动物们是不会轻易冒犯与它们和平相处的生物，包括人。但对动物们构成威胁的往往是人。

野猪妈妈的小眼睛盯着灌木丛，根本不在意我这个穿着大红冲锋衣的怪物。野猪妈妈穿过灌木，四个小猪仔紧随其后，向另一处灌木移动而去。这一幕，看得我满心欢喜。天底下为母者一样的不辞辛劳，过去将野猪冠以懒惰的形象，今天亲眼所见，是多么荒唐愚蠢的想法。

路旁一块青石，一头高一头低，天然板凳。我用手套拂去上面的积雪，取下围巾垫在石头上，靠坐在青石上。视线所及，真如水墨画一样，灰白主色调又有大片留白，恬淡素雅宁静。平日里的焦躁不安、抑郁沉闷等污浊气，在这里被洗涤得一干二净、心轻如雪。

再次出发是一段向上的山坡。我有些气喘，停下来大口喘气。"嘿，不怕慢就怕站，来我拉着你。"友人伸手不容分说抓起我的右手，拽着我向前走。阳光毫不吝啬自己的光芒,路不再是孤寂的白,是灼灼金色。

站在山顶,"飞阅"开阔的大东沟,眼底铺陈出素净梦幻的水墨天山图景,友人惊呼雀跃。我双手合十,向更远处的博格达峰祈祷,期盼来年风调雨顺。

"还有一半路程,不能耽误,出发。"我们手挽着手,小心翼翼地下山。刚走出四五百米,对面山林间急促奔跑过一对马鹿母子。母鹿机敏地向我们瞭望,小鹿跟随母鹿身边。不知道谁,喊了一声:"鹿妈妈好!"声音回荡在山谷,母鹿飞奔进密林深处。

遇见美好竟是如此简单的事。我欢喜徒步中不期而遇的动人瞬间。

徒步旅程也有惊心动魄的一刻。记得那是2020年冬天,我跟友人徒步马牙山。同行的有一位三十多岁的男士,他是第一次跟随我们进山徒步,兴奋地对我说:"平时工作枯燥无聊,徒步让人亲近自然,放飞心情,太美妙了。"边说边大踏步地向前走去。

我微笑着说:"别那么赶,路还长着呢。"匀速前进,保持体能,是我徒步的心得。我深知,徒步并非仅仅是走路这么简单。过去在徒步翻山过程中,摔跤骨折的事也发生过。差不多还有一公里要登顶时,那位男士因走得太快,脚出汗,鞋子外部低温形成温差,鞋子里积聚水分,产生冻伤,步行艰难。几个人拉的拉,推的推,好容易到达山顶,可男士一步都走不动了。领队果断命令就地休息,他去山下找爬犁将男士拉下山。山下的牧民得知情况后,将平日拉草用的爬犁借给领队。男士被固定在爬犁上,上面两人拽着绳子,下面两人开路,齐心协力将男士运到山下,在车里休息。

我们都在为他担心,他却笑呵呵地说:"徒步陶冶情操,磨炼意志,开阔视野,我会坚持下去。"

领队拍拍他的肩膀说:"不经历风雨,怎么见彩虹。希望下次徒步,再见到你。"

这样的经历,不仅对他,对我们每个人都是难忘的。

山是书,每一座都值得细心品读。

这里我不得不说一下化石沟。从天蓬沟徒步去化石沟不是轻松的事。我早已耳闻化石沟的大名,总想亲自去一次。夏日草木繁茂,不见得容易见到化石,反倒是冬天更容易与化石相遇,这是领队分享给我的经验。我是那种说干就干、说走就走的人。领队被我拉上了车,他一再告诫我,路不好走,要做好充足的心理准备。我俏皮地说,只要不是上刀山下火海,我都不怕。

这次,我没有背包,轻装前行。

化石在天山一线都有分布,但据说化石沟更为集中,品种更多。这对我来说有种莫大的诱惑力。走起来,脚底生风,把之前告诉冻伤男士的话忘得一干二净。

每迈一步,脚步与雪摩擦发出的嘎吱声,让我按捺不住期待的心情,想快点抵达。同行队友们不得不紧跟我的步伐,终于在中午二点多进入化石沟。领队说,我们歇息一会,你去找化石,考验一下你的眼力。我冲领队和队友们打两个响指,兴致勃勃地冲向陡峭的山崖。

之前我在地质博物馆观看过化石标本。天气晴好,在山岩上一眼就看到海螺、乌贼、牡蛎、蚌,当然还有衣着华丽的珊瑚。一刹那,我摇身一变成为一名海底潜水员,畅游美丽奇幻的水世界,与这些亿万年的古生物们来一场自由派对。我缓慢轻柔地抚摸它们的躯体,让它们感受我的体温,感知我此刻的心情。看着看着,不觉眼里起雾。原本清晰的它们,虚化成一片青灰色的纱幔,在风中飘摇舞动。

这次不同寻常的徒步,让我与队友们穿越时空,真切感受到乌鲁木齐这座离大海最远的城市周边有这样一座天然地质博物馆,近距离观察曾为浩瀚大海精灵的它们。觉得山谷不再是孤寂的,有它们的陪伴,可以想象那些远古时代上演过的一次次动人心弦的故事。

冰雪季爱上徒步,爱上自然,爱上无边无际的遐想,经年累月,收获健康,收获友谊,收获意想不到的经历。

冬不负雪,脚不负路,我不负人。

第二章

岁月久长

到 和 田 去

和田是一块幸福之地。

它是无数旅行者的向往之地，它是探险者的梦境之地，它更是百年以来考古工作者的发现之地。

我不是探险者，更不是考古人员，可和田在我的心中同样是一块无法忘却的地方。

十几年来，期盼着重返和田。2017年4月，我放下牵绊，再次走进和田。

阳光普照，活力无边。这块镶嵌在昆仑山南侧的和田，八县市的任何一处都有看不完的风景、听不完的故事。

一

　　我去和田首先参观了第十四师47团纪念馆，了解和平解放和田那一段光辉的历史。在一家老兵养老院里，我拜访了健在的几位老兵，他们讲述了当年一些老兵的故事。刘文义便是其中之一。

　　1932年的春天，刘文义出生在山东临沂一个普通农户家里，那时人们正忙着春耕，虽然日子过得艰苦，可新生命的降临还是给全家人增添了欢乐。

　　俗话说，孩子只愁生，不愁长。转眼，这个襁褓中的婴儿，在晨露与夕阳的陪伴中，在麦子与红薯滋养下，如一棵小树渐渐长大。当刘文义的个头跟自家墙头一般高时，他渴望到更远的地方去看看。每当村里有比他大的小伙子参军入伍时，他总在母亲跟前嚷嚷着要去参军。可儿是母亲心头肉，母亲希望他留在身边，日后能顶门立户，成为家里的壮劳力、顶梁柱。因此，每次刘文义给母亲说起自己的想法时，母亲总说你还小，等过两三年再去都不迟。

　　两三年，那就是一千多个日日夜夜，在一个热血澎湃的少年心里，这样的日子实在太漫长。可他看着终日劳作的母亲，又不忍心。他常常在梦里梦到自己去了部队，身着军装，英姿飒爽，好不威武。可当他从梦中醒来时，心里莫名地感到有些失落。有了心事，对一个少年来说，情不自禁就会表现在脸上。知儿莫如母，儿子脸上的愁云难逃母亲的眼睛。知道儿子心里有自己的梦想，她决定给孩子一个机会，让他去闯。

　　说来也巧，1947年，刘文义刚刚过完15岁生日，渤海军区教导旅来临沂招兵，刘文义得知消息后，飞奔着去报名。起初，因为年龄不够部队不收，回到家，他见了母亲便难过得流下了泪。母亲一看，二话不说，牵着他的手到了招兵处,很认真地对部队的同志说:"别看我儿子年纪小,可干活肯出力气,人又老实,到部队再锻炼锻炼,一定是个好战士。"娘俩的热情感动了招兵的同志,刘文义成了一名光荣的战士。那一夜,他兴奋得没有合眼。

从此,刘文义与众多山东子弟兵开始了万里征途。他们在王震将军的指挥下,一路西进,过兰州,进哈密,抵达了南疆重镇库尔勒。当时,刘文义是部队卫生员,抢救伤员,看护战士,他从不叫苦叫累。看到从前线上抬下来的战士,有的因抢救无效合上了双眼,有的因为伤势太重落下残疾,他深受震撼的同时,也感到生命的可贵。为了能够多照顾战士,帮助他们早日康复,他每天起得最早,睡得最晚,成为连队里最能干的卫生员。

后来,他跟随部队又历时半个月艰苦行走,穿越塔克拉玛干沙漠,克服重重困难,最终迎来和平解放和田。与刘文义同时入伍的万名山东健儿,有半数牺牲在了途中。战斗结束了,刘文义想念远在山东老家的母亲,他想快点回到家。此时,却有了新的任务。根据首长指示,部队就地转业,加入屯垦戍边的行列。

刘文义服从了组织的安排。他给母亲寄去了一封家书,聊表自己的思念之情外,在信中更多表达了自己对建设边疆的决心与信心。他在信中说:"战争年代,我是一名好战士,投入生产劳动后,我也会是一名好农工,让母亲放心,我不会给母亲丢脸。只是不能回去给母亲尽孝,请母亲多保重身体。"

信寄出后,他放下了思想包袱,全身心地投入了生产中。

"兵出南泥湾,威猛不可挡;身经千百战,高歌进新疆。兵团多健儿,未离手中枪;边关烽烟起,重新上战场!"这是张仲瀚将军在《老兵歌》中的词。

刘文义作为这些战士的一员,在新战场上一如既往,踏实肯干,成为一名优秀的农场干部。

在部队时,刘文义是卫生员,转业到团场后,面临的一个新问题是团场的兽医奇缺。团场生产离不开马、牛、驴等牲畜,为改善职工生活,鸡、鸭、鹅、羊的养殖又不可或缺。当喀什要举办南疆地区兽医班时,刘文义与另一名同志听从组织安排参加了培训班。半年后,他回到了团场,成为团场第一名兽医。

"无风一片白,有风白满天。"在和田墨玉昆仑农场这种极端条件下,刘文义在从一个连队到另一个连队的路上,无数次被肆虐的风沙吹得找不到方向。

有时候,等风沙小点摸回家时,已经是半夜了。有一次甚至天快亮了,妻子还联系不上他,十分着急担心,以为发生了什么意外,当他推门进屋时,妻子哭得跟个泪人似的。刘文义安慰妻子说,以后到点就跟孩子们睡觉,别傻傻地等着。在枪林弹雨中我都没死,遇到点风沙算什么?你放心。

作为一名兽医,刘文义最主要的工作是做好牲畜的疾病预防。那时没有交通工具,只能是步行去看牲畜,为了多装点药品,刘文义除了背着自己的药箱外,还要背一个袋子,尽可能多地拿些必需品。因为他知道,连队就盼着他去,给连队里的各种牲畜做预防工作。

这是一项又苦又脏的活,刘文义却乐在其中。每次他给连队的小牛犊、小马驹、小山羊、小猪崽打完预防针后,都会亲昵地抚摸这些动物,眼睛里都是慈爱的目光,他不时低语说,小家伙们快快长大!有人不理解他的举动,问他:"这些动物哪能听懂人的话,你跟它们讲话,不是对牛弹琴吗?"刘文义说:"俗话说,人有人言,兽有兽语。动物们跟人一样,都是有感情的。你对它好,它就会记住你,也对你好。"

有一次,刘文义去连队给一匹难产的马接生。当时马的情绪十分不稳定,当刘文义靠近马时,马冷不丁踢了他一下。他当时就感觉胸前疼痛,不过他不顾疼痛却柔声细语地说:"老伙计,别怕,有我呢。"并用手轻轻拍着马背,认真观察马的动态。那天,他一直守护到凌晨2点多,母马在他的帮助下,顺利产下马驹。等他回到家,脱掉衣服一看,胸前有碗口那么大一片黑紫的瘀血,一弯腰胸腔内也隐隐作痛。他没给妻子说,只悄悄吃了点活血化瘀的药。

1962年后,团部陆续给各连配了兽医,有的是知青,有的是大学生,有的是刘文义自己培养的学生。工作经验丰富的他,每次下连队,除了一如既往实地查看牲畜的情况外,都会毫无保留地传授技术。有人说,教会徒弟,饿死师傅。刘文义笑着说:"啥工作都是一茬接着一茬的,我老了,干不动了,就得靠年轻人。我倒是希望年轻人个个比我强,这样团场里的兽医工作才有发展后劲,保障生产,才不是一句空话。"

爱惜人才,踏实肯干,默默奉献的刘文义不仅受到同行们的称赞,也受到了领导的肯定。

1984年,刘文义调到团部生产科当副科长。虽说到了团部,可他的心却一直在基层连队。只要有时间,他就往连队跑。一起工作的老战友说,别太累了,该享福了。他说,闲着就发慌,忙点充实。

如此,一生奔波劳碌的刘文义一直到60岁离休,才离开他心爱的岗位。刘文义对工作认真,对自己的亲人也是厚爱有加。

自从父母去世后,他一直惦记着在山东的姐姐一家。每个月发工资都要给姐姐寄一点生活费,如此坚持了几十年。有一年因为经济紧张,刘文义将妻子的缝纫机卖了,把钱寄回了老家。

妻子很不理解,因为对有三个孩子的家庭来说,缝缝补补的事情离不开缝纫机,没了缝纫机,就要手工缝制,花费的时间自然更多。刘文义的妻子在幼儿园工作,日常工作十分繁忙。刘文义则说:"我一个人远在边疆,家中父母多亏姐姐照顾,如今姐姐有了困难,我们帮助她是理所应当的事情。"

1978年,刘文义带着妻子和孩子回山东老家探亲,邻居们见他就竖着大拇指说,这些年多亏他寄来的钱,帮家里度过了大大小小不少困难,才让家里人吃饱穿暖。

刘文义对待子女很是和善,一直要求孩子们做人要本分,与人为善,不占公家的便宜,老老实实,勤勤恳恳做事。平日里少言寡语的刘文义,把对孩子的爱融入日常生活中。据刘文义的长子刘建华回忆,有一年过六一儿童节,父亲买了肉,回来亲自下厨做了菜。菜上桌后,父亲给每个孩子的碗里都夹了肉,自己只夹了几片青菜。刘建华说:"当时,我们都还小,以为父亲就喜欢吃菜。等长大了才懂得,那香喷喷的肉里是父亲浓浓的爱。"

作为一名老战士,刘文义从来不向组织提过分的要求。1997年,65岁的他因胃癌切除了胃,身体每况愈下,当女儿刘俊英给父亲擦洗脊背时,看到一大片伤疤,心疼得泪如泉涌。父亲告诉她,这是在一次战役中受伤留下的。他对女儿说,与那些牺牲的战友相比,他能活着就是最大的幸福!

刘俊英回忆说,当时她就想,如果父亲申请一下,也许可以到医疗条件更好的北京或者上海去看病,那样也许父亲就可以多活几年。不过,当她把想法告诉父亲时,父亲坚决反对。他说,国家已经很照顾我了,别再添麻烦了。

半年后,刘文义因肾病去世。他长眠在47团烈士陵园,与他的战友们一起守护着祖国边疆。

二

去看卜江杰是我早都想好的事情。

等我到了于田县后,才知道他出生在四月,今年34岁。这个年龄,风华正茂,是干事业的黄金阶段。我接过他递给我的水杯时,发现他的头发里已有了星点的白发。我问他,是不是经常熬夜,按他的年纪不该这么早有白发的。他笑着说,想睡,就是睡不着。我不再追问,慢慢喝着热茶,当那股带着药味的茶汤流进我的喉咙时,三个多小时的颠簸疲惫顿时消减了许多。

小卜是米泉人,算是我的老乡。他母亲我认识,是个能干的女人,曾作为巾帼模范被表彰。后来,她告诉我,他的大儿子从新疆农业大学水利水电专业毕业后,报考南疆公务员被录取了。可她感觉那里太艰苦,不想让去,就家境看,她经营的农资店也需要人手,如果儿子回来,她会把店交给他去打理。

我看着她略带愁容的面庞,作为一个母亲,理解她的心情,儿女是母亲的心头肉,渴望儿孙绕膝,静享天伦,是普通人向往的生活。儿子这一去,不知何年才能回来。"好男儿,志在四方,你大可不必担心。"我宽慰她。

第一次见到小卜是我在与和田同行的聚餐中。我的想法很简单,他一个人在那里,希望让他认识几个人,去了好有个照应。言谈举止间,我暗自认定这个年轻人,定会有出息的,最深的一个印象是稳健。

2009年7月1日,小卜到于田县兰干乡报到,在100多人的乡办公大楼,他是仅有的7名汉族干部之一。学语言,交朋友,抓工作,他把自己火热的青春,在昔日扜弥国的土地上点燃。一年时间里,这个生龙活虎的年轻人像一头不知疲倦的牛犊一样,跑遍了全乡的13村,成为乡里信任的一名得力干部。

我问他："你在兰干乡最大的收获是什么?"他说："我交到了知心朋友。"他说有一个乡里的同事叫阿卜杜·卡德尔。他俩因为工作常去村里,一来二往熟悉了。小卜文化好,常教阿卜杜·卡德尔汉语,而小卜也跟着他学习维吾尔语。阿卜杜·卡德尔见小卜常常一个人在宿舍里,便在节假日把小卜喊到家里去吃拉面、杏子、核桃等。小卜听不懂语言,但从阿卜杜·卡德尔父母慈爱的神情、微笑的面容中感受到这户淳朴人家的友善与敦厚。小卜也常让家人从米泉捎来大米送给阿卜杜·卡德尔家。

因工作出色,一年后,小卜到组织部基层办工作,虽然不常与阿卜杜·卡德尔见面了,但隔两三天,彼此就要通一次电话,问候一下,两个人跟亲兄弟一样。小卜全身心地扑在工作上,常常是一周吃喝拉撒都在楼里。

当走上村党支部书记的阿卜杜·卡德尔,每次工作中遇到难题时,第一个想到的就是小卜,基层组织建设、农村党员发展、剩余劳动力转移等,他们常交流信息,互相探讨。由于小卜的指导,阿卜杜·卡德尔的工作进步很快,他工作的单位成为兰干乡的先进党支部。小卜看到他的进步,自己由衷感到高兴。每次阿卜杜·卡德尔到县委来开会,他俩都要吃顿便饭,谈谈生活等,这样的日子,俩人感觉十分愉快。

2016年,小卜被任命为于田县天津经济开发区副主任,面对极具挑战的新岗位,他孜孜不倦地坚守在自己的岗位上。当我走进办公室时,他说,他从2015年8月至今,在家住的日子累计不超过两周。他常住在单位,不是说自己有多么高尚,而是单位人手不够,公务繁忙,无法脱身。

说到这里,刚才还笑容满面的他,低着头,面露惭愧地说:"不瞒你说,在于田县的8年里,只看过父母两三次,妻子生孩子时都不在身边。"2015年母亲千里迢迢来看他,也难得一见。原因是那场和田地区罕见的雨,从8月底开始,像得了相思病的少女一样,绵绵雨滴持续了一个多月,仅为抗洪,他一个多月没回家。

中午时分,闻讯赶到的从事农资经营的米泉小伙蒋维军陪我们吃饭,点了于田特色的斯可玛克饭,这种以玉米面为主,加入鲜玉米粒、胡萝卜、羊肉、白菜的汤饭,最让我开眼的是,居然放了冰鲜的杏子,味道绵柔清爽,甚合我意。还有被称为库麦其的烤馅饼,其实在我看来就是肉盒子,加入午餐行列的还有烤肉、烤鹅蛋、酸奶等。我总是经不住美食的诱惑,心想只尝一尝就好,可不知不觉就吃多了。暗自笑自己,在美味面前意志力薄弱。

我想见见小卜的妻子和孩子,感觉在这里他们都是我的亲人,1000多公里来了,不见面总是说不过去的,但令人遗憾的是,他妻子在乡下驻村,一岁多的孩子因无人照料,被母亲接回米泉了。当小卜说起母亲为他带孩子时,声音停顿了一下,微皱眉头,放缓语气说,这一年多来,看着母亲为自己带孩子,一下苍老了许多,很是于心不忍,可又无可奈何。不养儿不知父母恩,作为父亲的小卜也深深理解了母亲当年的心情。

于田有许多我所向往的地方,如克里雅河两岸的沙漠腹地的众多古代遗址,可因时间匆忙,只能留作来日造访。但有一个地方必须去的,那就是毛主席与库尔班·吐鲁木的雕塑,这不仅是于田的标志,也是和田的标志。在这座享誉全国具有时代纪念意义的雕塑前,我们合影留念。

离开于田县时,我驱车去参观了小卜所在的工业园区。在沙漠里,平整的公路宛如一条丝带在沙海中飞舞,而那些宽敞明亮的厂房、葱绿挺拔的杨树、销售特色商品的电商等,让我看到了小卜的未来,也看到了于田的希望。

三

到一个地方去，如果有熟悉的人，那么这块土地就变得不同寻常了。2007年，我去江苏挂职，认识了来自和田的江伟东，从此相互有了往来，这也让我此行和田有了新发现。

先说江伟东的故事。他父母是50年代从广东财政学院毕业，分配到和田工作的。一对出生在梅州的广东人，来茫茫沙漠边缘的和田扎根，他年幼时不理解。在他懂事后，曾问过父亲，放着山清水秀的梅州不待，干吗到这么偏远荒凉的地方来生活工作。他父亲神情庄重地说："再远再苦的地方都是中国的地方，国家供我上学，我有义务建设祖国。越是艰苦的地方，越是施展自己才华的地方。"父亲的话，深深地影响了他。

他与许多疆二代一样，1985年10月，在高中毕业后走进了军营，磨炼意志，增强体魄，坚定信念。1989年5月，这个满怀理想、已经深深爱上和田的广东人，成为和田工商系统的一名干部。他从最普通的市管员做起，工作中努力学习业务，很快成为单位的业务骨干，并于1994年光荣加入中国共产党。在三十多年的工商职业生涯中，他先后在墨玉县、和田县、民丰县、皮山县、洛浦县、和田市任职，可谓足迹遍布和田大地。

人与人，因为相识相知而亲密。人与土地，因为丈量与拥抱而热爱。正是因为职业，他与最基层的百姓有了更深入的接触，更能体会百姓的艰辛与不易，所以日常工作中他视百姓为亲人，说话和风细雨，办事从不拖泥带水，由此他与百姓打成一片，赢得了信任与尊重。

和他走在街头，不时有人微笑着问候他，彼此简短交谈一下。一切亲切而自然。

当我问起江伟东这些年难忘的事情时，他说是2016年在和田市土沙拉乡普提拉什村任"访民情、惠民生、聚民心"工作队队长时的事情。到村里后,他先是了解情况,不到三个月,他走遍了全村11个小队。

他得知该村文化活动无场地导致百姓生活单调时,决心给村里干点实事。他多方筹资三十四万元,经过一个多月的施工建设,为该村建起标准篮球场一个,并添置了乒乓球台、运动器材等,闲暇时村里的百姓到这里打球、跳舞、娱乐,村庄顿时有了活力与生机。百姓的精神面貌悄然发生着变化,他们的笑容多了,喜欢参加活动的人多了。每每看到这些,他的脸上会浮现出欣慰的笑意。

作为队长,他带头深入群众家中了解困难,宣传党的政策、法律法规,把宣教工作融入日常沟通交流中。他白天忙工作,晚上吃完饭,便走进百姓家拉家常,聊生产,谈就业,话团结。村里谁家有婚丧嫁娶的事情,他都参加,把自己融入百姓中。

基层稳固,党组织建设是关键。他在工作中积极发现年轻有为的青年作为培养对象,经过努力,先后吸纳3名30岁以下的村民加入中国共产党,其中1名是女性。他诙谐幽默地说:"身体有了年轻的血液,干事就有了后劲。"

春节前,广东的亲戚让他回去看看,说梅州这几年发展很快,他因为工作繁忙,一推再推,总不能成行。他告诉我,他刚参加工作不久,老家的亲戚让他回广州,并已联系到了单位。当时他也进行过激烈的思想斗争。俗话说,人往高处走,谁不想到发达的地方去,过安逸舒适的生活呢?可他想起父亲说过的那句话后,便打消了回去的想法。"经过几十年的建设,和田的今天比父辈们来这里时,发生了翻天覆地的变化,我要从父亲的手里接过建设和田的接力棒,让和田更美好!"

四

　　我曾两次来过和田，但都没有去过兵团单位，这次江伟东建议我去看看四十七团，并找朋友陪我前往。

　　曾在四十七团工作10年的孙宜建早早等候在广场上，参观完纪念碑后，因为纪念馆尚未开门，他告诉我，该团在沙漠腹地新开发了万亩良田，不妨一看。我很好奇，沙漠是如何变成麦田的。车子在蜿蜒的柏油马路上行驶，路两旁是麦草隔成的防护带，行驶了20多分钟，远远就可以看到浅浅的绿色。他说，那就是去年种的冬麦，当我们走近时，真难想象，这是在沙漠里种植成功的麦子。离麦田不远，便是波光粼粼的水面，我有点恍惚，以为是沙海中常见的海市蜃楼。可他说，那是新建的水库，专门用来灌溉的。站在水库堤坝上，春日和风伴着水汽的凉意，让人仿佛置身于江南，根本不会想到是在浩瀚的沙漠中。我惊叹吃苦耐劳的兵团人竟有改天换地的能力。

　　其实如果不是这次走进纪念馆，我对这段历史也是知之甚少，为此我深感惭愧。

　　四十七团前身是八路军一二〇师三五九旅七一九团，后改编为中国人民解放军第一野战军第一兵团二军五师十五团。1949年10月，该团随王震司令员由甘肃酒泉向新疆进军。为了尽快解放和田，十五团奉命从阿克苏日夜兼程15天，徒步1580公里横穿塔克拉玛干大沙漠。12月22日，和平解放了和田。在完成解放和田的任务后，1953年部队留下了一个营就地转业，开展屯田生产。

　　这支部队在昆仑山下屯垦戍边60余载，在几代军垦人的努力下，发展成了今天的新疆生产建设兵团第十四师四十七团。展厅里详细的文字,一张张老照片以及众多遗物,把我拉回了那个峥嵘岁月里,我被深深地感动。当我得知解放和田幸存的几位老战士还健在时,特想一见,他忙帮我联系。

当我走进出生于1927年、甘肃通渭县的老战士韩银娃爷爷的房间时,他坐在靠阳台窗子边的椅子上,端着碗在吃午饭,见我们来了,他起身让我们坐下。在与韩爷爷的交流中,他对过去经历的往事记忆十分清晰,并对现今的生活十分满意。他让我们看了他几张照片,20岁的他英俊帅气,一张是参加国庆庆典时的照片,还有几张是参加纪念活动时与战友领导们的合影。我从他的交流中感知最多的是对党对祖国对和田的深情与感恩。我握着韩爷爷的手时,手有点微微发抖,他拍拍我的手背说:"娃们,你们遇到了好时代,好好工作,把日子过好。"简单朴实的语言,是一位历经苦难的老兵寄予后辈的希望与祝愿。

路上,我望着车窗外整齐的楼房,鳞次栉比的店铺,花红柳绿的林带,欢快玩耍的孩子,闲适散步的老人,我想在半个多世纪的峥嵘岁月里,四十七团三代军垦人肩负着建设边疆、保卫边疆的双重任务,为和田地区的政治稳定、经济繁荣、民族团结、边防巩固作出了不可磨灭的贡献。我们这些新生代的边疆人,在继承这些优秀传统的同时,更该以百倍的信心,建设好我们的家园,不辜负那些流血牺牲换回和平的人们!

后　记

回来的这些天,我夜不能寐,总想起和田的那些人、那些事。忽然间,我想为他和他们做点什么。

我有的就是一支笔和一颗火热的心。

回首,千百年来和田的发展史;重温,和田之行的风尘仆仆;翻阅,友人发给我的饱含情义的信息。

生命中必将注定与和田结缘。

多情的玉龙喀什河啊，我血管中的热流与你一样奔流不息！雄伟苍莽的昆仑山啊，我胸腔中的赤心与你一样忠诚不渝！圣洁瑰丽的和田绿洲啊，我双眸中的图画与你一样四季不同！

探险，我不够胆大；考古，我不够专业；淘金，我不够聪慧；可我心怀感恩，可我满怀热情，可我不怕辛苦，我愿为心中的和田及那里的人，尽我微薄之力，用笔书写那里动人的故事！

但愿在来年，树峥衣新桃花红，乳燕迎春情意浓之时，能重返那块幸福之地！

岳普湖的呼吸

一

　　岳普湖，仅听名字就觉得好。在塔克拉玛干沙漠边缘的这座小城，令人充满期待。

　　我不止一次去过南疆的许多地方，和田、喀什、阿图什等，但没有去过岳普湖，一直想去看看。

　　得知有机会踏上这片神秘的土地时，我竟然有几个晚上失眠了。

　　靠窗的位置是我的首选。吃饭、喝茶、喝咖啡，即便坐飞机也如此。飞机缓缓掠过雄伟的天山，进入茫茫沙漠，我脑门顶着飞机不大的舷窗口，目光搜寻发白发亮的水面。喀什离岳普湖不过百十公里,若有湖,在飞机下降的过程中可能可以看到,可终究没看见湖的影子。

我是方志爱好者,不甘心,一头扎进《岳普湖县志》,这个听似有湖的地方,县志里却没有记载一处天然湖泊。

望着地图上的岳普湖,想到波光粼粼的湖面,想到沟渠纵横的田野,想到碧波翻滚的麦田。

想象往往与真实有偏差。惊喜与失望,待目睹真容后,自有分晓。

包括岳普湖在内的南疆地区干旱少雨,水稻种植区域有限,在我有限的知识储备中,只知道阿克苏的温宿县种有水稻。这里的水稻与米泉有渊源,早在20世纪50年代,来自米泉县的水稻技术员指导温宿县,帮助当地开展水稻种植。

从温宿县再往南,我不曾听说种植水稻。当得知岳普湖种植水稻,我觉得既亲切又好奇。

我熟悉水稻,因为我的出生地米泉盛产水稻。虽然如今水稻面积缩减,但以水稻观光农业为主的新业态已让百姓受益。

岳普湖的水稻是什么样呢?我想去看看。

密密匝匝的沙枣树、榆树,如果不是高大胡杨树的提醒,我以为是去米东区四道坝或者皇宫村的路上。路面的宽窄、两旁的景物,惊人的相似。

目光穿过林带,放眼望去一片白。这种白,不是单调的那种白,是炫目刺眼的白。白得让人有点心发慌,有点不知所措。

我闭着眼睛,不想再看。继续看下去,估计眼泪跟着就来了。车上不是我一个人,还有司机。

风,像是知道我的心思一样,从车窗钻进来,温热细腻地抚摸着我的身子。呼吸中带着一股干裂泥土夹杂着草木的味道。原本从心底涌上来的那一股酸溜溜的东西,被风给撵走了。

限速40码,还有一段距离。我仰头靠在座椅上,眨巴着眼睛,脑子里想起过去的一件事来。

记得我十二三岁的时候,家里来了一个四道坝的老乡,扛着半袋子东西,进屋放在方桌旁。

靠在火墙边的奶奶见来人,迅疾直起腰,一只手支撑在炕上,挪动肥圆的身子,准备下炕。奶奶的样子惊吓到写作业的我。平日里,家里来客人,奶奶最多是笑着说一声"坐吧",没见她下炕迎接的。足见来人,不同寻常。

我看一眼来人,嘴角嘚一下,想问候一声什么,可不等我张嘴。奶奶便冲我说:"丫头,傻站着干啥,赶紧拿两块方糖,给你张叔沏罐糖茶来。"我心里又是一惊。奶奶的方糖跟宝贝似的,很少拿出来。记得上一次是奶奶的表妹,我称作姨奶奶的人来家里时,才让我在搪瓷缸的茶杯里,放了两块方糖。

那个学期期中考试,我语文考了一百分。我连蹦带跳跑回家,第一个把消息告诉了奶奶。想奶奶高兴了,没准会奖励我一块方糖。结果令我失望,奶奶胖乎乎的手搭在我的额头上,抚摸了两下说:"我的娃,好好学,将来当个吃官饭的人。"

吃官饭对我这个十二三的农村女娃来说,哪里比得上方糖的诱惑。

方糖淹没在白色搪瓷缸茶杯的浓茶中。我颤巍巍地把茶杯端给坐在方桌左侧的客人。奶奶坐在方桌的右侧。

这人年纪与父亲相仿,面庞黝黑。他接过我的茶杯时,看他手掌中有一条条的黑线。这黑线我熟悉。母亲的手上也有,是破裂所致。

这位张叔,干裂的嘴唇被茶水湿润后,整个人一下觉得有了精神,爽朗地告诉奶奶,今年的天气好,稻子也都成了。送过来的米成色好于去年,让奶奶尝尝。

又告诉奶奶,他大哥的腿在碾米的时候受伤了,不能来,才打发他过来。

我心想,怪不得面生呢!

奶奶这么看重张叔,原因是那大半袋子的大米。

我知道奶奶年轻的时候在稻地生活过几年。水稻到底啥样子,我并不知晓,但我知道大米的味道,那真是太好吃了。

整个村子,能吃上大米的人家屈指可数,我家算是一户。米的来源就是这位张叔。我搞不清,他是家族哪根藤条上的枝杈,年年深秋,都会送来大米。

在粮食最为紧张的20世纪60年代初,稻地里的人很少有饿肚子的。一公斤水稻可以换三四公斤小麦,自然没有哪家会饿得揭不开锅。

这么好的地方,成为姑娘们选择婆家的首选之地,临近几个乡镇自不必说,就是那更远地方的姑娘都乐意嫁到这里。

说话间,眼看到了晌午时分。奶奶留张叔吃饭。我飞跑去地里喊回干活的母亲。母亲杀鸡,我帮着拣菜。

既然是新米,那就尝尝。

奶奶端着米饭碗,不慌着吃,只夸大米白净清香,看着都好。

张叔咧嘴笑笑,不慌着接话。

我看一眼奶奶,想,这么好的米饭,不吃,说什么话呢!是我的表情引起奶奶的注意,还是张叔看我的眼神,让奶奶关注了我,我没有弄明白。

奶奶的米饭碗端在手里,胳膊肘支在桌角。奶奶的目光里有种期盼,这我能体会。但奶奶的话,却让我有点恐慌。奶奶瞟我一下,望着张叔说:"等我家这丫头大了,就嫁到三道坝镇去,往后就不愁吃不上米了。"

我还没有长大呢,干吗就急着让我嫁人呢!奶奶的话,让我有些恼火。就为了米,不管人家乐不乐意。我双眉紧蹙的一瞬间,张叔目光迅速掠过我的脸颊，他显然捕捉到我的心思。从盘子里夹了一块鸡肉，放在奶奶的碗里说："只要我家种水稻，就不愁没有大米吃。我看这女娃灵气着呢，将来进城才好，种地这种活，太辛苦了。"

从那时起，我暗自下定决心，要好好读书，走出沾满泥巴的乡村，到城里去。以至于，后来再听说坝上来人时，我就躲起来。

等我参加工作后，去了坝上，才得知，那大米是在盐碱地里种出来的。

"喝点水吧。"同行的司机师傅递给我一瓶矿泉水，才把我从记忆的河里打捞上来。

所以，当我得知岳普湖在盐碱地里种了水稻，那种亲切温暖一下拉近了我与这块土地的距离。觉得自己并非初次到塔克拉玛干沙漠边缘的岳普湖，是去坝上，那个飘着米香的坝上。

二

说起袁隆平，响当当的人物，举国上下，无人不知，无人不晓。当有人发出谁来养活中国人的疑问时，他带领的科研团队试种成功的杂交水稻大面积推广，丰产的稻谷让发出疑问的人闭上了嘴巴。

手里有粮，心里不慌。可耕种的良田是有限的，粮食的需求又那么紧迫，向滩涂向盐碱要良田成了他们的目标。

之前，我是在新闻上看到类似消息的。也只那么一听一看，觉得遥远得很。反正，新疆地宽，人不多。反正，米泉有的是米，自己不愁吃不到好米。

我的这种想法显然是个人化的。实际上南疆的广大百姓，并非一日三餐都是白花花的大米。至今就粮食价格来说，大米高于面粉。先不说生活习惯，就生活成本而言，食用面粉显然要低于大米。

岳普湖海水稻项目是由山东泰安援疆指挥部负责的，我怀着好奇走进了山东泰安援疆指挥部，见到了负责海水稻的技术人员高琦。

这位从事多年海水稻研究的专家告诉我，所谓的海水稻，通俗地说就是耐盐碱的水稻。新疆地广除了沙漠，很多的地是盐碱地，这一块面积约两千万亩，占全区总耕地的三分之一。我暗自盘算了一下，如果这些盐碱地都改造成良田了，那该能产生多大的经济效益，给老百姓带来多大的实惠啊！这么一想，心里不由得高兴起来。

2018年开始，高琦作为袁隆平海水稻科研团队的成员之一，挺进瀚海大漠，选择在岳普湖试种海水稻。之所以选择这里，就是觉得这里土地盐碱重。猛一听，一头雾水，这不是跟自己过不去吗？种地都挑好地种，哪有用差地种水稻的呢！

王琦淡定自若，不慌不忙地告诉我，他们的团队在其他省份一些盐碱区试种水稻已经成功，有一定的经验。当然每个地方的土壤、气候、水质等有差异，到底能不能种，适合种植什么品种，那得给土地做全面体检，依照分析结果，一点点试种，这个过程省略不了。

我说："好比一个人生了病，只要对症下药，医好疾病，就能恢复劳动能力，重新创造社会价值。"王琦呵呵笑起来："理解得很到位。"

百闻不如一见。我得亲自到试验田去看看。

我到达海水稻实验基地——巴依阿瓦提乡阿热盖买村时，已是中午十二点多了，刚下车热浪汹涌而至。我没有打伞，也没有戴帽子。站在高高的田垄上，左边一片一片荒地，裸露着黑亮黑亮的地表。零星长着几株低矮的野草，孤零零的样子。右边却是田埂整齐分割的稻田，秧苗已有20多厘米高，一根十几厘米粗的水管正往田里注水。四周空无一人。田埂旁的红柳开着红色的花，几只叫不上名字的鸟不时飞过稻田。

浓烈的阳光炙烤着土地。我脚踩在地上，才发现是硬邦邦的感觉，记忆中乡村的土地都是松软的。再看，地表结成贝壳一样的甲片。原来这里的盐碱度远远高于米泉。轻度的盐碱地是发白，重度就发黑板结成块。

"望着黑亮的地面发呆。"在刚到岳普湖的那天，以人才引进从湖南到岳普湖的李子硕告诉我初来岳普湖的那一幕。

一眼望去都是戈壁，低矮的树木一副营养不良的模样。作为一名文化馆的干部，下乡中所见的盐碱地，总给他一种错觉，像是去了另外一个陌生的星球。恍惚中，他常常发呆。将他从发呆中唤醒的不是鸡鸣犬吠声，而是睁眼看不清几米外物体的沙尘暴。

更为恼人的是，不习惯这里的生活环境。县城一条街，几盏昏暗的路灯。百姓口口相传，一个馕饼，从东头滚到西头还是热乎的。在这样的一条街上，一日三餐都离不开米饭的他，却买不到好吃的大米。

思乡从另一种角度说就是思家乡的食物。李子硕萌生了离开这里的想法。这么贫瘠干旱的地方，哪里有稻米飘香的湖南好呢！回去，赶紧回去。这个念头西北风一样，一次次敲击他的脑袋。

可离开湖南向父母、向朋友告别时，说"干不出一番事业，就不回来见你们"，这话不是随便说的。当初选定新疆的时候，他觉着自己作为湖湘子弟，应该像几十年前浩浩荡荡的湘军队伍那样雄心壮志来新疆的。那时的新疆要比现在艰苦得多，自己生在改革开放的时代，没有什么吃不了的苦。可真正把家安置在岳普湖，面对日出日落，面对一日三餐，面对春夏秋冬，最初的豪情在严酷的现实面前开始有了问号。

当他的这种想法被父亲得知后，父亲耐心劝他，湖南汉子都是有血性的，过去没有被困难吓怕，今天我们就向困难低头吗？安心工作，全国各地都在发展变化，岳普湖也会越变越好。

李子硕说："20多年过去了，岳普湖真是变了，别的不说，就县城来讲，真是高了、大了、亮了、美了。"学美术的他说越来越爱岳普湖了，画了许多岳普湖的画作。当然，他最想画的是岳普湖变成塞外江南的美景。

"你去看看，我说了不算。"李子硕的话此刻就回响在我的耳畔。

热泪洗去我妆容的那一刻，呼吸中除了咸涩，还夹杂着稻秧的香味与汩汩流水的清凉。

我不敢相信，不远处就是稻田，绿莹莹的秧苗我是熟悉的。它们纵横排列整齐，像是校园里做广播操的学生，个个朝气蓬勃，充满活力。

我奔向堤坝。土，毫不客气钻进我的鞋子里。顾不得那么多，疾步走进稻田。似乎这些不是水稻，是我熟悉的乡亲四邻，它们顶着烈日，抗着热风，等候一个出门闺女的回家。

居高临下，无法近距离亲近它们。我蹲下身子，努力将身子前倾，希望离它们近一点，再近一点。只有近了，才能看得更清晰一些。

别以为，水稻都长一个样。在这块试验田里，每一种水稻的模样都不同。叶片有的宽一点，有的窄一点；有的颜色深一点，有的颜色浅一点；再看，有的颜色发白，有的颜色为褐色；有的高一点，有的矮一点；真是一个品种一个样子。这跟人一样，是有区别的。得细心观察，才能发现彼此之间的不同。

我绕着试验田走了一圈，越看越兴奋，索性坐在田埂边，双手托腮，胳膊肘支在膝盖上，目光撒在水稻田里时，眼前出现一幅幅画面……

早先，我家在乡下时，水稻地里养有鱼儿，有的人家还养了鸭子。

每次放学，父亲不直接回家，要绕路去水稻地遛一圈。往往不是一个人去，至少得两三个人。干吗？比赛摸鱼。鱼儿很聪明，不动点心思根本摸不到。通常是几个人合作，一个人在水渠的出口，两个人一左一右，赶水。鱼儿受到惊吓，发出噼里啪啦的响声，便会四处逃窜，这是捉住鱼儿最好的时候。

鱼儿摸回家，洗干净，放在锅里，往炉膛里添加干柴，火旺锅开。不多时,鱼汤的鲜美就弥漫在空气里。往往这个时候,肚子肠子都不安分了,你推我搡。整个人,站也不是,坐也不是。一次次围到炉子旁,揭开锅盖,口水直流。奶奶说,千炖豆腐,万炖鱼。想鱼好吃,就要耐住性子,让鱼慢慢炖。父亲舔着嘴唇,灰溜溜离开。

等奶奶叫父亲吃饭时,从巷子深处跑回家时,鞋子不慎掉了,捡起鞋子,顾不上穿,拎在手里,进了院子,直奔厨房。一锅发白的鱼汤堪比牛奶。那时牛奶也是很精贵的饮品,普通人家很难多喝。产自水稻田里的鱼儿,经奶奶的烹煮后,鲜美的鱼汤成为父亲儿时最喜欢的美食。

鸭子在秧苗中间钻来钻去的时候,父亲常常趴在田埂上,看鸭子的背影,鸭子屁股晃动起来,很有趣。偶尔在路上,父亲一个人时,会学着鸭子扭动自己的屁股,嘴巴里学着鸭子嘎嘎地叫。

有一次,父亲正学得高兴,听到一个熟悉的声音,"学鸭子走路太难看了。"父亲扭头一看,是爷爷,赶紧一溜烟跑了。

入夏后,水稻田成了蚊子的乐园。初二暑假,奶奶带我去坝上张叔家小住了几天。邻居家的伙伴都不敢靠近水稻田,我却得到蚊子的豁免,横穿整个水稻田,也不会有一只蚊子叮我。为此,我觉得很得意。得意的是在水多的地方就有许多萤火虫,成千上万只萤火虫飞舞在空中,我努力想捉住它们,可从来都没有捉住过一只。一次为追萤火虫还滑倒进水稻田里,大半个身子都湿了。可我依然迷恋夜晚的萤火虫。

许多时候,我觉得水稻田远比学校有意思,这里看到听到的,学校都没有。

那几天的傍晚时分,我常坐在水稻田旁,发呆。时间停止了,只停留在黄昏。阳光疲惫了,光芒不再刺眼,显得细腻绵柔。在某一个瞬间,我觉得自己变成一只萤火虫,在水稻田里飞来飞去。

三

听故事是我最痴迷的事情。到这里,自然不会错过参与种植海水稻人的故事。

闻讯第一个赶到地头的是29岁的布合力切木·萨迪尔。她骑着红色的三轮电瓶车,车厢里坐着一个赤脚的男孩,五六岁的样子。

得知我想了解水稻种植的情况,布合力切木用流利的国家通用语言向我讲述起来。

2018年之前,布合力切木在附近的兵团连队里帮种地大户管理棉田,一个月有1000多元的收入。可离家远,丈夫在县城当保安,不能经常回家,照顾孩子的事情落在她身上。家里有几亩地,但种地的收入远不够一家人的开销。想让日子过得好一点,就得想别的法子。

村里的书记李志华动员村民到海水稻实验基地帮工时,布合力切木第一个报了名。乡亲们起初对她的积极态度表示怀疑,从没有种过水稻的她,能干好吗?

之前,村里人都没有种植水稻的经验。虽然在电视新闻里见过水稻种植和收割的画面,但那是很遥远地方的事情,对整日种植旱地作物的村民来说关系不大。

每种作物都有它的习性、种植方式,田间管理也不尽相同。这如同学生要学习一门新的功课,既新奇,又忐忑。这样的心情布合力切木也有。可她深知硬邦邦的盐碱地里,管不了肚子饱,管不了住新房。自己年轻,学什么都不怕,何况有技术员的帮助。

乡亲们眼里,布合力切木无疑是能干的女人,不然连队的大户不会常年请她去帮工。光能干,还不行,还得头脑灵活,传授给她的各种农业技艺要消化得快,才能跟着上科技种田的新需要。这些布合力切木都有。

勇气有种感召力。接着又有十几人都加入试验田的种植中,在村子东头的这片盐碱地里,开渠排碱,除草开荒。一时间,沉寂多年的荒地热闹起来。从早到晚,男男女女忙碌的身影成为土地上最美的风景。

我沿着试验田走了有一公里的路程,便是黄沙成堆的沙漠。网状的秸秆隔离带清晰地证明,村民与自然斗争中,取得了阶段性胜利。

继续将这一胜利保持下去,海水稻试验田成为他们新的希望。

不得不承认,土地在农民的手里就是画家书案上的宣纸,怎么画心里都有数。纵横交错的田埂将杂乱无章的荒地分割为整齐的田地,灌入泥水的田地间,成了一面面闪着亮光的银盘,照出了蓝天,照出了白云,照出了太阳。

清晨,布合力切木和乡亲们挽起裤腿蹚过闪着亮光的田里,从早忙到晚,接下来的半个多月时间里,大伙都在水田里忙活着。这是一年的希望,也是村庄的希望,甚至是整个县里的希望,哪个人都不敢怠慢。

援疆指挥部的技术员站在水田里手把手地示范插秧的技巧。

巴拉提,这位58岁的男人,头发已有些花白,小学生一样认真地跟在技术员身后,边看边学。当看到身后的秧苗站立在水田中时,笑容如水般流淌在他布满皱纹的面颊。

插秧的活,我会。秧苗在手指缝里,快速分开,准确地插入泡软的水田中。手指插入水中的力度,决定了秧苗的深浅。前后左右手的移动,又关乎秧苗的间距,株距和行距都在20厘米。

插秧时,往往是多人一字排开,节奏的快慢直接关系插秧的进度。同批的插秧人,常常是你追我赶,没有哪个愿意落在后面的。

现代化的插秧机已经解放了人工插秧。之所以在试验田仍选择人工插秧是为了保证苗的根部不受伤害,保证水稻的分蘖期、拔节期、授粉期,得到更好的光合作用,如此秧苗才能长得更好。

巴拉提给我演示时,布合力切木和刚刚赶来的图拉在一旁笑起来。他们都是插秧中的竞争对手。

他们一笑,巴拉提不好意思地低下头,不再说话。我忙掏出手机,打开米东稻海的视频画面让他们看,视频里天安门城楼的图案,庆祝中华人民共和国成立七十周年的文字等组成的画面,看得他们个个眼睛睁得老大。我告诉他们,水稻不仅可以吃饱肚子,还可以发展成观光农业,这部分收入远远高于种植水稻的收入。

就在这块试验田里,我见到了褐色叶片的水稻,这种彩色水稻就是打造观光水稻的品种之一。看来,技术人员早有考量。想来在不远的日子,这里的水稻田也会有一幅幅寓意深远的图画。那时的村子,不再像今天这么安静,人来人往,热闹得跟巴扎差不多了。一切皆有可能。

巴拉提是帮工中仅有的三名共产党员之一,年龄也最大。他去过最远的地方是喀什。乌鲁木齐,他只听人说过,在电视里看过,在广播里也听过。他不知道在乌鲁木齐北部的米东产米,也不知道更远一些的伊犁也产大米。

回忆起第一次吃抓饭时的情景,他面容有些羞涩,两只手不知道放在哪里,只好揉搓着。

他10岁时跟着家人去参加一位亲戚的婚礼,白白的大米,金黄的萝卜,捏一点,放进嘴里,那滋味一辈子都忘不掉。那时他就觉得大米是神奇的食物,太美味了。当地不产大米,只知道是从很远很远的南方运过来的,不知道水稻到底长什么样子。

育秧苗的时候,巴拉提天天跟在技术员的身后,好奇得很。"这个水稻跟麦子咋个样子不同。麦子嘛,地刮平整,以前的时候,手撒得呢。后来嘛,有了播种机,机器播种的呢。水稻育苗,我们跟前新鲜的事情。我快60岁了,第一次见,心里激动得很。"

"没见过的东西多了。我到南疆才见到核桃是长在树上的。过去以为核桃跟花生一样长在地里。"巴拉提笑起来,布合力切木也笑了。

我不怕人家笑我,世界上我没见过的东西太多了,常因无知闹出笑话来。这有什么呢,经历都是最好的财富。

巴拉提不仅自己在试验田做事,也让自己的女儿吾格力汗加入劳动中,学习水稻种植技术。用他的话说,一个人学会不行,要一家人学会才好。

望着整齐的稻田,巴拉提耸耸肩膀,双眉飞舞,这种喜悦,让人看着心里舒坦。

清瘦的图拉点上一支香烟,笑着对我说:"我的眼睛里,这些秧苗跟我的孩子一样的。我天天都来看一下。拔草的时候,我给他们唱歌,它们高兴得很。"

唱歌给秧苗听,我信。我问图拉都唱了什么歌曲,图拉丢了烟头,扔在脚边,用脚尖将烟蒂踩灭。"唱得多了,爱情的歌,生活的歌,想起来什么,唱什么。"他的率真,让我觉得可爱。这恰恰是我喜欢的。

我家在乡下时,不管是春种或者秋收,田里常常飞出歌声,委婉的、高亢的、清亮的、沙哑的,似乎不是在田间劳作,而是一场演唱会。花儿、曲子、眉户,甚至还有秦腔、豫剧、黄梅戏等,各种不同类型的文艺形式在水稻田的劳作间隙中自发上演。

没人介意你唱得好不好,只要敢唱,就有听众。不见得每次都有掌声,可不时会有叫好的声音。

要说,田间劳动是力气活,耗费人的精力,可他们偏偏又喜欢唱。

都说喝酒能解乏,可累的时候唱几嗓子,也能解乏。当我听一个中年汉子说出这话时,觉得很有道理。

后来,我在拉水,开拖拉机送砂石料,或者在沙坑里筛沙子时,也会亮开嗓子唱歌,记不住歌词就现编,常常是自己既是歌者,也是听众。在歌声中,心情好不说,时间过得也快。

四

日子看似平常,无须天天记住。可有的日子总要记住的,比如生日、结婚纪念日等。对岳普湖来说,2018年10月16日,这个日子,每一个参与海水稻种植的人都不会忘记。这是岳普湖县历史上第一茬海水稻开镰的日子。

县里的人来了,乡里的人来了,技术员来了,村民也早早来了。人们脸上都是喜悦与期待,不知道辛劳几个月的稻田会不会给他们一个惊喜,超越预定亩产二百公斤的目标呢!

这有点像学生赶考,学习成绩如何,要看考试分数。

几个月前,这里还是寸草不生的盐碱地。几个月后,水稻地里是黄灿灿弯腰低头的稻穗。

第一次看到的人都不相信。这在岳普湖乃至整个南疆种植历史上是没有的事情。

水稻发源于长江流域,在几千年的种植传播中,不断向北发展。伴随着人们对种植技术的提高,品种改良又是关键的一环。这如同一个新的族群迁徙到陌生的地方,要自觉适应这里的气候、水土、环境等诸多要素,才能存活下去一样。

之前,这里种植最多的是棉花,棉花好是好,可令村民们头疼的是,每到棉花采摘季,望着一地的棉花,采摘成了麻烦事,找不到足够的采花工，眼看进入冬季了，棉花都采摘不完。遇到价格波动，一年的辛苦几乎白费不说，还要搭上劳力和时间。

种水稻显然比种棉花更节约劳力。

巴拉提躬身甩开膀子割稻子。虽然收割机速度更快，可每一次，粗大的手握住稻秸时，心中有种说不出的成就感和幸福感。大米是每个人都离不开的食品，乡亲们常用大米来做抓饭，做米饭，熬稀饭。稻米的价格相对稳定。如果试种成功，巴拉提打算把自己的承包地都种成水稻。一家人吃米不用愁不说，日子也会越来越好。

不光是巴拉提有这种想法，当技术人员通过测算，向乡亲们及媒体告知，这块试验田的亩产达到549公斤时，在场的人都欢呼起来。如果说预定的亩产200公斤是"及格线"，这个成绩便是"优秀"。

有了好成绩，就该奖赏。

稻谷被碾成米，家里的女人淘洗干净，放进锅里，燃起的干柴追旺炉火。不一会儿，稻米的清香随着沸腾的水在空中漫开，漫开到天空上。一时间，整个屋子，整个院子，整个村子，都被这种撩人的清香包裹起来。

根本用不着有什么菜与之相配，一碗米饭，足以让每一个参与种植海水稻的人找到自己的价值。

在家门口靠种植海水稻月收入3000元，这让布合力切木一年下来就有了翻盖新房的念头。

我推开红色院门的一瞬间，一栋刚完工的砖房是农家小院最醒目的建筑。走进屋里，客厅、卫生间、厨房、卧室宽敞明亮。

人居环境的改变，是接纳一种新的生活方式，也是一种生活观念的更新。过去使用旱厕，如今用上了水冲式厕所，不仅干净卫生，更利于健康。

我们在布合力切木家院子高大的蜀葵前合影后，身旁的巴拉提和图拉一个不让一个，"到我家看看，到我家看看。"那种热情真诚，我能感受是发自内心的。

在巴拉提家的院子，土坯房已经拆除，一家人暂时居住在搭建的帐篷里，虽然简陋，却收拾得很干净。

过去的一年，巴拉提干活积极，为乡亲们做了许多事情。乡里为表彰他，评选他为"优秀共产党员"。他很看重这份荣誉，从厚重的木柜里翻出红色的荣誉证书，穿上佩戴有党员徽章的外衣，手持证书，微笑着向我展示。要知道，村党支部45名党员中，只有他和另一名党员荣幸受到乡党委的表彰。

这份荣誉何止是巴拉提一个人的荣耀，他的妻子身着艳丽的艾德莱斯绸裙装，将鲜红的荣誉证书捧在手里，笑着说："平日嘛，他忙得很，稻田里干活去了，村里参加党员学习去了，村民家里的事情也他跟前找了，好像他有忙不完的事情一样。有时候，我跟前气，一点点有呢。家里的事情一满子都我干得呢，看不见他。吃饭的时候，他就来了。这个红本子拿回家嘛，我心里糖吃了一样的甜。"

在图拉家院子，新房的地基已经打好，就等砌墙了。图拉说："农民嘛，日子好不好，房子看一下，就知道了。"

走出图拉的院子，我在村里走了走。家家户户的房前屋后都是高大的白杨树，木栅栏上爬满绿植，有葡萄的身影，有南瓜的身影。

缺水的岳普湖通过海水稻改良土壤后，无论种植什么都会给这片土地增添绿色，都会为岳普湖农业增效，给乡亲们脱贫致富带来新的希望。如此说来，海水稻就是一名先锋勇士，当被人铭记传颂。

如果从空中俯视岳普湖大地，春季是绿色的海洋，秋季则是黄色的海洋。如果将稻米铺开，那便是白色的海洋。

离开岳普湖的时候，我依旧坐在靠窗的位置。飞驰而过的风景，令人发晕。我微闭着眼睛，一大片一大片的水稻田中开始抽穗的禾苗，个个精神饱满。它们如人肌肤上的毛发一样，感受外界的冷暖，也呼吸着空中的氧气。我心情难以平静，深呼吸两下，是告别，还是不舍，说不清楚，直觉鼻腔里都是稻米的味道。

别克的草原

一

霞光如酿好的红酒,在杯里荡来荡去,慢慢滑入口中,漫过喉,进入胃。像是一次不经意的旅行,不知不觉间,我的视线有点模糊,半个落日出现重影,双腿发软,身子微醺,向下,再向下。潜意识中,想躺着。一只手挽住我的胳膊,我从晃动的手臂中感觉,胳膊的主人跟我一样,被霞光灌醉了。

夏里恒·别克满脸幸福。我抑制不住自己的激动,冲过去左手握住夏里恒·别克的右手,用力伸向洒满霞光的天空。所有人都看着我和夏里恒·别克,我们不约而同地微笑着。他粗大有力的手掌传递给我的是霞光般的温暖。

夏里恒·别克家在木垒县雀仁乡的一处牧场，放眼望去看不到头。我不是第一次到草原，并没像初来此地的鲁老师与吴老师那么兴奋。

从胡杨林返回的路上，肚子在叫，但不好嚷嚷吃东西。同车的老师比我年纪大都没吭声，我只好一次次举起矿泉水瓶，让寡淡的矿泉水填满翻滚不停的胃，对抗神经系统发出的饥饿指令。

狂风裹挟尘土，撕裂人对草原种种美好的向往。车子颠簸在辽远空旷的草原，找不到任何一个参照物。相貌古怪的榆树、挺拔高耸的白杨、婆娑的柳树等都不见踪影。风给灰白的蒿子穿上一身土黄色外衣，与土褐色的大地浑然一体。车子飞驰，猛一看，窗外一片死寂，似乎生命在此销声匿迹。

单调乏味令视觉疲惫，正欲眯眼打盹，一股黄色龙卷风拔地而起，激活视线神经，人兴奋起来。目光锁住龙卷风，看着滑稽魔性的庞然大物肆意地表演。

油门一踩，车子加速，欲与龙卷风一比高下的意味。其实不然，龙卷风无视我们的存在，一路向北，继续狂舞前行。

不约而同，车里的人身子都向前倾，一个左转，车子向西挺进无限延伸的地平线，龙卷风被车子抛到身后。就此告别难得一见的龙卷风吗？不甘心。扭头去追龙卷风，却看不到。

目光快速移动到倒车镜，只见一个拇指大的黄点被甩在我们身后。

就此别过，不再相见。不只是对一场突如其来的龙卷风，对一景一物一人又何尝不是呢！说不上是伤感，还是难舍。目光透过车窗直视前方，尘土漫天，无法分辨路的方向，无法分辨天的颜色，无法分辨草的模样。一切都有龙卷风的基因，有龙卷风的影子。

提及草原，人们会想到鲜花遍地，牧草幽深。却不想，会有龙卷风突袭的半荒漠草原。

车辙是路的标志,过去很久都是以此判定路的方向。在这里几乎看不出车辙的模样,似乎它被顽皮的孩子扬起一把沙土,瞬间抹平了牧民蹚过草原的痕迹。

龙卷风声名狼藉,印象中但凡它走过的地方,大树连根拔起,屋顶掀飞,街区凌乱,甚至发生人员伤亡的事,每每遇到龙卷风,可谓人心惶惶。

在草原遭遇龙卷风,我是平生第一次。怀疑的眼光瞟向同车的友人时,他说四五月是草原的风季,龙卷风光顾草原不是新鲜事。

我沉默着,眼睛盯着前车窗,想看清车辙。

我一直认为车辙是一双手,会牵引着自己走向一个未知世界,走向一个广阔天地,会是一次意想不到的经历、一次别开生面的旅行。

对于眼前模糊的车辙,我充满期待,虽然这里并无群山遮目,但茫茫黄沙帐后,到底是怎样的风景,到底会有什么事情发生,一切如谜,一切有待揭开,一切有待体验。

二

草原跟人一样,有不同的样貌。

车辙领我们抵达别克的草原,我细细看过,这里的牧草远不及夏牧场肥美,草多是含碱大的蒿子,羊吃了却肉质鲜美。这种草发白,叶片细小,已适应干旱风大的半荒漠气候。

羊、马、牛、骆驼是草原常客,鹰、雕、乌鸦、麻雀、喜鹊也是草原天空的主人。当然还有黄鼠狼、野兔、蛇、蜥蜴等常出没于此。

临近傍晚时分,远处一团蠕动的羊群从天边而来,如潮水缓慢移动,似乎它们不急着赶天黑之前到羊圈,也不急着在最后一抹晚霞散尽后见到心心念着它们的别克。如此说来，羊儿们是没心没肺的主儿，用它们温顺绵柔的外表欺骗了信任它们的人。

霞光拉长我的身影，如一把尺子丈量草原。我踮起脚跟，想看看到底有多少只羊。把脖子伸长，羊群在我视线里只是一条线，一条模糊的线，数量对我来说是一个谜。

"别克，有多少只羊？"我按捺不住问道。

"羊爸爸羊妈妈羊孩子，全部有300多只呢！"夏里恒·别克神情喜悦地说。我猛吸一口气，呀，这可不少了。难怪我看不清羊群，即便它们在我眼前，一时半会也数不清，可别克一清二楚。

那么远，什么时候才能走到我跟前呢？我心里烦躁地嘀咕着，已无等待下去的耐心。

打消烦躁的办法是转移目标。我将目光挪离羊群，转身发现离我100多米远的地方，一处简易的栅栏里立着双峰驼。远道而来的鲁老师与吴老师早先于我围在栅栏旁。

霞光给草原铺上了一层丝滑的地毯，藏在蒿草中的沙粒不再硌脚，泛着光，成为地毯装饰的一部分。

我朝驼栏奔去。

鲁老师端着相机给骆驼们拍照。骆驼与他是不陌生的。山西往北是内蒙古草原，那里也有骆驼。早些年，驼客穿梭往来成为重要的载货交通工具，由驼客带来的信息经过不断演绎成为不同版本的故事在民间流传。同样专注的吴老师则用手机捕捉骆驼们凝视的一瞬间。此时无须懂得对方的语言，眼神与气息无声，彼此都能体察体味。人在审视骆驼，骆驼同样在揣摩人。

如篮球运动员似的骆驼比我高出一大截，貌似温顺的骆驼，若惹恼了它，脾气大着呢！我曾经领教过。高声鸣叫算是客气的警告，气恼了踢你一脚完全有可能。谁没有点个性呢,只要是喘气的,不管是人,还是动物。

扫一圈驼栏,成年骆驼大致有二十七八峰,乳驼有十一二峰,在稍远的地方,觅食的骆驼有十来峰。如此粗算一下,别克有近六十峰骆驼。

夏里恒·别克的妻子库来汗将一根绳子拴在乳驼的颈上,牵着绳子往围栏处拽。乳驼步子迟缓,一副不情不愿的样子。别克的儿子叶尔森拿木棍挥舞着落在乳驼屁股上。木棍举起很高,落下来很轻,看得出,叶尔森心疼乳驼,只吓唬一下,希望乳驼配合母亲。库来汗笑盈盈地看看乳驼,又瞧瞧我们。她对乳驼充满耐心,手握绳子继续往栅栏处挪动步子。

一峰更为健壮高大的骆驼高昂着头,神态威严。我猜想它是这个骆驼家族的族长,它久久地遥望着远方,一动不动,像是思考一个重大的问题。这种不动声色的神态一下子扩展了草原的空间,仿佛草原的辽阔是它和同伴们慢慢看出来的。那从容不迫的眼神跟溢出的泪水一样,把整个草原全部融化到眼瞳里。我相信它是经历了死亡和艰难的,也经历过春天夏天和寒冷的冬天。库来汗抚摸它的腹部,抬头望了望它,眼神充满慈爱,并没说话。又一阵风瞬间翻过它的双峰,一种罕见的笑容从它眼瞳里一点点渗出来。此时,我的眼睛发热,真不忍再看下去,目光去追库来汗。

骆驼是牧民的钱袋子。每年收购驼绒与收购驼奶的贩子会在恰当的时候出现在别克家。价格随行就市,有高有低。

库来汗告诉我,骆驼性格温顺,适应性强,无须格外特殊看护,产下乳驼后,一整年里驼奶便是家里重要收入来源。她每天早早起来挤驼奶,驼奶新鲜嫩白,每天能挤20多公斤,每公斤驼奶收购价40元。如此,每天驼奶的收入在八九百元。比打工甚至公务员的日工资都高,且天天见现金,对一户普通牧民来说真是好日子。

这样的变化是这几年才有的。这里是夏里恒·别克的春秋牧场,冬牧场在靠近沙漠的边缘。一家人随着季节,赶着自家的羊、骆驼和马在牧场间迁徙。

夏里恒·别克之前只放牧羊和马,养骆驼是近几年的事。源自驼奶的保健价值被消费者认知,一时间,驼奶粉走俏,价格飞涨。各种品牌的驼奶粉如天女散花,铺天盖地。稍加留意,会发现市面上有价格低得诱人的驼奶粉,其纯度怕是令人怀疑。价格混乱,驼奶粉市场自然有波动,殃及的不过是养驼人的利益。

夏里恒·别克说,牧民不会买驼奶粉,饮用首选新鲜驼奶。餐后一家老小,一人一碗,心里亮堂。说着,夏里恒·别克从冰柜里拿出自家的驼奶,给大家每人倒了一碗,冰凉的驼奶被我一饮而尽。初次品尝驼奶的两位老师,将碗口放在唇边,停顿一下,看了看,又闻了闻,想必是担心有异味无法享受。夏里恒·别克笑着说,放心大胆地喝,好东西。大人们喝完驼奶会顺势擦一下嘴角。孩子们放下碗筷就跑出屋外,顾不得擦干净嘴角残留的驼奶,谁也不会在意。有什么比玩耍更令孩子们开心的事呢?

显然,乳驼对我们这几个陌生的面孔充满好奇,稚嫩的身躯尚无法居高临下打量我们。泉水般的眼睛与我们的目光相对,它并不慌着躲避,只侧脸忽闪着眼睛,观察我们的一举一动。

"骆驼是双眼皮呀!"不知谁说了一句,言语间发现的惊喜溢于言表。"不光骆驼是双眼皮,牛、马都是双眼皮。"我伸手摸了一下一峰乳驼的耳朵得意地说。

这乳驼并不惧怕我的骚扰,头轻轻一甩,样子憨萌,惹人不禁想再抚摸它。乳驼脖子上的绳子拴在栅栏上,一字排开站立,柔软的绒毛在风中摇摆舞动。耳朵不时扇动几下,像是在听我们的对话。

此时,没有高声喧哗的人,大家身披霞光,或倚靠在栅栏旁,或几个人挽着胳膊,或瞭望远方,背景则是骆驼家族。

我前方几百米处,有部分成年骆驼悠闲吃草,不时抬头打望一眼我们之后继续低头吃草。我随意踢了脚掺杂在蒿草中的沙石，想会不会影响它们吃草，会不会蹭破它们的嘴唇。这样的担忧显然是多余。

驼唇好似自带感应器，触及贴近地表的草时，力度掌握恰到好处，只将蒿草最健壮的部分卷入口中，不会连根拔起。想来它也深知细水长流、生生不息的法则。

栅栏里的成年骆驼一家，以及库来汗、她的女儿沙西拉，包括我们这些造访者，在晚霞中如一尊尊铜雕，形成一座光芒耀眼的梦幻城。风在城中穿梭，尘土、蒿草以及驼奶、粪便、夕阳的气味，随风扑入怀中，将我裹住，动弹不得。如此，我没有觉得拘束，反倒有种难得的轻松惬意。在钢筋水泥的森林里，弥漫着汽油味，自觉混沌麻木，是草原的气息重新唤醒了我的感知能力。

肚子再次叫起来。

三

在草原上吃肉的次数记不清楚了，可吃肚包肉是第一次。

早晨出发时，就听东家说，今天下午在草原牧民家吃肚包肉。之前我在和田夜市吃过拳头大的肚包肉，肉切碎拌有洋葱，是煮熟的，并非烤熟的。

新疆人对烤制的肉品情有独钟。这种烟熏火燎的烹饪方式人人都会。在我未目睹烤制过程时，充满想象。是用馕坑？炉子？烤箱？还是其他什么工具？

我们抵达夏里恒·别克的牧场时，他和哥哥卡尔木·别克早已将一只自家草原的羊宰杀完毕，且已分割成块，一部分已下锅清炖，一部分软肉正在穿羊肉串。

简易的房舍前支着装有半截铁皮烟囱的生铁炉子，炉膛内火光灼灼，热浪翻滚涌进怀里，我不禁止住脚步。

我悄悄问扎着小辫的沙西拉，在哪里烤肚包肉？她笑而不答，手指指向前方。我顺着手指望去，几十米远的地方，夏里恒·别克和哥哥蹲在地上。难道他们在烤肚包肉？没灶没锅，怎么烤？一连串的疑问，推着我好奇地走过去。

地上已挖好直径和内径在六七十公分深的土坑，土坑里填了半截细软的沙子，坑沿是红宝石般烧透的无烟煤。

"只有在这里才能做肚包肉。"夏里恒·别克说。干燥的沙子是烤制肚包肉的关键。若在露水大的夏牧场，土壤黏湿，无法烤制。

沙子是夏里恒·别克从十几公里外的沙山用摩托车驮来的。我一听，不由觉得这顿肚包肉吃得真不容易，连声说："添麻烦了。"夏里恒·别克憨笑着说："客人来了，我们高兴，好吃的给一哈，我们跟前的心意嘛。"

红透的无烟煤放入垫有沙子的土坑中，趁着炭火将沙子烧透的工夫，夏里恒·别克将切块的羊肉与洋葱、大葱、蒜等放在盆里拌匀，再加入适量的盐，继续翻拌。这个过程无须再添加其他作料，需要充分反复翻拌。这需要耐心与诚意，来不得丝毫马虎。

拌匀的羊肉块塞入洗干净的羊肚里，开始一段崭新的转化旅程。不加一点水，肚口用细铁丝扎牢。乍一看，像是填满谷物的小号麻袋。一种收获感和成就感荡漾在夏里恒·别克的脸上。在羊肚外再包裹上锡纸，将圆鼓鼓羊肚放入沙坑中，盖上沙子，上面铺一层烧红的无烟煤。肥瘦相间的羊肉在温度的作用下，煨烤至熟透，大致需要3个多小时。

夏里恒·别克说，他年幼时，爷爷和父亲给一家烤肚包肉是因为这里缺水，烤制肚包肉不需要一点水，简单实用的加工方式被牧民接纳，延续至今。当初烤制是用梭梭，一家人围坐在火堆旁，边喝茶边聊天，日子缓慢温情。如今牧民们有了生态保护意识，不再砍伐梭梭，用无烟煤取代梭梭。

等待美食与等待情人一样，兴奋掺着激情从毛孔奔出，令人躺着不是，站着也不是。

那就先上炕。宾主依次上了铺有巴旦木花床单的炕上，围坐一圈，率先端上来的是热气腾腾的手抓羊肉，羊头醒目地放在手抓肉的上面。主人请年长些的鲁老师在羊头上划开一个十字。鲁老师郑重接过刀子时，大家的目光都聚拢到羊头上，鲁老师持刀如笔，一横一竖，庄重自信。

主人则会将羊脸上的一块肉割下来亲自喂到尊贵的客人嘴里。被人喂着吃东西的记忆是儿时常有的事，成人后，再无此优待。此刻当人家把肉放在指尖伸过来，要给自己喂时，颇有些不好意思，怕稍不注意咬到人家手指，抑或不小心羊肉掉在身上。顾虑是多余的。鲁老师将一块羊肉喂给身旁的吴老师时，配合默契，场面温馨。羊耳朵则割下来送给席中年龄最小的人，寓意乖巧听话。

大块吃肉是新疆人享受美食的方式。远道而来的两位老师入乡随俗，拿起大块的羊肉品尝。屋里弥漫着羊肉味，吃与不吃，身上都是羊肉味。

我惦记着肚包肉，胃就那么大，必须给它留点空间。我主动说，想吃羊眼睛。吃啥补啥是一种心理安慰，我也不清楚羊的视力如何，自认为羊眼睛好吃，细细嚼，无法描述的滋味长久占据舌尖。最重要的是，它的体积比羊肉块小。我的这个小算盘想来同席的人都不晓得，暗自窃喜。但大家都在吃，一个人傻愣愣地坐着，说是矜持，实在显得矫情不说，与聚餐氛围也不合拍。

三个小时，听起来漫长，有了酒的加入，化解了等待带来的焦灼情绪。

依照哈萨克族牧民的行酒规矩，一个金杯由发酒人自斟自饮一杯，再依次敬酒给在座的客人。此刻,金杯成为焦点,主人豪爽,一饮而尽。席间的客人们表情各异,有竖起拇指的,有蹙眉的,有咧嘴笑的,有摇头的。众目睽睽之下,斟酒须喝完。这是对主人的尊重,也是参与行酒游戏的规则。想逃酒的人,这下没辙了。

酒是蒲类酒,一种地产酒,名字藏着地域历史信息。盘坐在我身边的王旭忠是该县文史办负责人,他给我讲这名字的来历。不等听完,金杯悄然转到了我手中。说心里话,昨夜在山里受凉,胃痛,见酒心发怵。可作为陪客,算是半个主人,此时推脱显得不够朋友。且我这人,骨子里有侠义之气。用一句俗惯的话来说,宁可胃喝个洞洞,不让感情裂个缝缝。自己再难受,也不忍朋友失望。

金杯在手,陡然间觉得手握千斤。杯面荡漾微波,一层层,一圈圈,如微缩的湖面。嘴唇触及杯沿,酒香浓烈袭人。慢慢饮下,火龙瞬间复活。

我想,每个人体内都有一条龙,都有被激活的时候,方式因人而异。只有体会过的人,才知其况味。

行酒一圈下来,每个人面带霞光。发酒者与接酒者各有说辞,心意表达不仅在祝福与感谢中,也流淌在举杯接杯中的真诚。

许多时候,人是戴着面具活着,朴素纯真的东西越发稀有。酒到一定程度,让人摘掉面具,看到本真的一面。真实是一种力量,顷刻拉近彼此的心灵距离。

此时,一句掏心窝的真话,顶上一万句虚情假意的赞美。

热情能感染人。起初因牙痛不能喝酒的吴老师在热烈真诚的气氛中浸泡良久,当金杯再次摆在他面前时,他接过酒瓶,给自己斟满酒,痛快喝干。想来,来自江南的他,轻饮慢酌惯了,如此生猛粗犷地喝酒怕是头一遭。到底是行走四方的人,不畏惧不胆怯,说喝就喝,颇有新疆儿子娃娃的气魄,暗自钦佩。宾客不会介意之前吴老师落下的酒,轮到自己,照旧一饮而尽,个个干脆利索。

"来了,肚包肉来了!"不知谁在门口喊了一声,大家的目光刷地集中到门口。夏里恒·别克端着一盘肚包肉放在炕沿上,拿着刀分割肉块。刚烤熟的肉,很烫。他拿肉割肉的速度极快,若是生手,怕会烫着手。他是老手,动作娴熟老练。他将分割好的肚包肉分发到每个人的手里,热情地说:"趁热吃,香!"

香是需要味蕾检验的。"好吃!"走南闯北的鲁老师说。"真香!"来自美食之乡的吴老师,毫不吝啬地夸赞道。

接过肚包肉,顾不得吃相,塞进嘴里,腮帮子鼓起来,咀嚼中香味已俘虏了我。皮脆肉嫩,肥而不腻的肚包肉,还想什么其他美食呢!这话在心里涌动。

牙齿咬合着肉,一个念头清晰猛烈地冲进我的脑海,我来不及喝又一次递给我的酒,咽下肉时,高声对夏里恒·别克说:"你做的肚包肉吃得我一个不言传啊!下次再来,手抓羊肉不上了,就吃肚包肉。"

夏里恒·别克笑着说:"一点麻达没有。"

吃肉自然要喝酒。这时,库来汗走进屋里微笑着说:"我给大家敬个酒,欢迎大家来到草原我的家。"她大方坦率的话语,表露自己的心意,没有谁能拒绝。胃里有鲜美的羊肉坐镇,没有人畏惧这一杯酒。

酒喝干,再斟满。哈萨克族妇女不再是封闭中的家庭妇女,她们从不断涌入草原的客人那里接受了新的生活观念,在与外界交流中习惯了微信与视频聊天。酒不再是男人的专利,女人一样能行,可以在节日或者丰收的时刻享受琼浆玉液,一样在酒后弹着冬不拉,跳起"黑走马"。跟上时代发展的脚步,日子才会越来越红火。装满心意与诚意的酒杯在客人间循环,草原上的这场盛宴继续着。

我跳下炕，走出屋子。酒肉进肚，人舒坦得很。热量转换成汗珠，让我有淋浴之感。真该吹吹风，凉爽一下身子。

三年级的沙西拉，五年级的叶尔森，在屋外烤肉槽子前烤肉。我蹲在他们身边，与他们聊天。他俩周末放假，从雀仁乡的寄宿学校回到家中。回到草原，他俩像放飞的鸟儿，甭提多开心了。姐弟俩聪明伶俐，回答我的种种问题时，一点也不心怯。

夏里恒·别克拿几串要加热的烤肉走出来，递给儿子，见我与孩子聊天，搭话说："孩子们从幼儿园到小学都在乡里寄宿学习，学校的条件好，老师们好，费用全免。"他希望他们好好上学，过几年到县城读高中，将来考上大学，去大城市学本事，如此他就高兴了。

天下父母一个心思。牧民也渴望自己的孩子有一番新天地，而不是世代都守在草原上。到外面去，到更广阔的世界去，这种开放进取的态度与他祖辈的观念有了变化。

我搂过扎着小辫子的沙西拉说，如果考上大学后，还想回到草原吗？沙西拉快速转动眼珠，似乎在消化话语的含义。一旁的叶尔森说，我要回来的，将来我要用遥控飞机放牧，不用骑着摩托车放牧。一听此言，我心里一惊：草原深处牧民的孩子，想法太超前。

夏里恒·别克接过话茬说，比起过去骑马放牧，摩托车已经很好了。速度快，人不累。父亲过去骑马放羊，一天下来腰酸腿痛。骑着摩托车放牧，跟玩一样，自在得很。

"飞机比马看得远跑得快。"叶尔森翻烤着肉串，一脸认真地说。

想当年，蒲类国时，马日行千里，已是极速。草原依然是这片草原，栖息于此的人依然是中华的子民，可人的观念已经变了，不再满足过去的速度，追求更为现代化的方式。思想变了，谁能说将来的放牧方式不会改变呢？

昨天，刚从马圈湾下来。没过脚踝的牧草旁，白色毡房散落在起伏的山坡上。夏里恒·别克在这里也有夏牧场。一家人在五棵树村有房子，住房加院子有两亩地，有水有电有网络，有医务室、文化活动室、邮电所和车站，生活便捷。

部分年轻牧民选择到城里或者更远的地方打工，尝试一种新的生活方式。夏里恒·别克刚满40岁，年富力强。他说，一年收入七八万元，比过去好多了，日子轻松安逸，没有比草原更好的地方了。而叶尔森这些孩子们，将来会做出怎样的选择呢？我无法预测，我只相信，草原的明天会比今天更好。

蹚水的女人

一

七月，站着高高的山脊上，不知是谁踢翻了天上的金盆，漫山鎏金，满身镀金，河面也铺了一层金色，闪烁着吸睛的光芒。

一切充满梦幻，恍惚中，我听到一个声音被风送到我的耳朵里，到河里去，到河的更深处去。

风是灵性之物。看不见它的模样，却能体察它的冷暖。从山脊向下，我是被风牵着走的。风似乎急着让我去见它的闺蜜，那条名为水磨河的模样。虽然我之前就目睹过它的芳容，可它是多变的。而今，又会是什么样子呢？

绿裙红衫,一个女人从山坡的毡房出来时,手里拎着一个泛着银光的水桶,头上搭着蓝色头巾,人向河岸缓步走去。

我熟悉这身影,我曾在她的毡房喝过奶茶,吃过包尔萨克,品尝过刚出锅的羊肉。她有个比金子还璀璨的名字:钻石汗。

她并不急着打水,将水桶放在河岸边,蹚进河水走进十几米远,俯下身子,将缠绕在河中朽木上的塑料袋扯下来,捏在手里。又继续蹚河前行,将困在几块石头中间的易拉罐拣出来,转身蹚河回到岸边。此时,她打好水,向自家毡房走去。

我好几次看到她捡垃圾的身影。我痴痴地望着这个背影,说不出一句赞美的话来。

后来,我从另一个入口靠近河边。河岸边古榆蓬勃,我对它有种天然的亲近感,源自我自小生活的那个村子周边,这样的古榆一棵挨着一棵。我不是在水磨河旁,是回到生我养我的村庄。

我不急着去河里,面朝河靠着一棵古榆,坐在露出地面的树根上,静默地看着近处的河,远处的博格达峰。

突然,几个少女从我身边飞跑过去,直冲向河边,眨眼间已蹚入河中,你追我赶,打起水仗来:进攻,防守,轮番在几个少女中转换角色。她们脸上的笑容像河水一样闪着银波,令我由衷生出一种羡慕、一种追忆、一种温情。试想,我与她们相仿的年纪时,蹚在河水中,与玩伴们嬉戏。没有哪个在乎衣服湿了,裤子湿了,更别说鞋子。整个人都湿漉漉的,却没有一个人愿意离开。

时间到底带走了什么? 我不禁问自己,是童真还是自由,抑或是无知无畏。这一瞬间,我无比怀念跟她们一样年岁里蹚水嬉戏的经历。

少女们脸上有水一样的笑容,清澈明亮,这是多时不曾见到的笑容。这笑容与城里少女的笑容不同,有一种辽阔,亦有一种明净。山里的少女们身上有一种属于山、属于河的特质，一眼便能认出她们。

几个人怕是玩累了，散坐在河中的石头上。光反射在她们的脸上，满脸都闪烁着钻石般的光芒。笑容荡漾在她们脸上，其中一个少女哼唱的旋律是那首哈萨克族民歌《燕子》，接着几个人都跟着唱起来，歌声在河面飞翔。蹚在河里的脚不时拍打着水面，成为天然的伴奏。这场没有彩排的小合唱，听众是脚下清凉的河，不远处的古榆和更远处的雪山，还有我。

此时，七月进入伏天。体内的汗珠迫不及待想出来透气，不管动与不动，它们争着抢着从皮肤细小的毛孔中钻出来，汇集成一条水线，一路向下，再向下。如果你不干预，中途制止，它们的目的地就是泥土和河流。

少女们如燕子般飞走。河谷回荡着她们的笑声、歌声、低语声。

许多时候，不喜欢矜持这个词，尤其作为女人，似乎不矜持就不女人，就不庄重，就不端正。如果在公务场合必要的礼仪规范是该要的，可回归自然的时候，就该把矜持这个笼子丢得远远的，把本真自然的你呈现给大自然，因为你就是自然的一部分。鄙人狭隘地认为，在自然面前依然要维持矜持模样的人，就是一种彻头彻尾的虚伪。

独我。此时。河水依旧按照自己的节奏和频率向下奔腾。它在去找水磨，它要闻一闻久违的麦香，闻一闻久违的豆香。

二

大概是五年前的七月，我走访牧民家，在河边遇到钻石汗。她已经是两个孙子的奶奶，可我眼里的她仍有少女的风情。她从美丽的阿勒泰嫁到水磨河边，如今与河相伴五十多年。她家的羊跑过河去吃草的时候，满山是努嘴的金雀儿。羊儿们也有点乐不思蜀，临近黄昏都不肯回家。

钻石汗不放心，蹚过河，去找自家的羊儿们。

头羊眼睛亮，发现钻石汗时，一路小跑过来。钻石汗笑着摸一下羊脊背，一句话不说，唱起了《黑眼睛》。她走在前面，羊儿们一个个晃动肥大的尾巴跟在后面。

我听不懂歌词，可我看得懂钻石汗的眼神和脸上的表情。她乐观幸福的样子像是一枚钻石，永久地停留在我的记忆中。

羊儿们进了羊圈。我站在栅栏旁，羊儿们大概闻到我身上香水味，一个个挤过来，昂头看着我。一双双眼睛真是乌黑发亮，难道是因为刚才钻石汗给羊儿们唱歌了吗？这样貌似简单的疑问，却让我一时找不到答案。

呀，羊儿们的眼睛个个都是黑的，黑得单纯可爱。之前我没有仔细与羊儿们对视过，真是羞愧自己放过羊。那时我牵着羊，坐在田埂或者某棵树的下面，羊儿吃草。我手捧着书，眼睛全在书上，心思压根不在羊儿身上。

三天后，温度继续攀升，走在乡村路上，觉得自己似乎被架在炉子上，滚烫的路面，脚不敢挨地。热得心里发慌发急，一口饭也不想吃。

"走，蹚水去。"暑假回村的大学生珊珊说。"去哪里蹚水？""水磨河呀！"珊珊在村里帮忙，活泼的性格很快与大家熟络起来。

我正在犹豫要不要跟着去，小时候落水的经历心有余悸，它像是冬眠的蛇，在恰当的时候便会悄无声息钻出来，显示它的存在。

"姐，走吧。别窝在闷热的宿舍，蹚水可凉快了。"珊珊言语间的神情，似乎她已在蹚水。

我承认自己面对诱惑和鼓动时，总缺乏抵抗的意志力，哪怕是一小会都做不到，心里犹豫却没有停止脚步。我拎着帽子跟珊珊、阿兰等上了车。

七八分钟后，车子抵达水磨河边。车子尚未停稳，珊珊跳下车子，冲向河里。

我与阿兰跟在后面，蜗牛似的。珊珊已蹚入河中央，捡起石子往河水里投掷。飞溅起来的水珠如水晶般划过一条弧线，柔美地落入河水中。

我小心翼翼地下水，脸上顿时有点紧张，皮肤拉紧，腿有点僵硬。珊珊看出我怯生的样子说："姐，放心大胆走，有我呢！"此时，河水并不湍急，大小不一的卵石却让我心生疑问，我不晓得，踩在哪块石头上是牢固的，哪块卵石会给我开个玩笑，来个始料不及的恶作剧。

我低头，眼睛盯着河里的石头，小心地审视判断着。不等我抬头，珊珊、阿兰几个从前面、后面不约而同地向我附近投掷石头，毫无防备的我只这一下，衣服便湿了大半。

我本能地也捡起一块石头向她们扔去，滑稽的是石头从手中滑落，掉在自己跟前。她们几个大声笑起来。

笑声化解了我的担忧与恐惧。我不再疑虑，迈开步子向珊珊走去。逆水前行，脚踝被水冲刷着，我不再是那个胆小的女孩，瞬间我长大了，这不是经历几十年的光阴，是一瞬间的事。水不再是凶险的魔兽，是一个温存善良且充满暖意的女人。

我迈开步子，蹚在水里，追赶珊珊。儿时那种自在与纯真渐渐从我体内复苏。此时，我眼睛发潮，不禁从眼眶里溢出热滚滚的泪水来。几十年间，我到底在干什么，居然一次次错过蹚水的经历，错过一次次与水亲密无间地相处。

一直这么在河水里蹚着，不看天气不看日月，只注视着眼底的河水。河水并非你想象得那么单调无趣，红色、绿色、黄色、杏色、咖色、酱色、灰色、绿色等，石头将河床打扮得风情俏丽。

水是一面滤镜，让这些其貌不扬的石头瞬间焕发光彩，个个都那么美，令人爱不释手。我摸出一块红色的石头，里面布满黄豆大小的白点，如雪花般,朴素的石头一刹那进入白雪皑皑的世界。

我将自己的发现分享给几个爱好写诗的女友们,带她们来水磨河里蹚水。平行的两条直流,一条冰凉刺骨,一条温暖如春。皮肤是最好的温度计。冷热间,我们赤裸的脚面预警我们该蹚过哪条直流。

光脚,不需要鞋子的保护,水是天然的保护伞。我想,同名同姓的两个人是有感应的。那么同名同姓的两条河,且同发源于博格达山,她们自然也有感应。眼前的水磨河水算是姐姐,我出生村子的水磨河自然是妹妹。也许妹妹告诉过姐姐,一个八九岁的女孩曾经溺水于河中,这次对她要温柔相待。

三

一个午后,又一个午后。一年的七月,转瞬是五个年头的七月。一次次,一回回,我与女友们蹚过水磨河,或打水仗,或找寻心仪的石头,或坐在一块巨大的枯木上,低语、凝望或者静默地坐着,只听河水动听的细语。

曾经让你痛苦至极的事情,总有一天,你会笑着说出来。我向女友们说起我儿时的经历时,轻松自如,不再是那个胆怯的女孩。

后来,我痴迷蹚水找寻石头,许多石头是我想象不到的。比如一块青色石头上有白色波浪纹图案,我命名为"黄河"。石头大概只有半个拳头大小,但很特别。

若在石头圈的行家来看,这算一块奇石。2019年10月17日,来自福建的黄水成一行来到水磨河的小院,在我的石头展架上,看到这块石头。从他的眼神中,我看出他的喜爱,便送他作纪念。

又一次,我独自一个蹚水进入水磨河,一个上午,结缘一块印有桃心的褐色石头。我宝贝似的抱回家里,放在书架上。每天自觉不自觉都能与那颗心对视一会。

我相信，每一块石头都是有灵魂的，如每一条河都有生命一样。世界造化它们的时候，就赋予特有的气质与神韵。你见与不见，它们的气息无声地存在着。

与女友相聚的几天后，酷爱写诗的女友便分享出自己的诗作，我们个个说好。我是一个不会写诗的人，是不是辜负了眼前的水磨河和那些与自己有肌肤之亲的河呢？

一切都是天注定。我与水磨河，我与五彩的石头，我与友人们的相遇。

一个凉风宜人的傍晚，我独自在水磨河水边散步，不知不觉走到钻石汗家的毡房前，我迟疑一下，要不要进去，毕竟天色已晚。想到我已经好久没有见钻石汗，该去问候一声，便站在毡房门前轻咳一声后，敲响不大的铁皮门。里面并没有传来我熟悉的声音，倒是身后一个男人的声音将我拽过去。

我扭身回看，一个脸庞黑红的男人说，你来晚了，她在上个月已去世。我心里一震，印象中她并没有要命的疾病，无非深秋后膝盖疼，初春时腰痛。这样的病，一时半会要不了命的，怎么突然间就走了？伤感与惆怅交织在一起，像一股绳子，捆在我身上，令人有点窒息。

突然，我眼前出现钻石汗蹚水在河里捡拾垃圾的情景。她从来没有吐槽谁向河里扔垃圾。自己唱着民歌，不顾年事已高，去捡拾河里的垃圾。

后来，我从牧民那里得知，钻石汗没有上过学，只在文化扫盲班听过课，无法阅读报纸和书籍，但认得自己的名字，认得故乡的名字，认得祖国的名字。

水养育生命，水见证生命。

我一次次坐在水磨河的石头或者枯木上，我听着水流声，双脚蹚在水里，不时与脚底的石头摩擦几下。我相信，每一滴河水，每一粒石子，每一个蹚水的女人，都能在水中获得重生。

从某种意义上说，女人是水，水就是女人。这么说，眼前的水磨河，是我，是女友们，是我们共同的家园。

进入伏天，我向女友发出邀请，快来蹚水呀，这次我们要去水流更为湍急、声音更为洪亮的一段。别担心，早已被太阳晒黑的脚背，蹚过来自天山的水后，居然白净了。不信，你蹚水一次看看，皮肤白皙不说，也细腻许多。

美自有一种驱动力，也有一种感召力。我想，但凡是女人，知道蹚水的妙处，怕个个想做一回蹚水的女人。

塔什库尔干的琴声

一

塔什库尔干县，一个神秘美丽的地方。提及这里，人们会想到梦幻般的杏花，彪悍的塔吉克族青年骑着牦牛叼羊，美丽的塔吉克族姑娘羞涩的笑容，还有悠远的鹰笛。这里是摄影家、画家、民俗学者、考古学者向往的地方。

这些吸引人眼球的美好图景，对1975年出生的黄成耀来说，在没有踏上这片土地时，根本不知道喀什还有这么一个县。作为支边人的第二代，他高中毕业后，选择了走进军营，锤炼自己。

1991年11月，黄成耀迎着初冬的寒风走进了乌鲁木齐陆军某部，开始了为期三年的军旅生活。这三年是他生命中最富活力和激情的三年，部队的军事训练磨炼了他的意志，让他有了一种遇到困难不轻言放弃的坚韧意志。

在一次与父亲的交谈中，父亲问他苦不苦，他说比起父亲当年在野外风餐露宿修建公路的苦，他不算苦，最多是流点汗。

"一个人只要不怕苦，那就能干出点事来。至少回想起来，觉得踏实。"父亲说的这句话，他一直记在心里。

就因为能吃苦，部队希望他留下来，准备提干。他当时心里挺高兴，毕竟提干的机会来之不易，况且留在部队就可以待在乌鲁木齐，这可是首府，新疆最大最繁华的城市，与自己的出生地喀什相比，那是再好不过了。

可他眼前出现了父亲的模样。父母支边到喀什，原本也有机会回原籍的，可父母觉得喀什太需要他们了。想修更多的公路，让百姓出行方便，让那里的物产都能运出去，让更多人到喀什来。无数像父亲一样的人，留在了喀什，一年又一年，如今的喀什越来越好。况且父母就他一个儿子，若不能在身旁陪伴孝敬老人，觉得自己内心对不住父母的养育。

经过几天的思想斗争，1994年底，黄成耀回到了父母身边。

有人不理解，放着大城市不待，飞出去的人又跑回来。在等待分配的几个月时间里，在某个时刻，他也问自己，回来到底值不值得。

当时，他有两种选择，一是到父亲所在的单位养路段报到，这样子承父业，当一名普通的公路养护人，沿着父亲的足迹走完自己的一生。还有一种选择是去塔什库尔干县。

父亲的生活图景他不想重复，想踏出一条属于自己的路。如此，他在分配志愿栏里写上了塔什库尔干县。

1995年6月的一天，他怀揣对未来美好前程的希望，登上了一辆途经塔什库尔干县的国际班车。这趟班车的目的地是巴基斯坦，在塔什库尔干县会停留一会。

之前,他知道全程是310公里。要是在喀什任何一个县,这个路程大概三四个小时。他哪里想到,这次报到,让他在路上走了整整两天。

　　这条路在高山峡谷之中,从空中俯瞰,路如蛇一样在陡峭的山壁中游走。那时的班车整体密封很差。原本是沥青路面,不断被重车碾压,加之雨雪侵蚀,路面坑洼不平,沙土在风的裹挟中钻进车窗,毫不客气地扑人一身。要不了多久,穿戴干净的一个人就成一个土人,头发、衣服、皮鞋,包括鼻子里、口腔里都是土。车里不时传出轻重粗细不同的咳嗽声。

　　国际班车行驶了一半,突然从山上倾泻下来的泥石流将路堵死,国际班车被困在路上。一车人躁动不安,情绪是会传染的,这种不安也波及他的心情。这样的事情,他初次遇到。那一刻,他心里暗自担心,自己会不会活着回家,如果那样,将成为与父母的永别。想到这时,心里顿生一种悲伤。

　　这时旁边的一位年长的乘客似乎看出了他的焦虑,塞给他半块馕说:"小伙子,别担心,会有人来疏通道路的。你这么年轻,好日子在后面呢!一切都会过去的。"

　　这么一说,黄成耀心里似乎放松了一点,吃着馕,看看车厢里的乘客,有的已经睡着,有的望着窗外发呆,有的窃窃私语。当危难来临的时候,一个人比一粒尘土都渺小,与其惊慌失措,不如平静面对。

　　情绪平稳后,他不再想不开心的事情,把头靠在窗户上,不知不觉就睡着了。

　　那一夜,无疑是他年轻历程中最为黑暗漫长的一夜。僵硬的身子不能动弹,干燥的口腔不想再说一句话。

　　救援的推土机、挖掘机来了。道路畅通了,在山里又行驶了一天,到塔什库尔干县时已经是第三天的下午了。

　　黄成耀迈着僵硬的腿走下班车,向路人打听车站是否有出租车时,路人用惊讶的眼光看着他,半晌都没有说出话,只是摇摇头。他心想,好歹是县城,怎么会没有出租车呢?实际上,全县没有一辆出租车。这就是塔什库尔干送给他的见面礼。这对一个刚刚涉世的小伙子来说,并没有吓到他。

更多意想不到的困难在后面等着他,他浑然不知。

当时他报到的执法单位不到十个人,负责技术监督、工商管理、物价管理三个局的业务工作。三块牌子一套人马,办公室是一套一百平方米的居民住房。单位职工除他之外都是本地人。他只能自己去租房子住。

放下行李,他一个人走在县城的街道上,想找一间自己满意的房子,可几百米的县城主街道上,竟然没有一间出租屋。

他不相信,又走了一遍,挨着门去问,结果是失望。走在路上,他怀疑自己不是来到县城,似乎是在喀什某个县的乡镇街上转悠。

他在乌鲁木齐当兵,大都市的容貌令人目不暇接。回到喀什老街老巷子,一切都是亲切熟悉的,可这里让他有种史无前例的陌生感。由此又有了一种距离感,似乎自己不是来这里工作的,是路过这里,仅是看看而已,不会久留,过一会儿就会离开。

可他必须在天黑前找到屋子,不然只能去住宾馆。

这时候,他突然想起来,从小跟他在养路队院子里长大的伙伴,在这里的养路段工作,不如先找到他,再说住的地方。

小地方的好处是,不用费很多时间,就能找到想找的人。

如此,他在玩伴的宿舍住了一晚。

二

一切从这里开始了。

一个二十岁的小伙子，浑身都是火热激情，需要释放。在喀什，他可以跟同学去歌厅、迪吧、酒吧释放自己的年轻活力，可在这里，这一切像是电影里的事情，没有一家可以供人消费娱乐的场所。

好在，他喜欢弹吉他。走出宿舍，在某一处安静没有人的地方，拨动琴弦，唱唱自己喜欢的歌曲。或者什么都不唱，琴弦响起，心就会跟着旋律飞向天空。

这里的天空，实在是高远、纯粹。不记得在哪篇文章中说蓝宝石的美，在他看来，这里的天空就是一枚硕大无比的蓝宝石，镶嵌在头顶，一抬头就能看到。

黄昏将至，他在琴声中送走夕阳。又在琴声中，迎来明月繁星和一阵阵沾满水汽的风。

这座城，当时真是太苍茫凄凉了。眼前低矮的房舍像一个个营养不良的孩子，看着让人心疼。他觉得这里不是自己选择来了，像是自己犯了什么错，被流放于此。这一瞬间，他似乎体恤到那些古人，从中原到边塞，举头望月时思乡的心情。某一刻，他眼睛里居然亮晶晶地闪着泪光。

在泪光里，看到从遥远的山城重庆来喀什修路的父亲和母亲。是啊，自己放弃在部队提干的机会，不顾一切回到喀什，不就是为了陪伴照顾父母吗？

"所有的困难都是暂时的，过一段时间，习惯了这里的气候，与这里的生活节奏合拍后，你就会喜欢这里的。"同伴的话说得轻松自然。他听见了，可不知道这需要多久。

喀什地处平原，出行很方便。这里是高原，交通不便，几乎没有一条像样的公路。每次下乡去，他不由自主就皱起眉头。似乎这么一皱，路就不那么颠簸似的。实际是颠簸得他常常发晕，不得不强忍着，或者停下了歇息一会。

路难走,让他皱眉头是小事一桩。这里冬天的冷,真如老虎一样,让人胆怯。喀什的冬天最多零下20摄氏度。这里零下三十五六度是常态,最冷的时候达到零下41摄氏度,真正是高寒地区。从热乎乎的屋子出门,顿时觉得整个人冷得有种千刀万剐的痛。

如此冷的天气,上一天班回到宿舍还要自己生火做饭。更让他恼火的是,看起来屋子里有自来水管,可无法正常供水,想喝水,得去五公里外的地方去拉水。没有毛驴,没有马,将装汽油的铁皮桶洗干净,放在木架子车上,肩膀套上指头粗的绳子,凭人力将水拉回来,再一桶一桶提进屋里的水缸里。一年四季,他已经不记得拉了多少趟水。这样的日子过了五年。

这其间,因各种原因搬宿舍不下十次,总觉得不安定,心里不免就烦躁起来。往往这时候就想回喀什,回去看父母,回去看同学,回去好好睡个觉。

可一想到那条艰险的路,心里就发怵。时间长可以睡觉打发,不可预测的泥石流或者塌方像恶魔一样,藏在你看不见的地方,不知道什么时候就窜出来露一面,这一面,轻则受伤,重则就会丧失生命。这哪里是一条回家的路,分明就是一条死亡之路。

拨通父母的电话,想说的话却说不出来,总是父母先开口说话,让他安心工作,按时吃饭,他们身体都好,不用担心。

家,总是要回的,再难再险总是要回的。但他不敢保证在每一个春节、每一个中秋、每一次父母的生日能陪伴在父母左右。

原因很简单,工作多,工作忙。想想看,三个单位的业务就几个工作人员,一个人得干好几样业务,任何借口都是徒劳的。他是转业军人,骨子里的坚毅刚强让他不能退缩甚至逃跑。也许在某一秒有离开的念头,但"再坚持一下"的声音,让他留了下来。

接下来，他一个乡镇、一个村庄、一个市场主体地去跑。这些年，一双脚走遍了全县的角角落落。

机械单调地重复工作，许多时候容易消磨人的锐气，可看到这些淳朴善良但依然贫困的塔吉克族牧民，黄成耀心里发急，想怎么让他们的日子过得更好点。

来来往往的交流中，他深知阻碍这些牧民致富的根本原因是没有商业意识，不懂得将自己手里的农副特色产品拿出来销售，也不懂走出山村，到外面跑运输，搞贩运。他们习惯了固守在山村里，吃馕喝茶，过清苦平淡的日子。

每每走进农牧民家，他耐心地向牧民讲政策、讲经营之道，并主动为那些愿意经商的牧民办理执照、注册商标、签订合同等。忙前跑后，不像来办事的人而是一个普通的牧民，是自己家的亲戚。

一户经销眼磨石（眉笔所需的一种矿物质）的牧民，他帮助注册商标后，在市场上销路很好。牧民高兴，拉着他去家里喝茶吃饭。牧民说："你，我们跟前亲兄弟一样的人，家里饭要吃一下。"他跟着去了，跟着去的还有几个想做买卖的邻居。他告诉牧民们，如今的市场很大，容得下每一个愿意闯荡市场的人。

下班后，他喜欢在街上走一会，说是锻炼身体，实际是个人习惯，觉得每天不在街上溜达一圈，夜里睡不好。见了熟人，说说话，点点头，握握手，心里踏实。

这种踏实像一面镜子，照见自己，也照见别人。

难道没有遇到什么危险的时候？答案是肯定的。

那是2004年春节前夕，在市场巡查中，他跟同事在县城最大的购物中心查获一起涉嫌销售假冒五粮液白酒的案子。当晚，两个当事人深夜摸到他的单身宿舍里，恐吓威胁他。他直言，第二天就去喀什鉴定，以事实为依据，以法律为准绳，秉公办事。

第二天，他将事情告知领导和同事时，大家都为他捏把汗，嘱咐他，下次一定要注意人身安全，万不可大意。

如今，他再想起这件事时，真是觉得胆大，也觉得庆幸。当时自己赤手空拳，一点防范都没有，万一当事人施暴，后果不敢设想。

偶尔黄成耀会想，自己是不是该慢下来，让自己好好休息一下，觉得自己像一台通了电的机器，从上班那天起，就没有停下来过。因为父母不在身边，即便是周末，也在忙工作。

结婚后，自己有了一个小家，可这台机器依然匀速运转着，一忙起来，根本没有周末的概念。山里来的牧民进了单位就想把事办好。对于黄成耀来说，不能在牧民面前说："今天这事办不成，我休息改天再来。"他心里清楚，牧民来一趟不容易，自己眼里的小事，在牧民眼里都是大事，怎么敢怠慢呢！

就在这样看似平常简单的工作中，他错过了见父母最后一面的机会，成为终身遗憾。

2010年6月的一天，他接到母亲打来的电话，说她觉得不舒服。平日里母亲很少告诉他自己身体的情况，当他打电话问母亲，母亲总说好着呢。

每次母亲的声音总是坚定清晰，他便放心了。这次他从母亲的声音里听出了异样，催促母亲赶紧去医院看看。挂了电话，他急匆匆向领导请了假，搭乘班车往喀什赶。

这一次，他觉得310公里的路程，比3100公里都长，心莫名就慌张起来，不停张望窗外的群山，刀削斧劈的山壁中不时闪现出母亲的面容。他忽然意识到，自己已经好久没有认真看看母亲了。她的白发多了，脸颊上的皱纹深了，劳作了一辈子的手指弯曲了。想着，想着，眼眶里涌出热乎乎泪珠来。

他飞奔到喀什医院时，母亲再也说不出一句话，安静地躺在那里。

从自己十六岁离开家，到部队。二十岁，到塔什库尔干县工作，母亲还没有吃过自己亲手做的一顿饭，没有陪母亲买一次菜，没有陪母亲散一次步，哪里算一个孝顺的儿子呢？自责愧疚如潮水般拍打着他的心，良久不能平复。

安葬完母亲后，望着日渐衰老的父亲，他暗自下决心，往后一定多抽时间回来陪陪父亲。

也就在这一年，他让妻子带着女儿回到喀什，与父亲生活在一起，担负起照顾父亲的义务。

五年后，他的父亲因突发心脏病去世，他也未能见父亲一面。

面对父亲的遗像，他深怀懊悔，1968年父亲从重庆山村来到喀什公路段工作，几十年野外工作让他落了一身的病不说，还要忍受思乡的愁苦，几十年只回过一次故乡。在父亲的内心深处一直想他陪着回一次老家重庆，可他没有帮助父亲实现这个心愿。父亲也从没有抱怨一句，父亲的宽厚仁爱让他觉得对不起父亲。

他知道父亲是一个把工作看得很重的人，似乎自己继承了父亲这种品质，把心思用在工作上，也许是对父亲最好的告慰与思念。

三

黄成耀在塔什库尔干县工作的二十五年里，不是没有调回喀什的机会，不但有，而且不止一次。2003年上级领导想调他回喀什，他说不急，让年纪大的同志先回吧，他还年轻，再干几年。

第二次是他母亲去世后，领导又想调他回喀什。他说："父亲有妻子照顾，自己在这里工作也不错，不回了，就在这里退休吧！"照正常人来看，他思维乱了。别人求之不得，他却拱手相让。

当问及他时，他说："一个地方待久了，自然就有了感情。何况我在这里二十五年。与这里的人，与这里的山水，与这里的草木都有了感情，从来没有像现在这样觉得老百姓需要我。"

2014年他参加"访民情、惠民生、聚民心"工作队到了村里，一待就是几年。帮牧民修理自来水管线，安装锅炉，帮生病的孩子联系医生，为牧民销售农产品跑市场等，哪一个也不是惊天动地的大事，可都是事关百姓生活的事情。

有时候，他刚睡下，或者已经睡熟，牧民打电话来了：家里有什么事情，需要帮助。有时候，他还没有起床，牧民就来敲门。有时候，饭碗还没端到手里，事情又来了。

实在累了，饭都不想吃一口，躺着不一会就睡着了。偶尔会做梦，梦到领着女儿陪着妻子去逛公园了，去游乐场了，去看电影了等，可醒来又是长长的叹息。

女儿如今已经读高中了，梦里想的事情一件也没有做到。有时候想女儿了，连通视频后父女俩却说不上几句话，他不知道说什么。

他在牧民面前像小喇叭一样，张嘴话就来：咱们村里新盖的安居房家家都有；孩子们上学不要钱；大家看病拿着农村合作医疗本可以报销；以前护边都是义务的，如今村里一半的牧民每个月都可以领到2600元的护边费，每年每个牧民都能领到边民补助……

可面对女儿时，之前准备好的话却说不出几句来。

在外出巡查的时候，每次路过界碑，他都会多站一会，界碑上鲜红的国徽让他油然生出神圣感。这里的牧民保家卫国的意识很强，只要发现陌生人，立刻会来报告。他竭尽所能为牧民服务，无形中他也成为一名守边人，虽然手中没有钢枪，可胸膛里有一颗忠于祖国的红心。

问黄成耀，眼前最想干的是什么事情？他说，最想把产业富民的事情干好。村里的黑皮土豆、红皮土豆很受消费者欢迎，但还没有形成规模。在山里要把产品销售出去，得依靠电商平台，这就需要物流支持。什么时候这些牧民会经营，懂销售，收入稳定了，他的心里才能真正踏实。

他一家三口，分居三地。他在塔什库尔干县，妻子在喀什，女儿在石河子市。与妻子一年见个两三面，与女儿则一年最多见一次面。

家业难两全。

如今的塔什库尔干县如少女般焕发出迷人的魅力。宽阔的马路，高耸的楼宇，花团锦簇的游园，散落乡村整齐漂亮的安居房，崭新的校舍幼儿园，一盏盏亮起来的路灯，新修的养殖区、已经挂果的杏树，陆续开门迎客的牧家乐，停靠在院子里的摩托车、货车、小汽车。过去放牧，如今走进工厂做工的人的笑容像一粒粒闪耀光彩的宝石珍珠，缝制在了塔什库尔干县这顶高山的王冠上，熠熠生辉。

他依然穿行在自己熟悉的城区与乡村，这里不再是二十多年前他刚来时的模样。整个县城每个角落有种蓬勃的朝气，亦如当年的他。

他觉得自己此生最大的收获就是扎根这里，真正与脚下的土地，与这里的各族百姓融为一体，成为名副其实的塔什库尔干县的老百姓。

二十多年不弹吉他的他，心里对音乐有种无法割舍的喜爱。他说塔什库尔干县的朝阳就是一首动听的吉他曲，音符样的云朵在阳光照耀下流动出动人的音乐，传向天宇，每一颗善良的心都会听到。不信，你听！

东道海子的请柬

一

目光与夕阳同时成为它的俘虏。

惊艳一词用来形容眼前这片古尔班通古特沙漠中的水域——东道海子，显得有点俗常。可浑身沸腾的血液，让亢奋的我不由喊出这个词。刚一出口，水面飞起的白鹭顿时让我羞愧，却不知将这份羞愧安顿何处。红色光辉，敞开怀抱，面颊燃烧着，迅疾将暴露出的羞愧掩藏在那束光里。在光的臂弯里安慰自己：不要怕，不止你一个人被它折服。

美要多角度审视。痴迷地图的我，在一片黄色区域里找到属于她的蓝,这珍贵的蓝,如一枚蓝宝石胸针别在沙漠的胸前。

对蓝色的爱,有种难以改变的偏执。不知是最初在电视里或者画册里,海的色彩定格在我的意识,海的蓝牢牢储存在记忆里。

八九岁时,我曾沿着村边的古牧地河一路向北,想象能走到海边,结果被母亲拽了回来。从母亲惊恐不安的眼神中,觉出自己的冒险超出了大人承受的范围,但对蓝色水域的向往从未改变。

90年代初,我第一次搭乘一辆拉芒硝的卡车靠近蓝色的海子时,激动惊喜自己当初的选择并没有错。

一切都是安排好的。我跪倒在海子边时,深信自己是早先走失的美人鱼,终于回到了属于自己的家。泪珠滚落下的瞬间,裹在身上的铠甲被泪珠击碎,我想投入海子的怀抱,实现拥抱蓝色大海的梦想。

卡车司机以为我有点想不开,会干出傻事,慌张地想搀扶起我,我却用力甩开了他的胳膊,跑向海子边。

我靠近海子,水面发出一种磁力,目光锁住海子,耳畔有人在唤我的名字,兴奋的绳子拽着我,让我顾不得脱去鞋子,脚步径直向水中迈去。

冰凉,并不刺骨。我将手探进去,掬起一捧水拍在脸上,柔软丝滑。一种莫名的冲动让我想把整个身体都交给它。司机飞奔而来,死死抓住我的胳膊,将我拖出水域。

"放开我!只想亲近一下水,别拦着我。"

"不知水的深浅,别干傻事!"

那一刻,我明白,心许大海的愿望被他人接纳是艰难的事情。

这次与海子有肌肤之亲后,我爱上了东道海子。

我笃信这海子不是被遗弃的海子,是几亿年前大海撤退时,留守于此看家护院的将士。海子与几千公里外的大海,血脉相连。

我不知在海子边待了多久,司机一再催促我,再不走就回不去了。

我缓缓转身的瞬间,海子平静的水面涌起一行行微波,像是信笺上走下来的文字。

以至于多年后,第一次走出新疆时,我不管不顾就奔向海的方向。

此刻,我眼前的东道海子,水域最开阔的地方颇有放眼望不到边的感觉。我站在太平洋边上也是这样的感觉,却忽略了人视线所及不过几公里的范围。

无风的水面似乎是静止的,哪个是天,哪个是水,恍惚间难以分辨。当调皮的云朵你追我赶闯入时,才分出天是天、水是水。

东道海子名字里的海,仅是湖的别称。叫得最响亮的是眼前的东道海子,殊不知在它周围还有白家海子、郑家海子等面积小于它的水域。从爷爷那里得知,已经消失在沙漠里的另外两个海子,与这三个海子早先连成一片,如今因水源补给不足,变成翘首相望的几个姊妹,可浩浩天宇从没有遗忘过它们的存在。

那户姓白、姓郑的人家早已不知去向,可他们的姓氏与海子构成的地名却留下来了。有时候,我猜想,那户白家和郑家是否有过如海子般水灵俏丽的姑娘或者英俊英勇的小伙;他和她在梦幻的东道海子里是否划船打鱼;是否在胡杨树下立下誓言;是否在繁星点点的夜晚,唱起情歌;是否结成连理,共同养育了儿女,成为这里的守护者……

有水的地方就有故事,爱情始终是故事的母体之一。当壮硕的哈萨克族歌手唱起歌颂大海的情歌时,虽然听不懂歌词,可听着琴声,心就软了。岁月不老,爱情不老。

夕阳可疗伤,何况是在沙漠深处东道海子旁。皮肉的伤痛,心灵的创伤,在夕阳的抚慰下,融化进闪闪银波中。

水是有灵气和神气的。这水又非同寻常。逆流而上,她们来自雄奇壮美的博格达山冰雪汇集的河流,来自地下砂岩层中的暗河,来自纵横交错灌溉农田的沟渠,来自大大小小的水库。

如此,东道海子是这些水系的家,将一路奔跑玩耍疲惫的孩子们安顿于此。怕孩子们孤独寂寞,唤来会飞的鸟、会跑的动物陪伴着。如此,这里不再是死寂的世界,鸟儿们的演唱会、动物们的运动会轮番上演,海子、天空、沙粒、风都是它们忠实的欣赏者。

我陪着即将新婚的侄女来拍摄婚纱照,照片出来后,人都惊呼东道海子景色的奇异,怎么会在沙漠旁就有如此硕大的水面。我陪着画家来此写生,足迹遍及全国、去过欧洲的画家吕剑利在海子边撑起画架时,站在一旁的我问他话,他一言不发,只是一个劲摇头。烈日凶悍,我缴械投降,躲到海子旁的胡杨树下。午饭时分,吕老师拿着画说,怎么离乌鲁木齐百十公里的地方,居然有这么好的写生地,真是太惊喜了。

那年秋天举办的写生展中,诸多画家用笔展示了东道海子的美。这是一种发现与探索的旅程,与美有关,与自然有关,与共生有关。

二

怎么说呢,任何一件事情,只要心甘情愿,总是能够变得简单。比如为探寻沙漠,我背着背包,徒步探访过塔克拉玛干沙漠、腾格里沙漠和毛乌素沙漠。大胆地说,东道海子所在的古班通古特沙漠因生机而丰饶。这话不是空穴来风,从卫星地图上看,那斑斑点点的觉得不好看,可走进沙漠才知道那些斑点都是沙漠植被的投影。

晨光最好。我钻出帐篷时,霞光尚未跳出地平线。站在高高的沙丘上,目光被晨风送向远方。

一垄垄沙丘上生长着高矮胖瘦不一的绿植,一株株的胡杨,一蓬蓬的梭梭,一簇簇的红柳。高大的样子,并非胡杨独有。充沛的水源,让梭梭和红柳的个头直逼胡杨。我站在一棵模样挺拔的白梭梭面前,仰望着它,想说点什么,可又找不出恰当的词,生怕用错词,让它笑话。当然我不怕被笑话,毕竟我是浅陋的一个人,知道身边的胡杨比我经历得多,就是这梭梭怕也比我年长几十年,我哪里敢轻言。

说不定,这株梭梭曾与爷爷相遇过。1943年,爷爷跟村里几个小伙子赶着马车到东道海子捞鱼,傍晚在沙地上用梭梭烤鱼。我至今都想象不出那是怎么的美味,尤其对我这个酷爱吃鱼的人来说,不知馋死几回!藏在不远处的沙狐窥伺着,但终究没有袭击爷爷。我听着,心却发紧。爷爷告诉我,对于自然界的动物,人不侵扰它们时,它们极少主动攻击人。冒犯的事情往往是人类先做出的选择。这话落地时,我低着头,似乎那些事情都是我干的,只有低头认错,才安心似的。

好奇的我不甘心,想问一句,十九年前,我跟随浩荡的队伍,来这里种植梭梭的时候,它是否记得。

显然,这个问题有点幼稚,我还是在它的面前伫立了良久。风撩起它的枝条,发出窸窸窣窣的声音,这是回忆的节奏,也是回应的掌声。

我来了不止一次,那时几千人甚至是上万的干部、学生、工人等都扛着铁锨,一字排开,两人一组,一个挖坑,一个扶梭梭苗。在天地之间,自觉是万物之灵的人,却渺小的如一粒沙子。

每一个参与了沙漠公益林种植的人都不会忘记这样的场面。我记得,当结束返程时,我仰面躺在沙包上,温热的沙粒像在与我私语,我歪头将耳朵贴在沙子上,唰啦唰啦声像是翻书的声音。我索性闭着眼睛,地图上的高山和廊庙在我的左侧,庙宇的飞檐上落着几只苇莺,红色的嘴巴张得老大。空中盘旋着鹰隼,它却全然不知。正前方是一条车辙清晰的大道,飞驰而过的马蹄声后,宣告着主人急切的心情,一股股沙尘却掩盖不住均匀缓慢的驼铃声。我想那马背上的人,说不定有我倾慕已久的边塞诗人岑参。当然,作为千年古道,路过的人实在太多,要不总能在沙丘的某一处找到颜色不同的陶片。我暗自佩服考古人的厉害之处,只将陶片看几眼,便用手指在沙地上画出陶罐的样子,如画师给人画肖像画一样轻松简单。不得不佩服汉唐那个荣光的时代,即便是茫茫沙海之中也无法遮蔽曾经的炫目与辉煌。

我庆幸在米东区400多万亩的沙漠区域中,公益林面积就达120多万亩。这笔绿色存款,让今天的我们开始受益。

在鱼儿沟和凤凰台林管站以南,放眼望去,大大小小成片的农田在航拍画面中田地绿如翡翠。秋天,田地华丽转身,变成麦子、玉米、向日葵的乐园,带给人温暖与富足的金色。

一边是绿,一边是黄,是自然魔术师呈现给人魔幻的景致,不是亲眼目睹,谁会相信呢?

我仍躺在沙丘上,迟迟不肯上车,觉得比家里的床更舒坦。如果不是孩子牵扯,真想以地为床,以天为被,长居于此。若干年后,我就是一棵树,一粒沙,一只鸟,抑或是天上的一朵云。

这样的想法有人就实现了。在茫茫沙海里,一位真心热爱这片水域与沙海的人,主动放弃城镇安逸的生活,在沙漠里建起了一座唐朝丝路驿站。木栅栏的院墙,土坯屋子,马车、石碾、石磨等散落院中,陶碗陶壶置于桌上。几个好友相聚,茶杯与酒杯交替举起,所有人都呈现本真的自己,就如我们当夜在沙丘上牵手串歌尽情唱歌跳舞一样。

毫无疑问,真诚真情是一种力量,就如同眼前的海子沙漠所呈现的真实一样,无须掩盖什么,坦荡是对虚伪最好的回击。

作为奖赏,我收到了一束花,花瓣如黄豆或指甲盖大小,黄色、紫色、白色。我不知道它们的名字,就如同海子不知道我的名字一样,但不妨碍我们享受此时的浪漫友情。

我将花束置于胸前,低头深嗅几下,草木独有的芬芳是名牌香水所不及的。谁能否认,它们中任何一朵对沙漠的厚义不比大海深呢?

　　在爱,在义,在情面前,万物平等。

　　我抽出其中一朵别在右耳上。举起酒杯说,为这些点燃沙漠、点燃我们浪漫之情的花儿们干杯! 在这样的天地间,无须用矜持来显示你的端庄,与之相匹配的是豪情与率真。这一刻,觉得我就是一滴水、一粒沙子。

三

　　又要说到爷爷,当年爷爷将满载鱼干的马车赶回村子,将鱼干分给邻居们后,歇息几日,怀揣着淘金的梦想,从东道海子旁的一条古驼路上,一路向北,穿越沙漠,先是到了福海,最后在金山落脚,开始淘金生涯。路上遇到了什么? 爷爷没有告诉我,会不会与野狼、狐狸、野猪狭路相逢,会不会与黄羊、野驴、野骆驼并肩而行。会不会有土匪围追堵截,这些都不得而知。但路上有风险这是一定的,也许爷爷一行人运气好,平安抵达了目的地。

　　比照这个说法,东道海子算是一个幸福的地方。我这么说是讲,自古东道海子就有人陪着。不老的时光走到今天,它的神秘依然让我在内的许多人对探险充满期待。

　　东道海子的水鸟很多,我想住些日子,好好观察一下它们。我始终觉得在这样的地方看鸟,跟在城市公园里看鸟是两回事。回归自然的鸟是我喜欢的那种。

　　头顶飞过的苍鹰,水面掠过的湖鸥、白鹭,岸边是婀娜多姿的天鹅,哪个都可成为文章的主角。

我对旁边专业拍摄鸟类的摄影师说:"咱俩合作一次,你拍我写,如何?"其实这对我来说是个挑战,熟悉的事物写起来才顺手。对东道海子的鸟来说,需要学习得太多。何止是鸟儿们,包括活跃在水里的鱼、灌木丛中的动物们,个个都值得书写,它们与我们都是自然之子。对它们的熟悉过程,其实就是一个探险过程。

我想环游古尔班通古特沙漠。环塔拉力赛享誉世界,东道海子是风景最美的一段,是无法跳跃的一段。如果说越野沙漠赛是专业人士的事情,热气球环游是许多畅想沙漠探险旅游人士较为钟情的方式。

风景在路上。恐高的人不妨选择简单安全的方式,来一次沙漠徒步探险行,向东一路,过阜康、经吉木萨尔、穿奇台、走木垒、直奔哈密,抑或一路向西,挺进伊犁。

在新疆首府乌鲁木齐半径100公里的区域,有这样一块融湖水、沙漠、树木、田地、古道、动物等多样一体的自然宝地,谁不渴望一睹芳容呢?

自然是一部百科全书,自然是生存大师,自然更是审美大师。相信每一个探寻过东道海子的人都有惊喜,都会被它的魅力所俘虏。

梦一样的巴里坤

一

　　我第一次见到巴里坤烽燧就再没有忘记它的样子。它像一位学识渊博的老师,让我获得许多不曾知晓的历史知识。由此,让我更加热爱新疆。

　　1992年夏天,我与友人一起乘车去巴里坤,不时在公路不远处就能看到一座矗立在荒漠中的高大土墩,迎风向阳的一面已被风雨侵蚀得失去原来的模样,背风面却有清晰的棱角,这荒漠中怎么会有孤零零的大土墩呢? 我正纳闷着,司机师傅热情地介绍说:"路边的大土墩子看到了吧,那就是烽火台。"这是我第一次见到烽火台。远望这些矗立在戈壁荒漠中的烽火台，虽历经千年风蚀雨淋，但雄姿犹存，处处散发着一种阳刚之美。

我们到达巴里坤县时，县文物局的蒋晓亮局长热情地告诉我们巴里坤有烽火台28座，我们先前看到的那座烽火台叫奎苏烽火台，是唐代烽火台遗存。

我顿时兴奋起来，追问道："这么说，西域名将封常青和唐朝赫赫有名的边塞诗人岑参都曾路过这里？"蒋局长说："岑参诗中就有烽火台的描述'寒驿远如点，边烽互相望'，诗人形象地道出新疆境内的烽燧与古城驿站的关系，烽燧与丝绸之路中道与北道走向一致，并与城郭军镇紧密连接，起到了护卫丝路畅通的重要作用。在巴里坤县就有唐代大河古城，它是伊吾军的所在地。"

这烽燧沿着丝绸之路绵延万里，那么新疆境内最后一个烽燧又在哪里？

2005年我去喀什，特意向从事旅游多年的小王打听，小王告诉我，位于乌什县牙满苏乡别迭里山口东南侧，别迭里烽火台是中国西陲第一烽燧，它是唐代遗存。在唐代，别迭里山口是西去碎叶的重要通道，烽火台扼其咽喉，雄踞当时的战略要地。只可惜当时因为行程紧张，没有亲眼看见这座西陲第一烽燧，但能想象出它曾经的辉煌岁月。

我知道这烽燧在汉代就已经星罗棋布地散落在丝绸古道上，一路上却没有看到汉代的烽燧。2005年从喀什返回时，我在库车让友人带我专程去库车老城以北8公里、北距全国重点文物保护单位克孜尔尕哈石窟1公里的克孜尔尕哈烽火台。新疆考古人员确认其为汉代烽燧。汉代库车是东西交通要道，有多处城池和重要关隘。

历史上许多故事也与烽燧相连。"烽火戏诸侯，一笑失江山"的事发生在2700多年前的西周时期。周幽王与褒姒之间的故事众人皆知。

战国时期,赵国北边和匈奴接界,虽筑了长城,但赵国还常常遭到匈奴的入侵,抢掠不少人员和财物。赵孝成王时,派李牧为将,镇守北边。李牧先是养精蓄锐,再诱敌深入,一举歼灭匈奴,反映李牧的足智多谋。巧用烽火信号,李牧屡败匈奴的故事更被后人传为佳话。

烽火连西域,狼烟起汉关。建造烽燧一般就地取材,新疆烽燧多以夯土为台,并在夯土层中加以芦苇和树枝固定。阿拉沟烽燧却是完全用石头砌成的。边疆的烽火台形制,一般坑楼五丈,再在楼上植十三根木杆,杆顶吊一横杆,横杆顶头笼内装可燃物。

烽燧是如何来传递消息的呢?烽用于夜间放火报警,燧用于白昼施烟报警。

汉代的边境军事组织中,设有"燧长署",专门管理烽燧。至唐朝,烽燧这个名称被烽火台取代,相应的制度更加完善。当时,每烽置帅一人,副一人,还有烽子(守护兵)若干人。烽燧官吏主要掌管烽燧的保护、修缮和报警。

既然是军事防御系统,根据情况不同,燃烟点火是有严格规定的,若来犯敌人有百余人,白天燃一烟,夜晚则点一火;来犯敌人若在千余人,白天燃三烟,夜晚则点三火;来犯敌人若五千以上,白天燃四烟,夜晚则点四火。就这样几百公里外的敌情很快就会传递到各衙署,直至传递到皇宫。汉武帝时卫青、霍去病与匈奴作战,以烽火作为进军号令,一昼夜就可使河西的信号传至辽东,远达数千里。当时有一首诗形容得非常形象:"候骑至甘泉,烽火通长安。"

每个烽燧物资配置:旗1面、鼓1面、弩2张、炮石、垒木、停水瓮、干粮、生粮、麻绛、火钻、火箭等若干。

因西域地域辽阔,烽燧分布点多线长,一些地处偏远的烽燧守护兵还要兼种土地。当时每墩烽燧处都住有5至12人,开垦土地50余亩,在没有战争的时候他们一边操练，一边就得屯垦，自己供应自己。烽燧的守护兵每年换一次防，在管辖的部队中负责调换。

"沙场烽火隔天山，铁骑征西几岁还。"我站在巴里坤的烽燧前，脑海出现一幅幅图画，边塞烽燧守兵常年被风沙、雨雪肆虐，生活艰苦，守烽寂寞，但他们却对西域的巩固和安定作出贡献。

回来后我将遇见烽燧的事告诉爷爷。爷爷说，20世纪60年代末，米泉境内也有烽燧，后来搞建设，夷为平地。遭遇这样命运的烽燧说不清有多少。许多时候，孤寂地矗立在旷野里的烽燧跟人的命运一样，自己是无法做主的。

烽燧的身影在千年历史中，渐渐淡出人们的视线，烽燧没有古代城池那么显赫，而赢得更多的保护，凄楚无语，默立大地。在巴里坤看到它们屹然不动的身姿，像一位武功盖世的将军在人事无常的世事变幻中，坚守其志，任尔如何诱惑，绝不动摇。我的耳畔锐啸经久不息，仿佛置身于远古金戈铁马的古战场上，听到慷慨激越的号角鸣奏……

二

巴里坤在我心里始终是一个多年未解的梦，为此，我等待了多年。

1992年7月12日，我踏上一条寻访之路，梦一样的巴里坤是奶奶念念不忘的地方。严重的风湿病让双腿已经变形的奶奶，无法亲自来这里实现多年的梦想，只能委托她的长孙女——我，帮她实现，从接受这个使命起，我稚嫩的肩膀似乎有了千斤重担，总放不下。

7月的天山是适宜避暑的地方，我们从米泉出发，一路马不停蹄，想快快到达县城，去寻访奶奶曾经居住的老家，和那户曾经收留帮助过奶奶和太姥姥的好心人。

据奶奶回忆说，20世纪30年代初，原本住在哈密的奶奶跟随她的母亲，也就是我的太姥姥欲去迪化（今乌鲁木齐）投奔亲戚，途经巴里坤遭遇大雨，原本就体质瘦弱的太姥姥和年幼的奶奶发起高烧，浑身发冷无力，无法再继续前行，可娘俩在陌生的巴里坤举目无亲，身上仅有的那点钱根本不够去看郎中，便靠在一户人家的院墙边休息。浑浑噩噩中不知过了多久，忽然奶奶感觉有人在喊她，她迷迷糊糊地睁开双眼，见眼前站着一男一女两个中年人，女的开口问奶奶从哪里来到哪里去，又问哪里不舒服，怎么靠在她家的院墙边。奶奶将去迪化投奔亲戚的事情说了一遍，中年妇女见奶奶与太姥姥病得厉害，嚷嚷着中年男人帮着将奶奶和太姥姥搀扶进家里，不仅端来热面条，还请来一个郎中给她们把脉医病，又抓来中药给她们煎服。

这时奶奶才知道这户人家男的姓王，陕西人，女的姓李，甘肃人，家里有三个孩子，两女一男，最大的不过十来岁，一家人对她们很是和善。奶奶感觉麻烦人家不好意思，自己又别无他法，夫妇俩看出她们的心思，宽慰奶奶说，出门在外，保不准有个三难四急的事情，别想那么多，安心养病。

太姥姥见一家人都是忠厚老实模样，就住了下来，这一住就是七八天，待奶奶病情有所好转准备上路，太姥姥（她是小脚女人）又不慎扭伤了右脚踝骨，又住了近十天，等脚能下地走路，奶奶和太姥姥决定要离开，一家人还一再挽留。奶奶和太姥姥心里实在过意不去，吃住半个月不说，还帮奶奶看病，看奶奶决心已定，走的那天，女主人早早起来给她们烙几个饼子，让她们路上吃。太姥姥从手腕上拿下一只银镯子要送给女主人以示答谢，人家死活不肯收下，感动得奶奶和太姥姥一个劲地落泪，答应一家人有机会一定回来看他们。

等她们到达迪化时，太姥姥就因痨病一病不起，不几年就去世了，而奶奶也出嫁,开始相夫教子的生活,时光在颠沛流离中使奶奶从当初的少女到如今暮年,奶奶再也没有回到巴里坤。几十年过去,奶奶心里一直惦记着这户人家,尤其是上了年纪后,总提及这户人家,说那户人家房子坐北朝南,内套外两间房子,一进院子右手有两间小房,一间伙房,一间杂货间,院子中间有几棵果树,树下有一条黑狗,别看这大黑狗体格硕大,但性情温顺,见到奶奶从不乱叫,连那眼神都很温和,没有一丝敌意。也许这就是与这家人的缘分吧。

这家人的故事,我小时候就听过,到我参加工作两年后的夏天,奶奶再次提及,我决心亲自去一趟巴里坤,帮奶奶寻找这户人家。

我行走在巴里坤的老街上,看见上年纪的人就打听是否知晓有这样一户人家,可走了几条街,终无结果。同行的司机说,几十年的光阴,早年社会动荡,土匪猖獗,也许这家人逃难去了别处,当初你奶奶她们也是逃难才到乌鲁木齐的吗?而巴里坤地处交通要塞,是各路人马必经之地,遭受的劫难也更多,况且后来年月也不见得就平安无事,世事难料,也许人家回老家也说不定的。

我想人家说得也有道理,通过一天的询问,许多人是1949年后自流来的,也有后来支边来的。

掐指一算,即便那户人家主人活着,也该是90多岁高龄的耄耋老人,如此高龄的老人,问了许多人也不曾知道,想必早已作古。而当初奶奶并没有记住人家孩子的名字,到哪里去寻找,我一头雾水没了主意。

第二天就要返程,傍晚时分,我在一处十字路口买了点心烧酒等,向曾经给予奶奶帮助的那家的主人祭奠了一番,我想好心人在天有灵,一定会收到奶奶和我的这份祝福。

此后,我又多次去过巴里坤,虽每次行程匆忙,但我依然不忘寻那家人的线索,每次都以失败告终,但在一次次的找寻中,却加深了我对巴里坤的了解,对这座小城有了更多的牵挂。我站在城门前,白雪皑皑的天山静静地耸立在眼前,笔直宽阔的马路上穿梭着各式车辆,偶尔也有叮当的马铃声飘来,在凝结着古老与现代的小城,在又一个初夏来临时,以它独特的魅力吸引着更多的人前来一览它的风采。

阵阵微风拂面,我仿佛听到汉唐将士的剑舞声,听到无数怀揣报国理想的英雄儿女嘹亮的歌声,听到那户人家嘘寒问暖的话语声,听到那只大黑狗亲切的汪汪声……

三

毫无疑问,松树塘值得留恋。

松树塘是300年前清军为平定西城而设立的第一座军台驿站,它是巴里坤的门户,从这翻过天山可到达哈密。

一条宽阔的马路从山中而过,远远望去似一条银带披挂在嫩绿的草原上。车子停在路边,我们争先恐后地向附近的一个山坡爬去,因为冬雪刚刚滋润过,满地的草儿是那么的娇嫩,踩下去是如此的绵软,朝阳的光芒洒在草儿的身上,点点滴滴的露水发出耀眼的光,使得偌大的草原如此的洁净,没有丝毫被污浊的痕迹。

爬上看起来并不高的山坡,我已有点气喘吁吁,这并不妨碍欣赏美丽风景。也许这里离红尘太远,山下是安静的小镇,只有从山谷中流淌的河水使平静的山谷有了声息。山坡上青翠葱茏的青松,让人顿时想起清代洪亮吉那首广为传颂的《松树塘万松歌》。

千峰万峰同一峰,峰尽削立无蒙茸。

千松万松同一松,干悉直上无回容。

一峰云青一峰白，青尚笼烟白凝雪。

一松梢红一松墨，墨欲成霖赤迎日。

无峰无松松必奇，无松无云云必飞。

峰势南北松东西，松影白背云高低。

有时一峰承一屋，屋下一松仍覆谷。

天光云光四时绿，风声泉声一隅足。

我疑黄河瀚海地脉通，

何以戈壁千里非青葱？

不尔地脉贡润合作天山松，

松干怪底一一直透星辰宫。

好奇狂客忽至此，大笑一呼忘九死。

看峰前行马蹄驶，欲到青松尽头止。

这首诗为我们呈现一幅气象万千的天山万松图，堪称千古绝唱的佳作。

巴里坤县文物局蒋晓亮局长是位风趣幽默的人，他主动充当我们的义务解说员，他诙谐生动的解说赋予沉寂千古的历史遗迹新的生命。

放眼望去，湛蓝的天空下，掩映在谷间的村落和满地草儿树木所散发的清香都与众不同，从山峡间奔泻而出的溪流泉涌带着几分甘甜和清冽。

在草地上，马儿低头吃草，悠闲自得，这里是新疆著名的巴里坤草原所在地。我想起汉代名将班超，在天山庙旁有后人为他重塑雕像，我心目中的他比雕像更鲜活。试想2000多年前，若不是班超奉命出使西域，打通中断了60余年之久的丝绸之路，那么历史会被改写。

班超带领汉军曾经驰骋巴里坤草原，松树塘是必过之地。

在清乾隆时期，平定天山北部准噶尔部与天山南大小和卓之乱的历史进程中,这里作为清军的大本营,发挥了重要的作用。

当然不仅仅是这些,还有更多的往事都在这片草原上演绎,那些挺拔的雪松是最好的见证者。

我躺在草地上,从包里掏出从参观清雍正年间修建汉城德胜门时,守城老人手工绘制的巴里坤境内的岩画册。我记得问他为什么要这样做,老人的回答简短而质朴:要让更多的人了解巴里坤。

我被这话感动了,买了一本。岩画册里以动物居多,牛、羊、马、鹿等,它们都属于草原,此刻我也属于草原。

在这里,天高地阔,心情豁然开朗,似乎那些曾经纷扰自己的烦心琐事都消失在天边,不会再来困扰你。在这里,思绪如脱缰的马儿,不受约束。甚至想,留在这里度过余生也是一种选择。

返回宾馆的路上,蒋局长说明天有场赛马看一下。我一听,赛马是可遇不可求的好事,当然不能错过,便爽快地答应。

我们驱车来到松树塘一户牧民家,赛马的选手和牧民们早就到了。原来是这户牧民家儿子结婚,主人举办了这场赛马比赛。

我站在赛马场上,心里那种激动和紧张一点也不亚于比赛的骑手。在起跑线上,数十名十二三岁的骑手左手挽缰绳,右手执鞭,一个个精神抖擞,英姿勃勃。主持人一声令下,骑手们个个跃马扬鞭,好似离弦之箭。一时间,骏马萧萧,蹄声踏踏,犹如江河决口,更似飞流直下,一路烟尘滚滚,瞬间地动山摇。而终点线上,则是人山人海,一个个翘首盼望。当第一匹马冲过终点线时,赛场上立即欢腾起来,人们的喝彩声、骏马的嘶叫声响成一片,气氛热烈。直到比赛结束,我的心仍然激动不已,仍旧沉浸在紧张而刺激的比赛中。

来到松树塘不骑马就不算来过这里。友人为我牵来一匹骏马,当我手握缰绳,骑上马背时,马的体温瞬间温暖了我,马似乎晓得我的胆怯,步幅小，慢慢往前走。不知道谁从后面拍了一下马屁股，马儿迅疾飞奔起来，我吓得趴在马背上，飞扬的马鬃掠过脸颊，我听从马的安排，任由它而去。空旷的草原，马儿带着我飞奔着，有一种酣畅淋漓的感觉，最初的恐惧早已无影无踪，渐渐地一种勇士般的豪气油然而生。

这是我第一次骑马，也是第一次在草原上骑马。曾经我以为这对我来说是一件遥不可及的事，毕竟平原出生的我虽然见过马，可骑马并不是我向往的事，甚至让我有点恐惧。记得在电视里看到从马上摔下来的人，那副惨样让我心有余悸。真正骑马风驰电掣的感觉让我忘记一切，尽情享受驰骋的快感。我感受到马儿的热血与心跳，也感受到身体沸腾的激情，这种合二为一的体验，史无前例。我忘记马儿是什么时候返回，似乎马儿的主人向它发出命令，也许它熟悉路线，按照既定的时间返回。马儿并没显示出很疲惫的样子，我被友人搀扶下马时，它还侧头看我一眼。我抚摸它几下，觉得跟它有了感情。这种感觉让我对松树塘有点不舍。

著名作曲家黄怀海在1964年创作的《赛马》是我喜欢的一首曲子，它把草原的辽阔美丽和牧民们喜悦的心情表现得酣畅淋漓，让人只闻其声，便有种身临其境的美妙感觉，百听不厌。从巴里坤返回的路上单曲循环播放这首曲子，怎么都听不烦。

追星星的人

一

慧明给我描述星星时,眸子里装满兴奋。两只手比画着,我专注地看着慧明的眼睛,也看着慧明的手势。

原本,慧明不是追星星的人。慧明是整条巷子里年纪较小的一个。可他偏偏有种天然的号召力,比他大好几岁的伙伴都跟着他玩。比如玩打仗,玩捉迷藏,玩打尜尜,玩攻城等,十有八九,他是胜利的一方。

慧明带着五六个年龄相差五六岁的人,结伴要去看大海。几个人简单说了几句就出发了。

平日的巷子里,因为有慧明这个活宝,巷子里的气息如伏天的气温,谁家都能感受到热腾腾的跑步声,一浪高过一浪的笑声。人们习惯了这样的氛围,没有哪家人觉得闹。不时也有女人或者老人拿着板凳坐在院门口,看着他们玩耍。

慧明带几个伙伴去看海,这事家里人都不知道。晚饭时,一家一户都站在院门口,喊一嗓子:吃饭了。这话是命令。一个人听到后,其他人都知道要回家。

可这天吃饭的时间,好几家人都没等到回来吃饭的人。有人找到慧明家,慧明家人说,没见人回来,正要出门找人呢!

一个没回来,两个没回来。一下子,家里人都紧张起来,一时间巷子里好几家人都围住了慧明的家人。什么话也不说,大家心里都清楚,平日里都是跟着慧明的,慧明不在,那几个人也不在。接下来该怎么办?

许多人想不出此时慧明的年纪,说出来吓人一跳。慧明不过是五岁的孩子,是幼儿园大班的学生。听起来是学生,可跟学校里的学生是两回事。

慧明的父亲急了,当即就给公安局的同学打电话,说了慧明的事。电话那头倒没有惊慌的语气,只说别急,出不了地球,等信。

几家人都守在慧明家里,等不知道什么时候才能来的信。慧明的父亲挨个递烟不说,又招呼慧明的母亲给守着的人沏茶,且是新茶。

一支烟的工夫,慧明父亲的手机响了。说人在去客运站的路上找到了,派出所的车会送回来。几个人的心安稳下来,喝茶的喝茶,吸烟的吸烟,像没这档子事,而是几个人闲着唠嗑拉话。

一阵喇叭声,响亮刺耳,几个人都跑出去了。慧明最先从车里跳下来,一脸不开心。显然,警察已经给他们说了什么? 他们也自知其中的厉害。

各自领着自家的孩子回去了。慧明板着脸,不吃母亲端过来的饭,也不看父亲。他做好挨揍的准备。

之前慧明将幼儿园里的踢脚线撬起来，拿着木线条满教室追着打同学后，回来被父亲一顿"皮带面"。只挨了两下，被慧明的母亲抱住，夺走慧明父亲手里的皮带。拉着哭腔说，要打孩子，先打她。护犊子是母亲的天性。慧明父亲气得一跺脚，出了门。

不管是慧明，还是慧明母亲，知道当家人不会失踪。不过是在气头上，要不了多久就会好的。

第二天刚好是星期天。慧明的父亲对慧明说，今天他带慧明去科技馆看看，长长见识。别整天打打闹闹，再惹出什么乱子，就拿绳子把慧明捆在院子的大树上，哪里都别去。

慧明不信这话，但没有拒绝去科技馆。

科技馆很大。慧明进了科技馆一点也没有陌生的感觉，不到十分钟就不顾父亲，一个人跑去看了。

在天文馆，七八个人在等候大型望远镜。慧明过去问排队的人，这里能看到啥？人家说银河系、太阳系以及更多的星星。对这些慧明似懂非懂。老师曾简单讲过星河，但关于星河更多的知识，说等长大了就明白了。慧明不清楚，老师所说的长大了，到底是多大，也不愿意多想。他排在队伍后面。

还有一个人就轮到慧明时，突然听到父亲呼喊他的声音。他没挪动步子，大声回应了一声。父亲顺着声音寻过来，站在慧明旁边。

大型望远镜有一人多高，慧明站在地上是看不到的，旁边也没有供孩子踩的凳子，慧明的父亲双手抱起慧明。慧明双手握住望远镜，眼睛贴上去，只听："妈呀，太好看了！"

"看到了什么？"慧明的父亲问。慧明眼睛盯在望远镜上，不回头说："数不尽的星星，个个都亮得很！"

"快点，后面还有人呢！"这话不是慧明父亲说的，是一个胖女人斜睨着眼睛说的话。

慧明没有离开的意思,身子一动不动,慧明的父亲站不住了。这是公共设施,大家都有权利使用,不是给哪个人专门架设的。

"对不起,稍等。孩子头一次看,稀奇得很!"慧明的父亲说。

"谁不是头一次看? 都稍等一会,关门也轮不上!"胖女人语气不好听了。

慧明父亲将慧明从望远镜前抱着放到地下。慧明不干了,扯着父亲的衣角非要继续排队看一次。

可后面已经排了几十号人,等挨着他们,真是要下班了。慧明父亲说:"你真喜欢看星星,过几天,我去南京出差,给你买一架望远镜回来。"

"真的?"慧明不敢相信自己的耳朵,眼睛盯着父亲的眼睛,想再次确认真假。

"男子汉,说话算话!"慧明父亲说。

大概是半个月后,慧明家的院子里,父亲架好买回来的望远镜,并在望远镜前放了一个木凳,高矮慧明能爬上去,站起来,刚好能看到观察孔。

慧明一回家,再也不去巷子里打闹着玩了,只要从幼儿园回来就趴在望远镜前看。看着看着,还自言自语。

往日的伙伴好奇地问慧明,在干吗? 慧明神气地说,在追星星、数星星。

慧明不小气,让伙伴们都看了望远镜。但他们新鲜劲一过,就不再来了。慧明从此却迷恋上了星星。

慧明不光看,还用图画本将自己看到的星星们画出来。虽然笔法拙笨,可大致轮廓还是有的。

慧明父亲高兴,这拴住了慧明,再没惹过事。

等上小学四年级时,慧明不满足现在的望远镜,觉得清晰度不够,希望父亲再换一台。父亲有点犹豫,怕痴迷上后影响学习。慧明母亲全力支持,不等丈夫表态,就开腔说,这次带着你一起去北京买。

慧明高兴,蹦起来,搂住母亲的脖子说:"你是天下最好的妈妈!"

迷上星星后,慧明成了学校的明星学生,参加几次市里的比赛,成绩名列前茅。一次班会上,老师问同学们,长大想干什么?轮到慧明发言时,他认真地说,坐着飞船,去太空追星星。笑声塞满教室,笑声里有嘲笑和质疑。老师说,有梦想就有可能,将来咱们国家航天技术发展了,在太空建立航天中心,到太空追星星完全是有可能的。

为了这个梦想,慧明在卧室床头贴了张纸条:中国航空航天大学。

慧明的父亲看见纸条后,心里暗喜,觉得儿子比自己目标远大,将来一定比自己强。

暑假来了,慧明的父亲准备带慧明去南京紫金山天文台看看。慧明听了自然高兴,抓紧时间完成暑假作业。

写作业的时候,慧明觉得眼睛痛,偶尔看字出现重影。慧明母亲带他去省医院眼科检查,结果却吓得慧明母亲像雕塑似的,一动不动。慧明觉出异样,母亲从来没这样过,便抓住母亲胳膊晃动几下。慧明的母亲回过神来,脸上却挂着两行泪水。

回家的路上,慧明不说话,慧明的母亲也不说话。

慧明的父亲下班回家,感到家里的气氛有点沉闷,妻子躺在卧室,慧明窝在客厅的沙发上。

慧明的父亲进了卧室,关了门。慧明扫一眼卧室的门,听不清里面说什么话,母亲的哭声像手雷炸响在屋里。慧明一惊,感觉一丝不祥。

医院检查结果是慧明眼底突发性病变,治愈的可能性极小,未来慧明将在一个黑暗的世界度过余生,这样的结果对一家人来说是致命的。慧明是爱追星星的人,若没有了眼睛,怎么去追星星数星星。

该来得总归要来。慧明失明了。慧明的母亲瘦了三圈不说,面容老了不止十岁，连声音也苍老了。

有一天，广播里说，杨利伟来省城了，还有航天展，慧明的父亲带着慧明去了。早上出发得挺早，可从县城到省城要转几趟车，等到了展览地，杨利伟已经离开了现场。不过主场的巨幅宣传画上面有杨利伟。慧明在前面站着，慧明的父亲按动快门，留下了一张照片。

从此以后，慧明习惯性一直仰望的姿态。父亲问他在干吗？他说数星星呢。他说，一颗星星是夹在眼中的眼泪，两颗是爸爸妈妈，三四颗星星是爷爷奶奶姥姥姥爷，六七颗星星是巷子里的伙伴们……

慧明父亲听着，端起水杯却一口也咽不下去。

长大后的慧明成了别人追逐的星星，他去电台做心理访谈节目，公布了自己的手机号码，此后，不断有人在夜深人静的时候，给慧明打电话，求助各种心理问题。

一个十五六岁的少女，在电话里对慧明说："我知道你看不到我，可你是我心里的宇宙。"一个看不见的人却是一个发光的人，光芒如星空一样璀璨。

慧明是我的一个邻居，两年前去世了，可他在我心里永远是最亮的那颗星星。他的乐观、豁达、悲悯、善良，让人难以忘怀，他温暖了我和许多不曾相识的人。他走了，我想在另一个世界，他也是发光的星星。

二

"星星是我种下的，不许你说它的坏话。"我握着刚从枯树上折下来的树枝，气恼地冲面前的两个男孩说。

两个男孩相视一笑，不约而同把目光集中在我身上说："天上的星星有大有小，有明有暗。既是你种的，就该一般亮，一样大才对。"

"你没看，地里的玉米、葵花一起种的，过段时间再看，也不见得都一般高，一般大。这叫差异，懂吗？如果不懂，别在这里逞能。"我没有退缩的意思，目光直视他们。显然，我的话让他们哑了，一时找不到反驳我的话来。

两个男孩自觉无趣，扭头朝麦场边的草垛跑去。

我是在一次梦境中种下的星星。我告诉爷爷时，爷爷只是笑。他靠在向阳的墙根处，捋着白色的山羊胡子。

记得一年夏天，爷爷赶着毛驴车带我去东山旱地收麦子，晚上一棵大树成了我和爷爷临时的家。那晚，不见月亮，满天星星。我问爷爷星星为什么掉不下来。爷爷说，星星离我们很远，远得人几辈子都跑不到。话音刚落，与我们同来的一个大爷找爷爷拉话。

我不信爷爷的话。心想，星星离我们不远，就挂在山边。我独自顺着山坡上的小路，跑着去追星星。

此时，我心里只想着星星，没有一丝胆怯。夜风清凉，我一路小跑，生怕星星跑了。

下坡，上坡。再下坡，再上坡。我不知道前面还有多少个坡，但我想，顺着一个方向就能到达星星所在的地方。

突然，小路左前方燃起一团火，火苗像个醉汉，摇晃摆动。我立定身子，不知如何是好。火苗移动几下，我本能地后退两步。火苗向我跳来，我心猛地收紧，双腿发软，"哇"地哭出了声。宽阔的山谷回荡着我的哭声，气恼这奇异的火团拦住我的去路。我没想着返回，使出全身力气地哭着，哭声成了我此时唯一的武器。

咸味的泪珠滑入嘴里时，我用右手抹去多余的泪珠。再次睁开眼睛时，跳动的火焰不知是被我吓跑了，还是它自己跑累了，消失得无影无踪了。

我长出一口气，身子轻了，也有劲了。还好，星星还在原位。我俯身顺手捡起一块土疙瘩，捏在手里，想若再遇到拦路的东西，就用土疙瘩打它。此时，我的勇气不减反增，步子迈得更大了。风，凉丝丝，轻柔绵长。

胆大包天。多年以后，我才晓得自己的行为有多愚蠢。可在当时，对一个渴望追星星的农村女娃来说，有什么比得到自己喜欢的东西更有吸引力呢！

意想不到的是，我刚走出去二三百米就掉进了一眼废弃的狩猎穴中。怎么掉进去的，我已记不清了。只觉身子失重，风样飘落。等我再醒来时，是在一间白色屋子里，床沿坐着爷爷。

见到爷爷心里一阵发酸，眼泪就涌出来。没追到星星，心情沮丧。想来爷爷明白我的心思，从口袋里摸出两个棒棒糖塞给我。

后来才得知，擅自跑去追星星的我吓到了爷爷。爷爷跟所有去夏收的人点燃火把找我，其中一路人在小路上发现了我的脚印。

穿着白大褂的医生听说我一个人走山路，对爷爷说，你孙女不是孙二娘转世，就是穆桂英转世，胆子太大。荒山野岭，一个八九岁的小孩，独自跑出去几公里，不简单。那时，孙二娘是谁，穆桂英是谁，我全然不知。心想，她们也许是天上的神仙娘娘。两三年后，在广播里听小说连播，才知道她们是小说里的人物。

我渴望知道星星的秘密，却无人能告诉我。有一天，在省城工作的大伯来看奶奶。我跑进奶奶屋里问大伯星星的事。大伯说，这不难，买本《十万个为什么》自然就知道了。

这是大伯给我推荐的第一本书。只听书名就令我充满想象。

几个星期后，我用割草挣来的钱，去县城新华书店买了《十万个为什么》天文卷。回来坐在院子的葡萄架下从第一页看起。

从书中，我知道了星星的分类和明暗等基本常识。我高兴不起来，我是追不上星星的。它是一个浩大无边的世界，也是一个陌生神秘的世界。

这种绝望困扰了我好一阵。

那时,村里尚没有通电。一入夜,整个村庄都暗下来。我爬到屋顶,这里无遮无拦。我躺在屋顶,睁大眼睛盯着星空。一扫而过的彗星,它长长的尾巴像家里的扫把;比其他星星都亮的是恒星;它们有的比太阳、比地球都大,只是离地球遥远;诸如此类的天文常识,常常让我陷入新的疑问。

爸爸买回电视的时候,村里刚通了电。电视里播放了《火星叔叔马丁》,我一集不落地看着,想自己有一天也能登上火星。

想法就是种子,撒在心里,便会生根发芽,一天天长大。

曾经以为天上星星是数不清楚的,可书里说,在地球上,人肉眼能看到的星星有6000多颗,平日里看到的只是它的一半。人不是在南半球,就是在北半球。可自己数的时候,怎么就数不清呢?

星空所在的世界是可见的。在日子的冲刷中,让我体会到人的内心世界何尝不是一个神秘的世界。我们所繁衍生息的地球何尝不是一个神秘的世界,不为所知的动物、植物及说不清道不明的自然现象等,这一切与星空一样令我对世界充满了敬畏之心。

转眼,结婚生子,已步入中年,可我依然喜欢在夜空里追星星。如果说年少时有许多美好的记忆,且让记忆一直延续在自己的生活中,就数在夜幕中追着星星看。

当然,此时追星星不再是数它们的个数,是追寻它们自然和谐,相守有道。凡俗日子,太多的利益诱惑让人迷失本真的东西,却不想举头仰望星空也是人融入自然、体味自然,找寻本真最便捷的方式和途径。

钢筋水泥高耸的城市丛林里,天空被挤占切割。想哭,想跺脚,想自己也有魔法,让洒满星空的苍穹重新回来。可实际上,丛林不但没有缩小,正以前所未有的速度长高长大。

夏夜,推窗,抬头仰望星空时,目及的区域只巴掌那么大一块,找不到一个完整的星座和那颗最亮的星,莫名伤感起来。过去总挤破头进城,上学、工作、结婚、买房等无一例外首选城里,以为这样就过上文明现代化的生活,如今却怎么也高兴不起来,脑海里总想乡下的日子,在屋顶追星星的日子。

回忆有声,撩拨得人心里痒痒的。

到乡下去,一定到乡下去。我没有念出声来,只在心里一遍遍重复着。

三

追星星的人都熟悉星座,熟悉各种神话传说故事,这恰恰是我的软肋。如此说来,我并不能算真正追星星的。我所仅有的星座记忆是从日本电视剧《血疑》播出中,幸子在夜空里观察星座时留给她的。

仲夏之夜,我约三位女友,来院子避暑。

院子不大,头顶的夜空比院子大。星星就在头顶,我们四个人不约而同说起星座。

走,到巷子里去,到村边的路上去。

村子坐落在推平的山脊处,比城里的海拔高出近1000米。即便是高温的盛夏,凉爽宜人成为人们奔向这里的理由。

通往村外的柏油路旁,安装了太阳能路灯,将我们四个人的影子拉长。四个巨人,手臂伸向夜空,一副摘星星的样子。

四人沿着山路边走边聊星星。哪颗是启明星,哪颗是北斗星,织女座在哪里,天狼座在哪里?我不敢接话,静静听她们说。

写花诗的姝说,待天色再暗一些,肉眼看到的星星会更多。曾做过网络编辑的楠说,我找北斗七星,拍照给你们看。萌萌的蕊急着说,我也要拍。

一时间，几个人把颈和头以及极为信赖的一双眼睛交给了星星们。在北半球夏日的夜晚，只要没有云彩遮蔽，北斗七星是很好辨认的，它们是夜空标志性的风景。山羊座的羊头与金牛座的牛头，我始终分不清楚。摩羯座与天蝎座又混为一谈，唯独北斗七星我一眼就能认出。

最早知道北斗七星时，并不是因为这个名字，那时我只晓得它叫勺子星。从名字不难理解，七个星星的组合就像是舀水的勺子。

天上居然有把勺子，难道星星们跟我们一样一日有三餐？也许是，不然要上银河干吗？原来，天上跟地上是一样的。有了这样的想法，便不觉得星星有什么神秘。它们跟我们一样，不过是夜空里的一员。

"找到了，快看。"

"是，是它，是它们。"兴奋不言而喻，拿起手机，打开夜间模式看，捕获它们的影像时，结果令我沮丧。画面中，它们模糊不清。与我同样心情的蕊一直说，太不给力了，是不是该换手机了。

我不忍心换，才换了没两个月，难道为拍星星，再破费几千元不成。想想，还是有些舍不得。转念一想，与其把它们留在手机里，不如让它们就留在夜空中，反正每个夜晚亦如每个清晨的太阳一样，自然而然会与我们见面。

数星星成为一种习惯，如你喜欢一个人，由不得要想人家一样。

我们继续数起星星来。我想我们一直会数下去，数出了家园、地域、国度；数出了河流、山川、大漠、戈壁；数出了动物、植物和万物。

有一天，我们会在追逐星星中迷失自己，再检视自己才发现，每颗星星都是我们流浪的码头，那里闪耀着人类古老的乡愁。

第三章

山河有期

皮山札记

一

皮山有山，山是大山。山的名字叫喀喇昆仑山，它还有两个名字"黑水之山"或者"黑河之山"。

我乘车远望它时，没看出一丁点黑色，只有部分山体为青灰色，这种颜色是否归于黑色我不得而知，从桑株岩画返程时，婉拒友人在县城安排的午饭，执意去附近村庄的农家吃拉面。

进百姓家，吃百姓饭，是我一贯出行的习惯。只有这样才能真实了解百姓生活与劳动。早几年，每次独自旅行还借住在百姓家里，一起做饭，一起干农活，一起聊天，这种经历在景区无法体验。

康克尔柯尔克孜民族乡乌拉旗村就在桑株河附近。我提议去村里看看，找户村民吃顿拉面。同行司机说，他朋友的哥哥在这个村里，可以帮忙联系一下。在等待回复的空当，我下车看路边是整齐的居民点，还有一家小商店。门口站着一位20多岁的年轻女人，打量我的眼神里有种期待。我环顾店里，食品百货居多，我要去做客吃饭不能空手去，货架纸箱里的冰糖、饼干、茶叶让女人帮我称一下。这时进来一个八九岁的小女孩，黑眼睛一直盯着我看。我问她住哪里，小女孩用普通话说商店隔壁。我想反正司机朋友的电话还没来，不如先去小女孩家看看，饼干、冰糖、茶叶各样买一些交给小女孩说："走，带我去你家看看。"小女孩拎着东西跑在我前面。

小女孩的母亲见女儿拎着东西回家，疑惑不解，当我跟朋友们跟在小姑娘身后时，小女孩的母亲才局促地笑起来。显然我们这些不速之客让她有点意外，面对好奇的目光，她站在墙角，双手垂在身体两侧，不知如何是好。

我并没有多逗留，目光巡视一圈，屋子收拾得干净整洁。到我们出门，小女孩的母亲也没有说一句话。

小女孩跟着我们，一点都没有陌生感。

这时，司机朋友的电话来了，说他家也在这个居民点，不过在后面。

穿过两条巷子，在巷道里面是司机的朋友阿卜杜拉的家，他是护边员，巡山去了，只有他的家人在。

麦里汗是阿卜杜拉的母亲，身穿湖蓝色连衣裙，面容红亮站在门口迎接我和朋友们。阿卜杜拉的父亲也是一名护边员。

院子前面是几十平方米的菜地，地里种了3棵果树，树上开满白色的苹果花，地里是绿色的青菜。房后是羊圈，里面有20多只羊。羊圈后面是鸡舍,咯咯叫的大公鸡机敏地站在土墙上看着我们。鸡舍比羊圈大,能容纳二三百只鸡,此时鸡舍里不过几十只体格硕大的母鸡,公鸡大致有五六只。

我们到达这里已是3点多了,做四五个人的拉面需要时间。1996年出生的儿媳丽莎在村委会上班,用流利的普通话向我们介绍家里的情况,孩子上学免费,住的是安居房,自己一个月有1000多元的工资收入,丈夫做护边员一个月有2400元工资,加上家里养羊、鸡的收入,全家日子安稳舒适。

听说家里来了客人,丽莎的丈夫的两个哥哥、嫂子比里可汗、邻居图拉泥沙也赶来帮忙。

丽莎的孩子4岁上幼儿园,下午5点半去接孩子回家。自己忙的时候,邻居们开着电瓶车会顺便接回孩子,邻里之间团结和睦。整个村住着30户人家,感觉更像一个大家庭一样,谁家有事,全村出动。

丽莎在讲述这些的时候,一脸的幸福。这让我想起过去在农村成长的经历,跟她说得一模一样。那时候邻居家的姑娘跟我玩,太黑了,不想回去,住在家里,母亲便跑到邻居家说一声。邻居家大婶说,管住就管吃。母亲笑答,管够。

一顿普通的拉面,有了我们的加入显得不同寻常。图拉尼沙和面。阿卜杜拉的大哥生好炉子,切肉。二哥择菜洗菜切菜。

丽莎烧好茶,提进客厅,给我们一一奉上。切片的馕端过来,招呼我们先垫一点。我的肚子早叫起来,清茶就馕,越吃越香。

丽莎是村里少有的几个在和田市上过学的人,原本可以去县城做事,为照顾孩子,选择留在村里。

平日村里很少有陌生人出现。作为护边员的丈夫每次出去巡山少则三五日,多则八九天。丈夫不在家时,家中的公婆和哥哥都会过来帮忙照料家里的羊和鸡。

过去吃水是大事,如今家家户户都通了自来水,方便卫生,不用愁。

我问丽莎去过乌鲁木齐市吗?她笑着说,有一天会去的。

正聊着,香喷喷的大杂烩菜和热腾腾的拉面端上炕桌,一人一大碗,三下五除二,吃得精光。同来的友人直夸,这是有史以来吃得最香的拉面。

告辞前,我们招呼一家人在门口合影留念,大家都走出屋子,在杏色外墙前一字排开,在影像中留下温暖的一刻。

至今我记得丽莎和丈夫、孩子的合影挂在她家里门厅的墙上,我记得图拉尼沙和面的样子。我不熟悉护边员的工作,也没有亲历走一段他们无数次走过的路,但我到的这个村子,到过的这户农家,是我皮山之行无法抹去的记忆。

二

谁都没有料到桢翔会到新疆,会到皮山。从衡山到天山,再到昆仑山,他来了,海拔在逐步提升,景色是渐次苍凉。那是 2018 年 12 月 12 日,飞机抵达乌鲁木齐地窝堡机场,走出舱门,寒气如北极熊般扑过来,缓口气都觉得吃力。身子向后倒,猛拽住扶手。"嘿,都说新疆人人高马大,不想风都这么彪悍。顶风走下舷梯,面庞如针刺,每迈一步似跌入冰窖似的。湖南的冬天是潮湿阴冷,新疆的冷能把肉皮扯开,想不到会这么厉害。"半个月后,我们见面时,他讲述给我的一幕。我咧嘴笑说:"还没到'交九',真正的冷还没来呢。"惊讶的目光透过厚厚镜片投向我,不知怎么答话,只是摇摇头。

打仗,不只是在战场上。人转战于生活、工作、心理、环境等不同的战场,需要一颗强大心脏的。我埋头吃羊肉,心想,桢翔这个湖湘子弟在新疆要经受一场硬仗了。

寒天不紧不慢地来了。"天蓝得吓人。"桢翔和几个同乡站在石人沟某处山头,瞭望博格达雪山时冲我这么说。"嗨!新疆'吓人'的地方多着呢,有的是时间,天山南北走一遭,体验一回,再有新认识。"

偷走时间的是各种各样的忙。两年时间,眨眼而过。也是12月份,桢翔打电话告诉我,要去和田皮山农场工作,我说体验南疆生活蛮好,对一个写作的人来讲,丰富的人生经历是写作的宝库。我事无巨细地告诉他细心收集各种老物件,与当地各族群众交朋友,坚持写日记或者记笔记,有朝一日都会成为他书写这段工作和生活的极好素材。

桢翔在来疆的两年里已经去了不少兵团团场,作为一名热爱辞赋的作家,他饱含深情地写了一篇《新疆生产建设兵团赋》,这让我由衷敬佩其才华。他说湖湘子弟遍布新疆,作为其中一份子维稳戍边、建设新疆责无旁贷。

大雪纷飞的庚子年十二月下旬,桢翔飞抵和田,简单地吃了午饭,驱车驶往100多公里外的皮山农场。一路是黄沙漫漫的戈壁滩,见不到丁点绿,极少见到村庄。这样空寂的旷野,桢翔觉得有点虚幻,像是在科幻大片里正在寻找宝藏,或者去探索新事物。

一切都是崭新的。

转眼就是春节,桢翔有生以来过第一个没有与家人团聚的春节。原本想去看看他,单位值班走不开。我给皮山的朋友打电话,请朋友代为去慰问桢翔。

酒是外交大使,能瞬间拉近人的距离。也就是那年大年初一,友人邀请桢翔去家里吃饭,菜过五味,酒过三巡,兴致高昂的桢翔拨通电话,祝福新年。见他面颊绯红,一脸喜气,我心踏实了。

我曾有过"访民情、惠民生、聚民心"工作经历,平日里忙忙碌碌,不觉时间就过去了，最怕过年过节，因为亲朋好友不在身边。

忙，总是一个堂而皇之的借口。远，也是一个顺理成章的理由。所谓心在哪里，时间就在哪里。若真心想去做一件事，所有的借口和理由都不是问题。

这年清明假期，我提前预订了飞和田的机票，决心亲自过去看看桢翔，之前皮山县去过，可皮山农场还真没去过。

经过两个多小时的车程，车子驶入皮山农场时，眼见正开着一串串紫花的国槐，半人高的树莓，花满枝头的苹果树，春意正浓。桢翔告诉我，工作队筹资买来几百棵树玫，种植在农场8连里，把生活工作的地方绿化了，心情舒畅了，才能干劲十足。我颇赞同桢翔的观念，一个人连自己生活工作的地方都打理不好，很难想象能把其他工作干好。

皮山农场以种植红枣和核桃为主。在收获季节，连队的红枣和核桃堆积成山，桢翔和他的队员们想方设法帮助销售，看到农场职工群众丰收后脸上幸福甜蜜的笑容时，他满心欢喜。

桢翔不是一个满足现状的人。他深知红枣核桃市场竞争压力大，单一经营收入并不理想，要想让农场职工增收就必须有新的法子。他通过朋友介绍引进樱桃新品种，首批200亩在农场8连试种成功，收入要远高于红枣核桃。

又一个春天来了，这是桢翔奋战在皮山基层的第二个春天，沙尘弥漫，天地一色，走在通往连队的路上，很快就看不到他忙碌的身影。他说，多年以后，或许没有多少人会再记得他，但他在皮山走过的路一定会记得他。别人是否相信，我不得而知，但我坚信。

三

石榴好吃。九月底石榴陆续上市。巴扎的石榴摊上红彤彤的石榴煞是诱人，拎着从小贩手里递过来的石榴，打算把下午的时光交给石榴。

新疆最好的石榴在皮山，那个镇子叫皮亚勒玛乡，赫赫有名的皮亚曼石榴就产在这里。我抵达的时候，新鲜石榴不见踪影，但石榴汁、石榴酒倒是品尝后令我迷醉。

石榴年年有。这年九月底，新一季石榴成熟时，我联系销售石榴的李西，让他帮我挑选上好的石榴，给外省的朋友们邮寄过去。

国内产石榴的地方挺多，数皮山皮亚曼石榴汁多味甜。外地亲朋好友收到石榴后说，从没吃过这么甜的石榴。有的人又让再寄过去几箱，分与家人。那一阵子，我充当起石榴推销员的角色，见人就说皮亚曼石榴。

石榴汁染红我的双唇和手指，身子不动，一口气吃了两个大石榴，胃撑得溜圆，再吃不下一口东西。母亲笑我，见了石榴不要命。命自然是要的，偶尔疯狂一次未尝不可。

那天，妹妹突发奇想，说用石榴汁和面，包顿石榴饺子。这个想法打破我固有的思维。我见过用胡萝卜汁、菠菜汁、火龙果汁包的饺子，可从未听说石榴汁饺子皮。我给妹妹这个创意点赞时，她不屑一顾地瞟我一眼说，举一反三的事看把你乐得跟孩子似的。

说干就干，一个多小时后，一顿红皮绿馅饺子端上桌。我拍照发给远在皮山的友人，让他猜猜什么饺子，他愣是没有猜出来。我满脸得意地解开谜底时，他笑着说，一定要亲自动手也包一次石榴汁饺子。

一家人正在为石榴汁饺子津津乐道时，李西打来电话告诉我，吃石榴千万别把石榴籽丢了，那可是宝贝，市面价格1公斤800元，货源稀缺。我问石榴籽有啥功效？他说抗氧化，对心脏和大脑都好。

"还有什么好？"我追问，"让女人越来越漂亮。"我哈哈大笑起来。这个筐筐足够大，能装得下所有人的期待和愿望。

2007年李西一家从河南来到这里，大片大片的地超出他过去对种地的想象。老家耕地有限，一家不过几分地。到了这里，能种多少种多少。种地只是半年的活计，剩下的半年不能闲着，他妻子先做起水果干果生意，主营皮山的石榴、核桃、桃子等。因为货真价实，他的生意跟石榴一样越来越大、越来越红火。李西辞职，与妻子一起打理生意。除了自己地里种的水果，还主动帮农户销售果品。好几次，我打电话订购时令水果时，下手稍慢就无货可发。

再说石榴酒时，我想起孩子中考毕业那年，我们一家三口环塔里木盆地旅游，到达和田的当晚，吉洪会拿着皮山产的石榴酒说："今晚老友相见，就喝石榴酒。"我一听放松下来，石榴酒算是果酒，不上头，不伤胃。红宝石般的石榴酒在玻璃杯中曼舞，我毫不犹豫喝下半杯，酸甜爽口，正合我意。"知道为什么这里人长寿？"我问。"吃石榴，喝石榴酒。"他爽朗地说。

从此，石榴及石榴产品走进我和家人的生活。一颗石榴掰开，分给家人，慢慢咀嚼。一瓶石榴酒，分给好友，细细品尝。我很享受这样的时刻，每一粒红透的石榴籽，每一杯红透的石榴酒，慢时光里体悟石榴的魅力。

皮山，在南疆瑰丽的地图上，因为石榴，我爱上它。它不仅俘获我的味蕾，也俘获了我的心。时至今日，我依然想去皮山，看山看水看人，当然也想去石榴园里亲手摘一颗石榴，以还我多年的夙愿。

沙　河　记　忆

　　这是一条河，一条宽阔的河。河旁有村庄，有树木，也有古城。与沙河相处的日子已经远去，但记忆依然鲜活。

一

　　这是五月的一个星期天。

　　我蜷缩在沙坑里，想等雪小一点再走。雪花有了醉意，斜荡过来，我眼睛睁不开，看不清路。奁拉着脑袋，眯着眼睛也分不清沙粒的颜色。雪停了，我从沙坑爬出来。夜空中，星星们刚洗过澡似的格外亮。我身子抖两下，牙齿跟着抖两下。

　　我冷，星星们也会冷。我穿着军绿色外衣，这是母亲的衣服穿了好几年，改小给我穿。我不自觉地解开扣子，里面穿了秋衣，想把星星们揽入怀里。我昂着头，冲天空大声喊着：星星，我暖暖你们！

没一颗星星肯到我怀里，风乘机钻进来，我猛地打了几个喷嚏，鼻子发酸，头发晕，身子发软，险些栽倒。是不是星星嫌我穿得太薄，无法暖和它们呢？可我身子是热的！我投降了，风太厉害了，迅速扣好扣子。

筛子、铁锨、十字镐躺在沙坑里。它们等我扛回家。

雪来得突然，早上我出门时天空亮堂堂的。下午时分，黑云从天边滚来，急慌慌的样子。不多时，天盖得严严实实。我猜最多掉几滴雨不碍事。

杏花瓣大的雪落在脸上，才知自己判断错了。我想趁没下雪的天气多筛沙子，工地陆续开工沙子不愁销路。我可以多挣钱，雪来了只能收工。筛子扛在右肩，十字镐和铁锨扛在左肩，书包斜挎胸前。

雪越下越猛，大地清一色白。一个人走在路上，心里有点发虚。咋办？我想起唱歌。我上五年学，烂熟于心的要算《让我们荡起双桨》。

我从没有划过船，心里想，没机会。去年"六一"儿童节，爷爷带我去省城人民公园骑旋转木马。公园有湖，我看到有人在划船，有的是一家人，有的是一男一女。我看了好一阵，也没说出口。

临出门时，奶奶给爷爷多少钱，我不知道。但我晓得，一定不会有划船的钱。爷爷见我嚷嚷着坐旋转木马，给我买了一张旋转木马的票。红色的票，比一毛钱纸币小一圈。我想留着，回去给巷子里的同伴们看，有点想炫耀的心思，可被验票员收走了。我想要回来，面无表情的验票员在我肩膀上拍一下说，赶紧走后面有人。

我扭头一看，一个卷发的女人领着一个一身红裙的女孩，个头跟我差不多，头上扎着粉色头带，正冲我笑。女孩的目光与我相遇时，我的目光拐弯了，下意识看一眼衬衣。已看不出颜色的衬衣，钉着不同颜色的扣子。我拽一下衣襟，跟着爷爷往前走。

回家我说,坐旋转木马了。伙伴们咋会相信呢?他们会笑我,吹牛!甚至有人会说我,骗人!有票,我在他们面前一亮,不知该有多羡慕我呢!

同住一条巷子里的阿梅说她划过船,我们不相信。她涨红脸说,我家在湖边,我爸划船打鱼常跟着去。

阿梅家是两年前从江苏搬来的。这地方听起来好远,不知为啥从那么远的地方来我们这。我吃过阿梅给我的米糕,香甜好吃,是从她的老家寄过来的。我相信阿梅的话。伙伴们质疑阿梅时,我站在阿梅一边。

阿梅在多好,可以跟我做伴,《让我们荡起双桨》这首歌是阿梅唱得最好听的。阿梅的父亲是工厂电工,每月有工资。谁家要是没钱买油买醋,都爱到阿梅家借钱。

我爸病了好几年,啥重活都不能干。我妈说,我得当大人使唤,不然日子没法过。

教室后墙裂开一道大口子,无法上课,学校放假了。我得抓住时间,每天筛沙子,不然我爸看病的钱没着落。

二

暑假,沙河热闹起来。筛沙子的人多起来,接着是拉沙子的车多起来。这时候,工地满负荷开工,沙子需求量大,价格也好。

三天时间,我写完暑假作业。暗下决心,这个暑假一定挣500元交给我爸。

我爸躺在炕上,每天早晨不是我妈就是我送饭。一次我爸跟邻居刘伯拉话,不经意地说男孩比女孩出活,可惜家里是丫头。

我爸说这话时,我心里不服气。春天犁地,是村里拖拉机犁的。拖拉机比我高,司机不让我们靠近,自然没摸过拖拉机的方向盘,要不然我也想去开一下。听说有女拖拉机手，我没见过。

打埂子我帮家里干了。虽然我没大人们干得好，可一直坚持到下午收工才回家。当然给自己家干活没的说，但条件好的人家，开始雇人干活。我家房后刘伯家，院子大房子多，请了几个雇工。

甘肃定西的李魁在沙河筛沙子。刘大伯管吃管住，卖沙子的钱三七分成。平时，家里没其他活，我会到沙河筛沙子。这是家里为数不多进钱的路子，当然只能是星期天或者放假。

沙河几十公里，随你选择啥位置。有经验的人知道，一定要选择砂石质量好，拖拉机、卡车便于出入的地方。起初我没经验，看沙河到处是大坑小坑，随便选择一处平坦的地方。谁知道，下面全是坚硬的黄土，不见沙子。

李魁见我去了，飞跑过来说："这地方没沙子，别白费力气。"他站着没动，似乎等我的话。我看他一眼，他盯着我看。我没吭声，心想有点多管闲事。他见我没搭理他的意思，转身走了。我放学回家见过他，在刘伯家门口，没说过话。听刘伯说，他有18岁了。

"你就倔，我看你能不能在下面挖出沙子？"李魁气恼地走了。

我没听李魁的话，一上午胳膊挖疼了，真没见沙子。

只能挪地方。这一次，我挪到离李魁100多米的地方。李魁没过来。我也没过去。

这地方沙子细、质量好。我高兴地想过去向李魁说声感谢的话，可不好意思，那样他会笑话我，想到这我更没勇气去了。

通常，我来得比李魁早。我没跟谁比试啥的意思，只想早点去，多干一点，多卖一点。

筛沙子看似粗活，其实蛮有技巧。比如支筛子的角度。垒砂床也有讲究，大小石头要搭配好，才能垒得牢固。这如垒石墙，垒不好容易垮。

如此一来，就不能往深挖。尤其遇到好的沙床，谁都不肯轻易放弃，唯一能做的是不断往下挖。一阶、二阶、三阶也是有的。

我挪地方的第三天中午，李魁拎着水壶过来问我要不要喝水？我说带水了。他表情轻松似乎忘记几天前的事。我倒不好意思，手拄着铁锹把说："谢谢你。我这个人，有点犟，听不进劝，别往心里去。"

"那不叫个事。"李魁说着坐在沙坑旁的石头上，拧开水壶，喝了一口，慢慢给我讲筛沙子的一些注意要领。

后来，我跟李魁去看他的沙坑，坑沿整齐一条线，佩服他是筛沙子的好手。这如女人做针线活，针脚的大小细密决定针线活的品相。

说来有意思，起初李魁没看出我是女娃，一直当我是小子呢！也难怪，我留着寸头，皮肤皴裂嗓门粗大，走路风风火火，一点不像女娃。

我没想自己是女娃，有时觉得上天也忘记了，我胸部平坦，一件旧军装，脚蹬球鞋。这套衣服是退役表哥拿来的。我妈穿了三四年，改给我穿。

我出门时天没亮。我从屋檐下柳条筐里摸出几块干馍，水壶灌满，菜园里摘几个西红柿、黄瓜和辣椒。

多半是我干了个把小时，李魁才到。远远吆喝一声，便干自己的活。

筛沙子中，看到好看的石头，我拣出来，放在一边，休息时，好好端详一番，有的我会背回家。

一次中午休息，李魁跑来要水喝，说水瓶不小心摔烂了。我把水壶递过去，自己埋头看一块雪花石，猜想这石头有秘密。指甲盖大小的雪花，像是贝壳风化后的样子。

李魁见我看得痴迷，便说一块石头有啥好看的？我摸摸石头说："沙河不简单，远古是汪洋大海呢！"

"你胡吹吧！明明是一块石头，跟大海扯上关系，你想象力太丰富了。"李魁斜着膀子说。

我瞥他一眼，问道："你上了几年级？"李魁迟疑一下，眨巴着眼睛，抿一下干裂的嘴巴说，"二年级时我爹得病去世了，我妈供不起我和两个弟弟上学。我不上学了，让弟弟们上。不过我会写自己的名字。"

我嘴角抽动两下，想笑又没笑出来。一个人会写名字，算不算有文化，我说不好。我说给他的知识是从书里看来的，说这地方曾是大海。

李魁听了这话，一言不发。几分钟后，他起身离开时，冲我说："要好好念书，将来当公家人，不用这么辛苦。"

三年级暑假，我给刘伯家割草挣点钱，我妈给了一块钱。这是我第一次拿家人给的钱，开心得我半夜都没睡着。第二天，我去县城新华书店东看西看一个多小时，最终买了四本《十万个为什么》系列的天文、地理、历史、科技书。世界太奇妙。我翻看了十几遍，书边都毛了。每看一遍，坚定我上学的信心。

后来，李魁有意无意来沙坑找水喝，顺便问一句我又看啥了？我随口讲书里的知识。他的眼神流露出渴望与羡慕，这种眼神让我有点难受。按说，他这个年纪应该念大学了。可他远离家，来这里筛沙子。我不好再说下去，谁不想上学呢？各家的难，只有自己知道。

突然传来"突突突"的声音，不用问是拉沙子的拖拉机来了。我急扔下怀里的石头，跳出沙坑，循着声音张望。站在沙坑边张望的人，星星点点，有二三十人。

拖拉机放慢速度，司机东看一眼，西瞧一眼。"老板，这里看看。""老板，我这里瞅瞅。"到底往哪里开，拖拉机手有点犹豫。

我知道自己嗓门喊不过小伙子们。我将拇指和食指放进嘴巴，嘹亮清脆的口哨穿过那些人的喊声。

红脸司机从座位跳下来，立定在沙坑沿探一下身子说："两块五一方装车就走。"这价格不高不低，我没执拗抬高价格。我心里清楚，比我沙子好的人多着呢，能卖就卖。

我打开拖拉机后车板。这时，李魁跳下坑拿起铁锨，准备要装车。我夺过铁锨说："忙你的，我能行。"声音干脆果断，没丝毫商量的余地。不想让李魁帮我装车，欠人情还得还，不如自己干。

我拿起铁锨一脚踩在锨背上，铁锨扎入沙里，气往下一沉直腰起身，腿挪转腰抬胳膊。整个动作自如流畅，沙子在铁锨里如山峰那么好看，抛掷出去，形成一条优美的弧线。只听"噗通"一下，妥妥地躺在车厢里。

李魁掏出烟递给拖拉机手一支，点着后，各自坐在一块石头上。拖拉机手吐着烟圈说："看你人不大，活倒干得利索。"

李魁没接话，眯着眼睛吸烟。我能感觉他的目光一直在我身上。我只管装车，没接拖拉机手的话。我干活得憋着劲，干活也要专注才能干好。

我平时最怕烟味，闻到眼睛辣、嗓子痒，不由眉头紧了。天大地宽的沙河，身边两人在吸烟，风早吹得老远，几乎闻不到啥味道。

我是一口气装满拖拉机的，小四轮拖拉机装载量为一方。为了多装货，都加装了三四十厘米的钢板，如此拖拉机装三方是没问题的。

"好了。"我拄着铁锨把立在拖拉机旁。拖拉机手从裤兜掏钱给我，三方七块五毛钱，他给我八块钱。

这下我有些为难，没想到今天这么吉利。要知道，我一周都没开张。昨天心里来气，想这么背，一点钱都没见，出门时，也没装现金。我的窘态被他看在眼里，"不找了，下次再说。"口气很大方。无缘无故占人家便宜，这算啥？我道谢的同时，忙从书包里掏出一个饼子，塞到他手里。

李魁张嘴想说啥，但没说出来，只瞟我一眼。

拖拉机手将饼子揣到方向盘旁的包里，摇把子将拖拉机发动着，踏上拖拉机，"突突突"开走了。

"你可真大方呀！"李魁说，很认真的样子。

"咋地,因为一个饼子吗?"我说。

"都是混饭吃的人,五毛钱也是钱,一个饼子两毛钱,算下来,我不吃亏。"我边收拾沙子边说。

"可你车装的也满!"李魁说。

"满点没啥,多出点力气的事,只要再来就有钱挣。"我说。

李魁笑了笑,不再说话。

出门时,我多带了两个饼子。我递给李魁一个,他不肯要,说:"无功不受禄。"

"一个饼子不至于吧。"我将饼子给了李魁。

李魁接过饼子嚼了一口说:"好吃! 你的手艺?"

"好吃就行,管谁的手艺?"我仰头看着天空移动的白云,吃着饼子。我心里蛮得意,烙饼子的手艺不及我妈,他却说好吃。

三

上次四轮拖拉机运走我的沙子后,又来了。这次吹哨子的不是我。宁夏的马寿、陕西的周福、四川的龚兵等,口哨个个打得响不说,还带着旋律,比我好听多了。

拖拉机手认准我了。三堆沙子全是他运走的。四周的人羡慕我运气好,自然也有妒忌的人。我不想惹麻烦,换了地方。由西再转北,多走了几百米路。

中午,我坐在石头上吃午饭。说是饭,不过是干馍和茶水。太阳好大,石头照得发亮。我困了索性靠在沙坑边打盹。一觉醒来,我书包里的钱不见了。我瘫坐在沙坑里,大哭起来,声音越来越大,大得吓到自己。

第一个赶来的人是李魁,他脖颈淌着汗珠,喘着粗气,蹲在我面前问:"咋了？咋了？"

我一个劲地哭着。

"馍馍丢了吗？"我摇头。"水壶丢了吗？"我继续摇头。"那咋了吗？"我哭着说:"书包里的钱没了。"

李魁惊愕了一下竟坐在沙子上。

陆续赶来的人彼此看一眼都不作声，目光又集中到我的身上，我如当街的一只猴子，人们等待我接下来的表演，莫名心里来了火，大叫一声:"滚开！"

李魁忙起身向四周的人挥挥手:"大伙散了吧，让她安静一会。"

我懊悔，不该睡觉，这一觉的代价是20多元钱没了。自己不能接受这个现实，也没法给家里人交代。

我坐在沙坑里一动不动，脑子一片空白，无法找寻一点线索，不记得有声音靠近我，哪怕是一缕温热的呼吸。

"要不去派出所报案？"半晌李魁问一句。

这到村里有两三公里，村里离县城有八九公里，等到派出所，民警该下班了。即便报案，民警会为一个女娃的二十几元钱跑十几公里来看现场？这方圆一两公里的人，今天你来，明天他来，没定数，到哪去找？想到这，我摇摇头。

心情糟透了，我没有一点力气继续干下去，收拾东西准备回家。"轰隆"一声，沙坑一角塌陷下来，一块白石头裸露出来。我抬腿朝白石头踢一脚，似乎把心中的怨气都发泄给它才能舒服一些。"哎哟！"我大叫，脚趾踢痛了，大白石头滚落砸到脚背。李魁忙过来，挪开大石头。

我俯身仔细一看，心里一惊，石头上的黑色线条清晰地勾勒出蛇的样子，不由喊出两个字:"快看！"

李魁凑过来兴奋地说:"一条青龙。"我头一次见石头上有龙，这是祥瑞之兆。"这分明是蛇，我见过蛇。"我瞄一眼李魁，说着我又摸了摸石头。"蛇就是小龙，你不知道?"李魁说。

说实话，我真不知道。"谁告诉你的?"我问道，口气里分明有质问的味道。"老人们都这么讲，不信回家问你妈去。"敢情他不是从书本里看来的，是听来的啊！我没当回事。

"这么大个石头，想拿也拿不回去。"我自言自语。

李魁说："你要是喜欢，等我回去借辆驴车帮你拉回去。"

"这主意不错。"我点点头。

我靠着白石头想一天的事，沙子卖了，挣了钱，钱飞了，又遇到这块石头，是天意还是巧合。

一阵铃声传来，我知道李魁赶着驴车来了。白石头被李魁抱上驴车时，打心里佩服他。到底是小伙子，有的是力气。要是我，怎么也抱不动。有时女娃跟男娃真是没法比。

回去的路上，李魁坐在驴车左边不说话，卷支莫合烟，火柴点着。他边赶车，边吸烟。

坐在驴车右侧的我，双腿奔拉着，手扶着车板。想说点啥，又不知道从哪说，几次想张嘴，又闭上嘴巴。

傍晚的风，有几分调皮，忽左忽右，没准向，把莫合烟味吹到我鼻腔时，不再像以往那么令人生厌，轻轻吸了一下，觉得烟草倒有种香气令人兴奋。我没端详李魁吸烟的样子，眼角余光扫几下。他并没有觉察到我气息的变化，目视前方，拿烟的手悬在空中蛮好看。我嘴角微微动了两下。

"你要好好念初中，再念高中，最好念到大学。"李魁扔了烟头，冲我说了一句。

"你都说过好几遍了，咋跟我妈一样爱唠叨，耳朵都磨出茧子了。学肯定要上，能不能考上县中学不知道。"我说。

"等过几天，我给你买新书包，只要用心学定能考上。"李魁扭头看我一眼，目光热得烫人。我忙低下头不敢多看，面颊滚烫，心一个劲乱跳。

回到家，我怕惊扰家人，让李魁将白石头放在后院墙根，又盖上一块烂麻袋。

夏夜凉爽，我索性爬上屋顶，仰面朝天，我伸展双腿。歇息一天的星星们出来了。我喜欢夜空的星星们，它们无忧无虑，不需要干农活，不需要上课，不需要筛沙子。

星星们或明或暗，我心里难过起来，黑夜无法掩藏我的忧伤，无处诉说的忧伤，也许星星们懂得我的心。

四

脚背肿起了，鞋穿不上，沙子筛不成了，只能在家休息。我看了几本大伯从省城带回来的小人书。

阿梅兴冲冲跑进我家时，我正在缝书包，这是第三次缝了。我想好了，如果我妈同意，就再买个新书包或者买布回来缝个新书包。

阿梅告诉我，他爸的一个同事是奇石爱好者，听说我家有带图案的石头想看看，如果中意会收购。

这样的好事，哪能错过呢？休息几天，我的脚消肿了。趿拉着鞋，让阿梅带人到院墙边看石头。

一个中年男人戴着眼镜。我揭开破麻袋时，中年男人蹲下身子盯着石头看，并没说话。

我没卖过石头，也不知价格。心想反正是捡回来的石头，能卖几个钱就成。

中年男人站起身来，问我还有石头吗？我说院子墙角还有。中年男人跟我在墙角看了一番。不难看出,他看石头时的目光跟我妈看花的目光一样。

结果是中年男人没带走任何一块石头。阿梅有点不好意思地说有空再来。我多少有点失落,不拿也没事,反正石头在。我继续缝书包,但不小心却扎到手指上,血在书包上印出圆点,一瓣梅花似的醒目。

三天后的中午,我在院子择韭菜,我爸想吃韭菜饺子。阿梅和中年男人一前一后进了院子。没等我开口,阿梅说:"又来了。"

中年男人笑着冲我点点头,没有停步的意思。我看出来他是奔着石头来的。阿梅顺手拿过马扎坐在我对面,帮我择韭菜。

这次啥结果,我说不好,随他看好了。

一会,中年男人走过来,左手拿了一块石头,还是前两天看的那块,伸出两根指头。我不知咋回答,一块石头,能值多少钱呢?一方沙子两块五,要是给两块钱也行。我没说话,看一眼阿梅。阿梅机灵得很,对中年男人说,为这块石头我的脚砸伤了。言外之意,中年男人自然明白。

"这样吧,给你20元,院子外的石头和我手里的石头归我。"中年男人说。

听到这个数,令我意外。我目光盯住中年男人,想是不是他说错了。此时中年男人从上衣口袋掏出钱包,拿出10元、5元不等人民币,数了20元给我。我接过钱的瞬间,手有点发颤。两块石头能卖这么多钱?心想要是没李魁帮忙,就没有今天的好事,心里对李魁充满感激。

傍晚时分,李魁回来了。我告诉他卖石头的事,拿十元钱给他。他说,留着买书。

五

我家的电灯不亮了,我去喊阿梅爸帮忙看一下,阿梅跟着她爸一起来了。先是看了保险箱,说保险丝没问题。又查看线路,说线路太老,接头断了需要更换,等明天从单位找电线来换。

我问阿梅爸爸:"电工有女的吗?"

阿梅爸爸说:"厂里没女电工,不过最近工厂要招收一名电工,单位太忙,一个人忙不过来。"

我问:"啥条件?"

阿梅爸爸说:"起码初中毕业,要是电校毕业的学生肯定优先录用。"此时我想到李魁,如果他念完初中,可以去工厂了。

"学电工难吗?"我又问。

阿梅爸爸说:"想学就不难。当初我是边看书边学边干,不懂再问,这跟念书一样。"

送走阿梅和她爸,我坐在院子葡萄架下发呆。

突然听到我爸喊我。我跑进屋里,我爸说头疼,给他拿两片阿司匹林。我打开药瓶摇晃一下,没听到声音。没了,不会吧? 我将瓶子拿到蜡烛下,果真没了。

我记得刘伯也吃这种药,放下瓶子跑去刘伯家,刚好遇到李魁在院里洗衣服。问我啥事? 我说借药。他说,刘伯在屋里。我敲门进屋时,刘伯盘腿坐在炕上吸烟,炕桌上放一碟饼子。

刘伯听我来借药,指着角柜说:"药瓶在柜里,自己倒。"

我倒了两片。刘伯说:"多倒点。"我说:"明天去买。"

我妈去姨妈家了,明天回不来,只能我去县城买药。县城买药要去县医院门诊开处方,再去交钱,之后去药房拿药。我装了10元钱,一瓶药2块7角。拿上药,我穿过县城最热闹的古牧地路,遇到推车子卖冰棍的人。我想买一根,可没舍得,觉得买书更好。

新华书店在县城东南角,我走进书店人不多,黄色橱柜里有新书。我转一圈,问站着聊天的女营业员有没有电工方面的书。

一个短发营业员看我一眼:"谁买?"

"给人带。"

短发营业员转身从柜台里拿出一本《电工基础知识》说:"1块4毛钱,收款台交钱。"

我拿着书去收款台,找回6毛钱,收款员在书底价格处盖了一枚菱形红章,将书推到我面前。我想自己买本书,还是舍不得。我得攒钱,给我爸看病,书啥时候都能看,病不治不行。

中午我赶回来,药放在屋里。我爸吃过饭睡了。我把《电工基础知识》塞进书包直奔沙河。

李魁早上没见我,想我一定是有事,不然不会不来。没想午饭过后,又跑来了。他撂下铁锨拿过水壶说:"喝口水。"我只顾跑路,嗓子干,真口渴了。我接过水壶,喝了两大口,差点噎着。

李魁笑着说:"又不是逃荒,急啥。"

我笑着说:"急性子慢不了。"

"猜一下,去县城买啥回来?"我笑着问李魁。

"买啥?你能买啥?不就是书!"李魁蛮有自信地说。

"是书没错,猜猜是啥书?"我问。

"啥书?这难说了,反正是你喜欢看的书吧!"李魁看我的眼神甜丝丝的。

我想,他猜到天黑也猜不出来,别难为他了,早揭开谜底让他高兴一下。想到这，我从斜挎的书包里掏出书，珍重地说："给你买的书，希望学门技术，以后不要这么辛苦。"

李魁看到书的一刻惊呆了，似乎不认识我这个人。"嗨，发啥愣啊！拿着慢慢学，总能学会的，有不认识的字，我教你。"我话音落了，李魁还没接过书。

"你这人好怪，不想多学一点知识吗？一直过苦日子吗？告诉你，我可没想一直在农村，我好好念书一定能进城的。"

"给，你先看。"我把书塞进李魁怀里，准备返回。我得给我爸做晚饭，我妈交代过，她不在，我爸得照顾好。

"你干吗给我买书？"李魁问。

"你不是帮我拉石头了吗？"我答道。

"就为这？"李魁说。

"我想你以后像阿梅爸爸那样进厂干事。他爸说，电工不难。"

"你想得太简单，我是外地农村人，又没上学咋能进工厂？端铁饭碗的人不是学校分配就是复员安置。"李魁语速有点快，显然他心里急了，觉得我买书给他是乱花钱。

"反正多学点东西总归有好处。学不学是你的事，书给你了，随你吧。"我转身返回。

六

还有4天要开学了，我从枕头里掏出方形布袋，这是我自己缝制的钱包，细心数了一遍，还差43元就500元了。运气不是太差的话，实现承诺不是问题。

我洗完脸，背起筛子出了门，迎着晨曦的光芒前行，光让我的影子变得高大。"让我们荡起双桨,小船儿推开波浪,海面倒映着美丽的白塔……"这一刻,我觉得自己是茫茫天地间的一艘小船,我肩上的筛子是那迎风招展的船帆。我向着朝阳一直走下去,能走到波浪翻滚的大海。

我没走到大海,走到了沙河。我站在沙坑边,回望一眼,想李魁会不会跟在后面。风、地平线,除了自己,看不到一个人。

我跳进沙坑,撸起袖子干起来,一上午我没歇息。午饭时,东风车将我的沙子运走了,并说下午还要一车。我不敢停息,嚼几口干馍,喝两口水,继续干。

说来也怪,筛子像得了病总支不好,没筛几下就倒了。怪事。我又换了一处地方,筛子跟我较上劲了:是不是筛子罢工得休息一下?

东风车来的时候,我沙堆的沙子不够装。我冲南边打几声口哨没动静,那是李魁的地盘,要是往常,他定会有所响应,可今天没有。哨声不灵了,我就高声喊起来,一连四五声没反应。真是怪了,咋不答应一下呢?

司机有点耐不住了,工地急着用呢。拉开车门,钻进驾驶室飞驰向北而去。

我扔下铁锨直奔李魁的沙坑,空无一人。咋没来?有啥事?心里七上八下乱想。我回到家时,我妈还没回来。洗手准备做晚饭,阿梅跑进屋说:"出事了。"

我纳闷,平日里阿梅是慢吞吞的人,今天咋这么慌张。"谁出事了?"我问道。

"李魁。"阿梅说。

"啥时候的事?"我急问。

"今天下午的事,听说他去县城给老家寄完钱,又去买书包,哪料到被一辆马车撞了,右腿骨折送到医院,好几个小时了。"阿梅说。

我跑出屋子向大路飞奔去。我到县医院时,李魁的右腿已打上石膏。见我喘着粗气站在病房门口,李魁向我招手说:"我命大,没事的。"

我的眼泪汩汩地流个不停。旁边病床是一个七八岁的男孩说:"大哥哥都不哭,姐姐不哭。"我抬起袖子擦了一下眼睛,缓步走到李魁床边。床边有个方凳,我坐下,不觉又难过起来,趴在李魁的床沿又哭出了声。

"别哭,我好好的,过些日子就好了。"说着李魁用手轻轻拍我的肩膀。

这时护士进来送药。我忙起身,提起暖瓶倒了大半杯开水。我不知道说啥好,眼前却出现李魁一瘸一拐的画面,心一阵阵发紧。

转眼,天渐渐暗下来。李魁从床头柜里拿出一个草绿色的书包递给我说:"送你的书包,不早了赶紧回吧。"

返回的路上,我肩膀上挎着书包,觉得很沉,很沉……

"戈壁翡翠"神木园

神木园是温宿县的名片,也是天山的骄傲。

十几年前,在中央四套的节目中看到关于神木园的有关介绍后,就对它有种神往的期盼,想亲自领略它的风采。

2010年7月,我从阿克苏出发,经温宿县一路北行,漫无边际的戈壁荒原似乎就在我的身体里蔓延着,枯干的河床、低矮的野草、无尽的沙石和内心的荒凉就这样蔓延着。单调的色彩让人视觉疲劳,车子摇摇晃晃,不由打起瞌睡来。睡意包裹着似乎要进入梦境时,我被同伴叫醒,像是梦幻中的景象,荒芜的戈壁上居然出现一大片绿色,真如一块翡翠落在大地,耀眼夺目。

海拔1700米,占地近680亩的神木园,有上百棵树龄逾千年的古木,包括山柳、箭杨、野杏、核桃、桑树等多个树种,其树龄、树高、树径是神木园最神奇的地方之一。一棵"核桃树王"一年能产一吨核桃,一棵树龄1300多年的山柳所占地盘逾10亩。这是在其他地方无法见到的。

初次造访的我,不由被眼前的树所折服。

人们常说"人非草木孰能无情",而在神木园内,一对千年夫妻树相拥了千年,如今枝理相连,似乎还在诉说着一千年前的青涩记忆;一棵老杏树在痛失爱侣之后,年年结出香果,落地的果子浓香扑鼻却奇酸无比,正如回忆是酸涩的。"母亲树"寿终正寝倒下,躺倒的主干上却长出几棵挺拔而茂盛的树枝,这是另一种意义的生命传承。而团结树、"桃园三结义"树、"腊榆双飞"树、鸳鸯树、鹰树、马头树、将军树、千年箭树、五环奥运树等又给我们演绎着或近或远的故事。只要你随便站在一棵树的面前,都会留下许多遐想,让你的思想无拘无束地驰骋、飞翔,它们以自己的性情随意地生长,坐着、蹲着、躺着、爬着、抱着,无论什么样的姿势让自己感到舒服就行,所以它们才有了这样千姿百态的模样。

上述这些都不足为奇,更为叫绝的镇园三宝:千年神木、A形树和无根树。千年神木年久称雄,A形树以造型入围,这无根树则以强悍的生命力取胜。通常以为树是靠根系来维持生命的,但无根树颠覆了我的认知,它是靠贴在地表的树皮吸收水分而存活这么久的。这让游历了大半个中国的我,大开眼界,何况是在干旱的西部。这足以说明此地地下水丰富,无根树才得以存活这么多年。

这里仅仅是自然风景吗?一定还有故事。树的命名是后人赋予的,但这些古树少则几百年,多则一两千年的树所经历的往事,怕不是几本书所能阐述清楚的。如果树会说话,它们一定是一个个善于讲故事的。如此众多的树,那该是一个盛大的故事会,怕得听一个世纪也听不完。我想奶奶说过的一句话,树比人命长。站在这里,才体会这句话的深意。

园内有一处泉水,凡进园者都会尝尝泉水的甘甜。神木园地下流淌着流沙河,妇孺皆知的《西游记》中唐僧西天取经的故事,也给神木园涂上一抹浓浓的神秘色彩。这样的传说故事不需要考证其真实性,人们愿意相信忠诚和团结的力量能克服各种意想不到的困难,正义和勇敢能战胜一切邪恶。

盛夏时节,来此旅游的人很多,想找一处清静的地方坐一会,终究没有找到。

有了第一次的相遇,我心里一直惦记着神木园。

2015年10月,外省来了一位朋友,我陪她去南疆,到达阿克苏后,我建议她留宿一夜,明天去神木园。友人听从了我的建议。秋日的神木园换了一身景色的衣裳,别有风情。友人来自云南,那里不缺树木,也不缺古树,但友人对神木园的树如我初见一样,兴奋不已,几乎跟每一种有名字的树都合影了。我笑说,手腕端相机都发酸。友人说,这里太神奇,一定要带家人来看。

如果说夏天神木园是块绿翡翠,那么秋天的神木园就是一块黄翡翠,浓郁的黄有种热烈,更容易点燃人的激情。此时,人不算多,镜头中不会出现多余的人。我们走走停停,友人感叹怪不得说新疆神秘,仅这园子就称得上神奇。我说,要不说,新疆是一生必来的地方,你算是选对地方了。

这样的一个园子,我跟友人游玩了大半天,直到工作人员要下班,才走出园子。友人依然不肯离开,说再等等。我俩便在园子附近散步。她问我,你相信树有灵气吗?我说,万物有灵,树自然有。就这样,你一句,我一言,海阔天空地聊着,不觉赤霞满天,映照在神木园上如一团火,友人惊叫起来。我没阻拦她,任由她蹦跳欢呼着。这样的释放对人是难得也是极其重要的,遇见了就听从内心的召唤,尽情享受。

等我们驱车返回时,暮色已降。车灯打在路上形成的光柱似乎是一个发光的拐杖,不断探寻前方的路。友人依然兴奋,说已将神木园照片发在空间,有许多好友留言点赞。看她如此开心,我也忘了疲惫。

谁能想,两年后我又来到神木园,这次是陪同一位画家,她喜欢画树,画各种各样的树。但她没来过新疆,自然不晓得神木园树木的奇特。她是一个细心的人,来之前已经做了功课,也查阅了相关资料,但二手资料总不如亲眼所见真切。

因时间关系,我们坐飞机到温宿机场,打车去酒店。吃过早饭,便包车驶往神木园。抵达神木园时,画家朋友背着画架进了园里。她先看导游图,并拍了一张照片。我想请讲解员,她拒绝着说,眼睛就是最好的讲解员。她显然是个持重的人,将画架放好,掏出卡纸和笔,观察几眼,线条便在纸上飞快地行走。她不急,画一幅是一幅。我晓得写生是慢活,急了出不了好作品。我坐在不远处的椅子上看进进出出的人。

画好一幅,她让我看如何?画画我是外行,不懂不敢妄加评论,便说你感觉好就好!她笑着说,回去可以创作更好的作品,写生与创作还是有区别的。

整整在神木园画了一天,中午吃几口面包,喝一袋牛奶。她为画真是够拼的。第二天就得返回,她拍了照片,说回去继续画,并答应我送我一幅作品。我说,不急不急,等下次带来也行。她说一定再来。对她而言,这里就是天堂。

谁也没有料想到,她回去不到半年,因病去世了。得知这个消息,心里难过好一阵,也暗自庆幸自己曾陪她到过神木园,让她与这些千年古树相遇。

有人说,黄山归来不看山。又有人说,神木归来不看木,这话是有道理的,走遍祖国的名山大川,像神木园这样神奇的树木极其稀少。它是大自然的造化,更是上天的恩赐。

罗布泊之缘

一

　　作为一个土生土长的新疆人,没去过罗布泊是件憾事。这话不是我说的,是一位资深石友说的,这深深触动了我,心想一定要去趟罗布泊,来证明自己是地地道道的新疆人。

　　说实话,提及罗布泊这个名字我心里有些恐惧。记得我上小学时,在广播里听到彭加木在罗布泊失踪的新闻,母亲作为一个农村妇女都加入这个话题的讨论中,可想而知这事当时反响之大。

　　身居乡村的我,从没有想过会与罗布泊有什么关系。记忆里那是会死人的地方,不适宜人前往,故而从没有想去那里的想法。虽然地理课上老师再三讲，那里有消失的文明遗迹，也有丰富的矿藏，更是探险者的乐园，但我依然对它没有兴趣。

成人之后，我去过哈密、去过吐鲁番、去过鄯善，但都不曾去过罗布泊，虽然从这三个地方都可以进入罗布泊深处，但我没有进入的想法。

观念的转变似乎是瞬间的事。

大概从20世纪90年代中后期开始，逐渐形成一股戈壁玉热，一时间，罗布泊、克拉玛依、吐鲁番、鄯善等都成了石友们热衷的地方。

最初我并没有关注这些戈壁玉，在我心目中，和田玉才是货真价实的宝贝，每当有人向我提及戈壁玉时总有点不屑一顾。关于戈壁玉的话题我也不会参与，说白了，自己不喜欢，不感兴趣。

此时，我几位同学都加入"捡石"队伍中，且每次回来热情地向我展示其成果，毕竟是同学，不好意思拒绝，便看几眼，嘴上说好，可心里依然认为和田玉才是真正的玉，这些其貌不扬的石头也归入玉的行列，怎么都觉得有点名不副实。

有一次朋友聚会，我参加了，来了一位名叫阿成的男人，看样子三十来岁，挺精神，坐在我对面。他与其他石友不同的是话少。其他人都在高声说自己捡到了什么好石头，激动的心情溢于言表，可他吸着烟，听大家说，似乎他是一个局外人。坐在我身旁的杨哥低声说，对面的才是高人，不用导航，熟悉整个罗布泊的方位和地形，真是活地图。

当然在座的人都是喜欢捡石头的人，他们最喜欢去的就是罗布泊。唯独我不是。

在席间他们有的拿出石头在彼此间传着欣赏，有的则打开手机相册，与大家分享一下石头照片。石头传到我手里时，我也会看，但看不出门道，不知如何分辨它们的好坏。

石头到了阿成手里，他看得蛮仔细，不时拿小手电在石头上照一下。

他给出的结论言简意赅,比如玉化尚好,包浆不错,裂纹多,密度欠佳等。一桌人都认可他的判断,看得出,他是这个圈里资深玩家。

可直到宴席散了,这位阿成也没有说他到底有什么宝贝。趁着他去洗手间的空当,旁边的人低声说,他的宝贝多得很,只是不张扬显摆而已。这话我相信,从言行中可以看出,他是持重的人。

这次聚会没有动摇我对戈壁玉的看法,却吸引几位加入他们的队伍中,做建材生意的老曹和娟子,还有从事理发行业的阿森。

他们都初次接触戈壁玉,从他们兴奋的眼神里不难看出,他们一下就喜欢上戈壁玉,并商量着下周就进罗布泊。显然,这样的勇气我是没有的。

捡石头的人进罗布泊必须是四驱越野车,城市越野根本进不去。一次三五辆车,多则十几辆车,也有胆子大的人单独进入罗布泊。

出车人不算费用,其他人油费、餐费等费用均摊。真正靠捡戈壁玉发家的人很少,这样的人多半是自己会加工,开有店铺。更多的人只是爱好,用来自己赏玩。费用依据进去时间长短不定,少则四五百,多则七八百,有的更多。当然多数人进去都有向导或者领队,不然结果难料。

一桌人都沉浸在罗布泊戈壁玉的话语中,似乎每一枚罗布泊戈壁玉都是一枚含有兴奋剂的药丸,只要进入他们的视野,就会令他们兴奋。不管男女,讨论热烈,兴致高昂,你一言,我一语,三个多小时过去,一点没有结束话题的意思。让我这个旁观者有点不可思议,不就是一枚石头吗?至于如此吗?

由此可见,他们是真心喜欢这些石头,也是痴心这些看似赔本的买卖。用一位石友的话说,玩的就是这个味!这种味儿,我一时半会还没有理解,或者还没有体会到。

一切留给时间吧。

二

日子如常。

有一天听同在小区的同学说，会展中心举办玉石展，想要去看看。听说有和田玉，我自然乐意去逛一圈。

不去不知道，一去才知道，人多得挪不动步子。在和田玉展厅我们看了两个多小时，此时，差不多已经快一点。我提议去吃中午饭。同学说，不饿，再看看。

走走看看，不觉到了另外一个展厅。从展厅的宣传语中获悉是戈壁玉。我想既然来了，就逛一圈，跟着同学逐厅看。

走进一个厅，里面的石头酷似和田白玉，我走近一看，标签上写着：罗布泊蛋白石。怎么在罗布泊还有这样的石头？店员是个帅气的小伙，他说整个大厅都是罗布泊不同种类的戈壁玉，请随便看看，有中意的可以选一块，留给自己或送朋友都很好。

小伙子很会说话，不像有的店员会跟在身后，一个劲推荐，让人不舒服。他给我们倒了一杯水放着，便站在原位，始终保持着职业笑容。

进入展厅的罗布泊戈壁玉有原石也有雕刻好的成品，有小挂件，也有大摆件。不看不知道，自己之前对罗布泊戈壁玉了解太少，仅从几次石友晒出来的石头中评判，显然不够全面。这次石展让我对罗布泊戈壁玉有了新认识。

罗布泊除了蛋白石，还有彩玉、泥石、风凌石、托帕石、水晶等众多品种。不同石种的精品都有吸人眼球的地方。

在泥石精品柜台前，一把绿色壶拴住了我的目光，壶是绿色泥石雕刻而成，不大但很精致，壶身上是一枚藤叶，叶片的纹理清晰可见，一眼便让人爱不释手。我招手服务员，那个帅气的小伙子走过来，问我有什么服务，我问这把壶多少钱。小伙子微笑着说，这五节展柜都是精品，只供参观，不出售。嘿，居然有给钱不赚的主，牛！

精品自然是精品，出浴少女、金枝玉叶、八仙醉酒、荷塘月色、出水芙蓉等雕件个个雕工精湛，栩栩如生。看得出，不仅料子好，雕工更是了得。

同学看一个喜欢一个，不停赞叹，又不停叹息，说这么好的物件怎么不卖呢？真想买几件放在家里赏玩。

转了一圈，快出门的一节柜台全是原石，小伙子说，原石古朴，摆放在家里也很不错。同学说，帮她挑选一个。小伙子说，石头讲缘分，得自己看，喜欢哪个买哪个。这话说得在理，什么都是一个缘字牵起来的。同学左看右看，相中了一块红色泥石，说红色吉利。说实话，我只想看看，没打算买。同学不愿意，说来都来了，怎么能空手回去呢？选一个，同学掏钱。这下将住我了。旁边的小伙子也说，这些戈壁精灵各个独一无二，这么多，总有你喜欢的一个。

我这个人吧，经不住劝，同学在左，服务员在右，两个跟商量好似的，一起冲我来了。实在是磨不开面子，目光在柜台上荡了几圈，选了一块火炬状的彩玉，木纹底座，配得恰到好处，酷似一个正在燃烧的火炬。小伙子夸我眼力好，说这个彩玉寓意好。卖东西的人都说自己东西好，我笑了笑，并不接话。

摆件拿回家就放在博古架上，家里人都说好看。

上班后，单位通知我下周去外省出差，时间一周。去了总得带点东西，以往都带干果之类的，又重又不方便。

回家后，我给家人提及带礼物的事。家人说，几天前，石友给了一块罗布泊青花石料，足够打三五个手镯，费用也不高，带着送人挺好。这也是新疆特产。

听了家人的话，我有点动心。

一周后，手镯拿回家。大小五个，外加四五个小挂件。挂件寓意都蛮好，知足常乐、福在眼前、年年有余、事事如意等。店家给每件都配盒子袋子，看起来不错。

学习愉快，结识各省的朋友，大家觉得相识是缘，有送茶叶的，有送书签的，也有送手工编织手袋的，反正都是当地的特产。我将带来的罗布泊青花手镯和挂件送学习班的人，他们都喜欢。

后来一个云南的朋友还打电话，让我帮她选购几个小挂件，送给自家的姐妹们。当然这个光荣的使命一定要完成。

下了班，叫上同学，去逛本地有名的戈壁玉一条街，说实话，这是我第一次去。一家家看，一件件挑，总算买到了称心如意的挂件，寄给云南的朋友。她问我都是罗布泊的戈壁玉吗？我说，是，我特意带懂行的人买的。她在云南，哪里见过戈壁，对罗布泊充满向往。

后来陆续又有人让我代买挂件和摆件，我不得不再次去逛这些店铺。什么东西看多了，大概就能看出门道。加之家人也加入捡罗石的大军中，天天在耳边叨叨这些，不想听，也灌输许多名词和概念。

当有人不断在你面前反复强调一个东西的时候，潜移默化是会影响你的认识。罗布泊戈壁玉就是如此逐渐影响我。

这不是三五月完成的，而是用五六年时间。如同与一个陌生人相处，了解认识是渐进的过程，渐渐发现，这个人没有想象中那么讨厌，甚至还有发光的地方照亮着你。如此，便接纳了罗布泊戈壁玉。

三

家人去罗布泊是与杨哥、张所、娟子、志林、阿森等十几个人进去的，向导是阿成。

说好是三天时间。周五晚上走，按说应该是周日晚上回来。可在预定的时间一点消息也没有，我知道进了罗布泊是没有信号的。到晚上联系不上时，我有点慌，打了一圈电话都无法联系上人。

此时，我想起彭加木失踪的事，不觉打个寒战，都说那里是死亡之海，不知道因迷路死多少人。想到这里，心里恐惧加剧，一夜失眠，早上都无力上班。

到周二中午，突然接到一个陌生电话，一听是家人打来的，说刚出罗布泊，估计半夜二三点到，只要人安全就好。

此后，家人多次进入罗布泊，每次回来讲述所见所闻，只是他描述得不够精彩，有一句没一句。对一个喜欢听故事的人来说，有点遗憾。家人说，想听想看，亲自去一趟吧。

别说，我这个人就有点认真劲，去就去。从警多年的张哥开车，嫂子小华听说我去，决定一同前往。其他人都是原班人马。

那是九月初一个周末的早晨，不到9点出发，到达哈罗公里时已是下午时分。整整坐了一天的车，实在是腰痛。张哥说，捡石头是冒险的行当，也是考验体力的事，平时锻炼很重要。一言切中要害，我偏偏是不爱动的人，心里担心，此行能否坚持下来。

进入罗布泊，真感觉到死气沉沉的味道。新疆戈壁多，我基本都去过，但从没一处戈壁跟这里一样，寸草不生。车子虽然拉开距离，但"黄龙"狂舞下，根本无心看窗外的风景。加之车子颠簸，心里发酸，竟然有想呕吐的意思。我闭着眼睛，暗示自己静下来，静下来。

好在两个小时后，到达了宿营所在地大洼地。此时，红霞万丈，光芒四射，点燃整个戈壁，也点燃每一个人。

显然，来的人都知道要干什么？分工协作有条不紊，搭帐篷一组，做晚饭一组。我有点难受，跳出车门，席地而坐，地上温热，可想白天这里的炎热。

歇息一会，我便在营地周围走了一会，满地都是各种各样的石头，在霞光中这些石头个个闪着光，似乎它们都是值得带回去的戈壁玉。我随手捡了十几块，想让领队看看。

我想，晚饭一定很简单，要么是方便面，或者是八宝粥等这些食品。出乎意料的是不仅有清炖羊肉，还烧了几个菜以及拌凉菜，挺丰盛。男人们自然要喝点酒，说解解乏。一来二去，就有人喝多点，随即便响起歌声。我简单吃点东西就钻进帐篷，歌声自然传进帐篷，听着歌曲，迷迷瞪瞪有了睡意。

突然有人喊："沙尘暴来了，快把车开过来。"我被吓醒，爬出帐篷，想看个究竟。

大伙都忙活起来，收拾东西。为防止大风卷走帐篷，将车辆排成半圆，阻挡风沙。风比人的速度快多了。我想搭把手，却被迅疾而来的风沙吹倒在地。似乎风沙知道我初来乍到，肆虐横行，嘴里鼻腔脖颈里全是沙子。我是长发，沙子自然不会放过侵扰头的，真不知道该护哪里。不知是谁喊了一句"快进帐篷"，我却找不到帐篷的进口，真是狼狈至极。

这风沙是我此生见过最大的。之前也遇到沙尘暴，不过是天发黄，过那么几个小时也就过去了。可在无遮拦的罗布泊，风沙更为任性野蛮。也许是太累的缘故，躺着躺着，居然睡着了。

第二天天刚亮，就听到有人喊"出发了"。有比我起得更早的人，为大家下了面条。有的人，怀里揣着一个馕就出发。

我不急，吃了饭，家人让我就在附近捡着玩，不要走远。

到这里，捡石头的人如放开的马群，愿意往哪里跑都行，只有一条，天黑之前必须回到营地。

我戴好帽子，整理好物品，手提布袋出发了。

此时，晨光正好斜射在地表，地面所有的石头都发着亮光，恍惚觉得遍地宝石，令人炫目。但走近捡起来细看还是有区别的，比如裂纹大小，纹理粗细。

据说罗布泊的蛋白石出名，见了自以为不错的白石头就捡，不一会就装了大半布袋。放眼望去，觉得眼前好石头还有许多，到底是继续前进，还是返回营地，我有点犹豫。

我坐在地上，倒出袋子的石头，重新筛选，扔了一大半。我觉得，要捡点其他颜色的石头。思维一旦放开，眼界也就开了，觉得彩石颜色很多。黑如漆，绿如豆，黄如姜，青如墨，真是太丰富了。此时意识到自己力气小，连一布袋石头都提不动，更别说走二三公里的路。我又陷入两难境地。

正午的太阳毒辣得很，虽然全副武装但灼热感令人有种眩晕感。无力口渴，不能再走了，必须返回，潜意识里的指令让我停下脚步。

红色跳动的地方就是营地，我心里并不慌张，只是实在没有力气再前进。

我想说不定一会有人回来，可以帮我提一下石头，索性我原地休息。我辨不清方位，四处张望着。突然眼前出现奇异的景象，高高耸立的楼房上站着许多人，每个人手挥舞着彩带，楼房跟着人在晃动。楼前是波浪起伏的水面，波浪追逐的声音清晰可闻。我兴奋地站起身来，想看得更清楚些。但一眨眼，一切又消失了。难道是我的幻觉？我揉着眼睛放眼望去，荒芜的戈壁看不到任何生命痕迹。

正当我回味刚才的画面时，远处一辆车飞驰而来。我暗想自己运气不错，真遇到车。车子走近一看，嘿，是家里人。

家里人看我捡的石头，挑挑拣拣，扔了大半说，拣好的。我心想，它们在我眼里就是好的，他却看不上眼。扔就扔吧，反正满地都是。

酒与歌继续上演，除我之外的人都参与其中，不喝酒便唱歌，每个人都忘情开怀，似乎不远千里而来为一次与戈壁的约会。从他们的脸上、眼神里能看出，他们是发自内心地喜欢罗布泊。

我想，这跟谈对象一样，有眼缘，怎么看都好。不会在乎别人眼里的缺陷和不足，甚至这些往往成为另一种优势，占据喜欢人的心头，牢不可摧。

领队说我是有福之人，我说何以见得，他说我面如满月，必是富贵之人。我笑说，吃圆的。说说笑笑，喝喝唱唱。声音大小，不会有人在意，也不担心打扰旁人。喊破天，也不会有人上门，这样无拘无束在城市里无法享受。

天暗下来，总担心会有沙尘暴，昨晚真是让人领教它的威力，心有胆怯。但领队说，不会有沙尘暴，说不定会下雨。

新疆少雨，罗布泊下雨更为罕见。如果真遇到下雨，倒是难得的幸事。

果然，不出半个小时，真下雨了。我们都躲进车里，车窗外雨滴敲击声很响，噼里啪啦，下了近一个小时，声音渐渐小了，预示着雨要停了。打开车窗，离我们营地不远的洼地居然聚了一摊水。

我想过去看看，被家里人制止了，说安全第一。不就在附近吗，有啥危险？家里人一本正经地说，想喂狐狸不成？狐狸，我惊愕地看他一眼。从他的表情看，他是认真的。我是连蚂蚁老鼠都害怕的人，更别说狐狸了，还是乖一点，老实点。

重新支起帐篷，却没了睡意。但隔壁帐篷的呼噜声此起彼伏，一声高过一声。停息那么几秒,又一波呼噜声来袭,注定要失眠。雨后,空气湿润许多,我将帐篷的窗户拉开一条缝隙,夜风欢快地钻进来,比昨晚舒服多了。

睡不着,翻来覆去,心里又惴惴不安,总觉有什么事要发生,脑子里胡思乱想着,索性坐起来,想把帐篷窗户拉开,看看外面的星星。可当我把手伸过去准备拉拉链时,一双绿色的眼睛正注视着我,我猛地往后一靠,压着家里人了。他说怎么不睡觉,我不敢出声,拉了他一下。他坐起来一看,说别怕,人不攻击狐狸,它不会袭击营地。以前就遇到过,从没有发生伤人的事。赶紧睡,再不睡就天亮了。

果然,狐狸在帐篷外,吃我们吃过的骨头,吃完后便离开了。我自言自语说,它每天吃啥?我连一只老鼠都没有看到。家里人说,物竞天择,它有自己的门道,别杞人忧天了。

这次,亲身踏进罗布泊,颠覆了过去对罗布泊的认识,也颠覆了我对罗布泊戈壁玉的认识。后来只要有罗布泊石展我都要逛逛。电视里有关于罗布泊的纪录片都要看看,越看越觉得罗布泊的伟大与辉煌,不是捡到几块戈壁玉所能证明的。

这个曾经的地球之耳,这个曾经浩瀚的大湖,这个遗留众多文明遗迹的神秘之地,戈壁玉只是它馈赠给人类的精灵之一,而更多的宝藏需要专业的人去发现并呈现给世人,共享这块神奇莫测的土地的无穷魅力。

重返白哈巴

一

雨稠风湿。

2018年立夏后的第一场雨，没拴住我的脚步，我顶着湿冷的雨，踏上了拜访"西北第一哨"——白哈巴边防站的路。

我之所以前来拜访这个身居大山中的地方，基于两个原因：一是一直被旅行类的杂志和风光民俗类的电视片所吸引，这个五彩的世界、童话乐园，不知道让多少仰慕她的游客不远万里，走进她的怀抱，感受这里的一切。似乎要验证一下，那些画册和影像中景物的真实性。我也是热衷旅行的人，这样的一个地方，我怎能错过呢？这仅仅对一名普通游客而言。我此行的另一个原因，要比看风景与人文更为重要，那便是替年迈的父亲还一个心愿，重返父亲曾经服役5年的白哈巴边防站（该站后来改为边防连）。

我上小学时，听父亲说起这个地方，但并没有往心里去。上初中时，偶尔会听父亲说去某个战友那里，或者来了某位战友。我还是没往心里去，心想那是他的事情，与我关系不大。对战友之间的感情，我也不觉得有什么特别的重要。

我读初中是在乡里的中学，教学质量与办学环境都不及县城的中学。我又想去县城的中学读书。当时我的学习成绩在班里还算不错，若想进县城中学，唯一的办法是插班考试。即便这样，也有一定的困难。

我被通知可以参加插班考试时，父亲带我去县城中学，一个戴眼镜的中年人已经在校门口等候我们。父亲告诉我，这是他的战友，让我叫王叔叔。我进入县城中学，自然与王叔叔相助有关。这么一来，我明白了，战友在要紧的时候是一种靠得住的关系。

就在那年的冬天，住校的我回到家时，家里来了一个年轻人，十八九岁的样子。问过母亲才知道，是父亲阜康县战友的孩子。他在县城一家单位实习，借住在家里。

往常，家里人吃饭挺简单，早饭无非馍馍稀饭腌菜，午饭是炒菜拉面，晚饭则多半是汤饭。这个年轻人的到来，母亲一日三餐格外要添些菜品，或者精心换个花样。平日里不怎么包的饺子、包子、馄饨等都上了我家的饭桌。通常过节才宰杀的鸡鸭，不时也端上了餐桌。一日三餐丰富且隆重了。

我洗碗时，母亲说，咱们怎么都好凑合，来人是你爸战友的孩子，你爸眼里，战友的事情急慢不得。性格耿直暴躁的父亲发脾气的场面我是见识过的，家里人都不愿意招惹父亲。

这是我对父亲与战友交往记忆清晰的片段。

再后来，父亲常常给亲友们说起在边防站的往事。我有一句没一句也都听了一些。我觉得那是很遥远的事情，并没有上心。

这几年，父亲因为高血压、风湿性关节炎、心脏病等已经很少出门。加之耳朵背了，与人交流困难。但只要有人跟他聊天，三句话不出，一定是说边防站的事。

什么东西一多就腻味了，甚至会怕。母亲曾种过蘑菇，吃伤了，如今一提蘑菇就反胃。我是怕红薯土豆，小学放学回家，揭开锅盖，锅里躺着就是它们。不吃吧，肚子饿；吃吧，胃反酸。许多事情相似。某些事情听多了，照样会腻味。一旦腻味了，就会躲着。执拗的父亲，似乎没有意识到这个问题，一遍又一遍重复在家人看来已经烂熟的往事。

人到了一定的年纪，对过往的经历看法就不同了。我不惑之年后，忽然觉得自己不理解父亲。在他七十多年的人生履历中，为什么总是念念不忘那五年光阴留给他的记忆，而忽略了在我看来更为辉煌的人生经历呢？

那么，白哈巴到底是什么样的地方？父亲所说的艰难危险陡峭严寒，以及浪漫宁静辽阔肃穆，果真如此吗？

由此，我有了替父亲重返哈巴河县，去看看白哈巴边防站的想法。

说走就走，无关雨的稠稀和风的浓淡。

二

1988年，我18岁，怀揣着想当一名光荣军人的想法，跑去报名，记得当时我心情紧张而激动。我不知道多少次做梦，穿着绿军装、英姿飒爽的样子。妹妹曾说，我夜里说梦话都是跟参军有关的事，可见我对这件事情的痴迷程度。当然，后来我没有如愿以偿。这是我终身遗憾的事情。

我为什么那么热衷参军这件事情呢？自然与我的成长环境有关。

父亲是军人。这种军人情结一直流淌在我的血液里。

时至今日，七十多岁的父亲，已不能如当年那样骑着枣红马驰骋在边境线上，也不能爬上高高的山峰，瞭望边疆壮美的山河，发出走遍新疆的豪言壮语，只能在一把老旧的椅子上安静地靠着，指缝间燃起的烟升腾在他的面前。这青烟如幕布，让他一次次回到他青春岁月最难忘的地方。

一直都很自信的父亲，面对衰老，他显得有点无奈和束手无策。他以为激情燃烧的岁月不会老，永远是一名富有朝气和勇敢的战士，生龙活虎，充满战斗力。可自然法则使他坦然面对现实时，他轻轻地说："也不知道白哈巴现在怎么样了？"

我的思绪中关于父亲部队生活的图景浩浩荡荡地展现在脑海中。

1963年8月，父亲参军入伍。同时期从米泉县参军的一共有4个人，其他3个人是三道坝的年轻人。

同父亲一道到阿勒泰军分区进行培训的除了邻县阜康的几个青年外，还有其他地方的同期入伍的青年一百多人。当年分配到哈巴河县白哈巴边防站的大概有十几个人。

改革开放以前，新疆的道路基础设施都不好，国道也不过是三四米宽的柏油路。这样的路因常年得不到及时有效的养护，用老百姓的话说是大坑连着小坑，甚至是坑挨着坑。晴天尘土飞扬，雨天泥泞不堪。

父亲这样的新兵是乘军用汽车一路颠簸来到了布尔津县。此时，额尔齐斯河上没有固定的大桥，新兵一个个从卡车上跳下，排列整齐，等待过浮桥。所谓的浮桥是多条木船用铁链钢丝绳连接起来的，上面铺着木板。走在上面，晃动得很厉害。胆小的人，面色紧张，总担心会从桥上掉下去。

被今人誉为"童话世界"的布尔津县城,那个年月跟中国任何一个县城没有多大差别,就跟那时代人的装束差不多,没有格外养眼的地方。县城有一条不长的街道,尽收眼底的街容,让父亲对这里记忆深刻的是大街小巷都是细沙。

父亲一行到哈巴河县。又过了一条河,同样是没有桥的河。这一次不是浮桥,车和人都以摆渡方式到了对岸。摆渡的方式是用两条船连接起来,上面铺的木板,将车开上去摆渡过河。

其实在父亲的出生地,也是有河的,且不止一条,但有桥,是木质的桥。人或者车通行都很便利。后来父亲说,那两条河都比这里的河面宽阔,河水也更为丰盈。

摆渡过河时,父亲问那摆渡的中年人:"河里是否有鱼?"摆渡人说"有,大得很!"父亲追问一句:"大的多少公斤?"那人说:"不比一只羊的重量轻。"父亲咋舌瞪着眼睛不敢相信。那人从父亲的表情中窥探到了狐疑,斜睨着父亲说:"你一个毛头小伙子见识过啥!"父亲哑然,又看看滔滔的河面,把对鱼的疑问丢进了河里。

此时天色渐晚,父亲和新兵们在哈巴河县城的兵站住了一夜。

哈巴河县城不大,大约有几千人,路两旁都是柳树。有的四五十厘米粗,但都向东南方向倾斜,想来这里常年刮着蛮大的西北风。后来父亲到县城办事,遇到刮风,风中带着嗖嗖声。次日清晨,父亲是被清新的空气唤醒的。在兵站附近走了走,四周出奇的安静。

重新上了军用卡车,沿着崎岖的山路前行。到一个叫铁里克的地方,父亲及新兵们被通知下车待命。一问才知道,汽车只能到这里,再往前就没公路了。放眼望去,二十多栋木屋散落在草地上。清一色的木头房子,古朴简洁,与家中的土坯房是截然不同的风格式样。里面到底是什么样子呢？部队有纪律，不能随便进入牧民家里。

这里有个边防派出所，只有3个民警。战友还没有到，父亲和两个新兵爬到后山看风景，忽然看到山顶闪着亮光。父亲和战友迅疾跑到跟前，看到石头缝里露出白色的六棱晶体。没有锤砸的工具，几个人用石头砸下来几块，不知道是什么东西。拿去让派出所的同志看，说是水晶。

到了下午三点多钟，接父亲一行的战友牵着马来了。马匹个个精神，明亮有神的眼睛似乎知道这些人是新来的战士，马不停昂起头，鬃毛飞舞，热情的样子。一人分一匹马。父亲之前在村里喂过马，但从没有骑过马。同行的新兵都没有骑马的经历，突然让大家骑马，许多人露出为难的表情。人有个性，马也有个性。人如果脾气不对头，不好相处，马跟人一样的。还有四十几公里的路程，全是山路，不骑马是不行的。

战士把一匹枣红色马的缰绳递给父亲，父亲没有马上骑上去，而是抚摸了马的脊背。马扭过头来看了几眼父亲，又把头扭过去看旁边的同伴。

父亲眼里，马是一种高贵的动物，要尊重马，把它当成战友。初次见面，彼此还没有熟悉，马上就触及它的身体，马是不舒服的。这些马跟父亲他们一样都是有军衔的，父亲称呼其为战友没错。后来一次巡逻中，遇到大雾，父亲不慎摔伤，是马一路驮着父亲回到营房。至此，父亲对马有了更深的感情。

我乘车从铁热克提乡前往白哈巴的路上，经过一段又高又陡的盘山公路，当过兵的司机师傅告诉我，这就是九龙盘。之前是一条简易公路，由于经常遭山洪冲毁无法行走，保证不了国防需求。1985年国家投巨资修建了这条长达38公里的高山公路，耗时两年完工。

车子飞驰在游龙状的山路中，一旁不时出现的悬崖让我害怕得不敢往下看。此时5月中旬，山坡披绿，大大小小的花儿们盛装迎接喜雨。

沿途风光无限好。森林满目郁葱，黄色紫色的山花遍地欢颜。史师傅说，最美的是深秋时节，在山间时隐时现的白色的哈萨克族牧民毡房，树木植物以赤橙黄紫等颜色描绘出巨大的天然画卷，那才叫绝美之景。

　　这样的话，父亲也不止一次地向我提及过。

　　也是在父亲的回忆里，他清晰地记得，初次踏入通往边防站时的情景。他印象最深的是过一条山涧，两面全是石头，河水有四十多厘米深，水流很急，冲向大石头，水花迸发出的声音比礼堂飞进喜鹊还热闹，"哗哗哗哗"听起来是如此欢快自在。

　　父亲第一次骑马走这样的山路，马在石头缝隙中跳跃，确实有点担心。有两个战士不敢骑马上山，只能牵着马向上爬。走走停停，到边防站已经是下午八点多钟了。

　　边防站木质的营房与当地图瓦人的木屋别无两样，而今日的边防连的营房已经是砖混结构的楼房了。至今，牧民们依然保持这种建筑风格。地处森林腹地，盖房子就地取材最为便捷。木屋的特点是夏凉冬暖。不仅有木屋，还有用木头盖起的牲畜棚圈，围挡在院落和巷道两侧的木栅栏，小河上的木桥、路边的木凳等都是木头的。我随手触摸着木头的原始纹路，似乎还能闻到木头的清香。一切都是原生态的，置身其中，恍如回到了白雪公主的童话世界。

　　进了营房后，战友为父亲他们这些新兵做了米饭。大米，父亲是不陌生的，米泉就盛产大米，父亲喜欢吃米饭。端上来的菜是肉炒大白菜。十八九岁或二十出头的小伙子，正是能吃的年纪。在那个粮食不能完全自足的年代，米饭和有肉的菜摆在年轻人面前，用狼吞虎咽形容一点都不过分。父亲说那肉格外香，从来没有吃过这么香的肉。

　　第二天，新兵编排到了班里，开始政教和军训。一个边防战士的日常图景拉开序幕，训练、巡逻、站岗、放哨。

当时,因中苏关系紧张,时刻都处在战备状态。边防站的营房在国界前沿,以河为界,河床宽处有百十米,窄处只有二三十米。当我跟随新任的边防连的傅连长重新勘察当年的营房旧址时,才体会父亲曾经所描述的情景的危险性。

当年的营房就坐落在中国哈巴河县一侧的山坡上,离河最近处不过百十米的距离。难怪父亲说,听到枪炮声总觉得很大很响,加之在山谷中,声音的回响增加了恐惧感。如此刚刚入伍的那几个月,彻夜不眠也就不难理解了。

当时边防站一定要靠前,我没有想到近在咫尺。拿着望远镜,对方山顶的岗楼与对岸的哨卡看得一清二楚。

此时,我觉得那个时代的战士们,虽然没有发生大规模的实战,就凭特殊的地理位置,坚守边防,也是需要勇气和胆量的,更不说要忍受严寒及其他。

父亲刚到边防站时,没有围墙。边防站四周都要挖工事,白天干,晚上同样还要站岗、放哨。可父亲说,不觉得累,觉得在那么多人中能入伍,驻守边防,是神圣光荣的事情,累点不怕。

我在边防站旧址找寻遗迹时,除了发现当年挖的一个掩体基础残存外,其他遗迹荡然无存,我在长满青草的掩体遗址处站立了良久。傅连长说,早在70年代,边防连的营房就迁到了距此几公里外的白哈巴村。这里恢复地貌,成为牧民的牧场。

一块躺在草丛中的朽木吸引了我的视线,我蹲下身子,轻轻拿起来,在手中端详。这是一节松木,纹理清晰,虽然木质本身已经腐朽松散,本体很轻,可在我心里的分量却很重。

父亲外出巡逻。在巡逻时碰到成群的黄羊、马鹿,有时候还能遇到狐狸或者狼等动物。一望无际的原始森林对来自农耕地区的年轻人来说就是天堂。6月份这里就是花的盛会，草丛中到处都长满了野草莓，个头不大，但很甜。吃野草莓的除了战士们，还有一同巡逻的马以及在山野中悠闲自得的羊和牛。除了可以摘草莓，父亲还喜欢采摘野蘑菇。

沿着边防站对面的哈巴河岸附近是白桦林，林间生长着父亲最为喜欢的牛肝菌外，还有灰口菇、草菇、金针菇等。有时，刚吃过酸甜的野草莓，在林间会与一朵一朵的蘑菇群相遇，怎么办？起初，父亲很兴奋，慌忙跳下马来，冲向蘑菇群，但采摘下来的蘑菇只能装在口袋里，或者随身的背包里。这也很有限，望着香喷喷的蘑菇，只能遗憾地告别。更多的惊喜是在阔叶林中倒木、伐桩、枯立木等生出的苍耳、黄色珍珠状喉头菌等。

这样稀罕的东西，父亲之前从未见过。有经验的战士教会父亲辨认这些好吃的菌类后，父亲每逢遇到蘑菇都会采摘一些，哪怕不吃，只是闻一闻这种独特的香气，就让人心里踏实。

当然，战士们把采摘的蘑菇带回去，交给做饭的战士，如此那天晚上的饭菜里就有了蘑菇的异香。若有更多的蘑菇吃不了，会晾晒起来，到冬天时做菜烧汤。

白桦林深处最为奇特的是这里还生长着雌雄分明的银灰杨树，雌树向着天空的叶片白色向上，绿色向下。雄树的叶片白片向下，绿片向上。到了夏天，雌雄树叶的叶面恰恰相反。进入秋季，杨树叶开始逐渐变红，一直持续到十月上旬。我来的时候，杨树的叶子才开始发芽，没有目睹这种奇特的现象。

离边防站不远处有一处图瓦人村落，几十户人家。父亲曾告诉我，这个村里有个六十多岁的大爷，他是拥军模范，1958年他去北京参加了国庆大典。这位老人警惕性很高，放牧中发现陌生人或可疑的人，会及时向边防站通报。作为一个普通的牧民，思想觉悟与战士一样，坚守着祖国的边疆。

如今，这里许多牧民跟当年的老人一样，成为守边护边、建设边防的一员。

我站在边防连新营区向东南方向望去，萨尔哈姆山横亘在天际。同行的战士说，当地人称这座山为夫妻山，从村子出发骑马走三四个小时才能到达山顶，一路陡峭，非常难走，山顶在9月初就开始下雪。

因山谷落雨，忽然间，风停云散，阳光热情似火地拥抱了我和山谷中的一切。我漫步于山间，想当年风华正茂的父亲骑马驰骋山间潇洒的样子，感慨起来。时间的无情与有情，在瞬间将两代人联系在了一起。

每年到9月底，边防连派出一个班的战士去打马草。这些草，不仅供应马匹食用，还要满足连队饲养的那几百头羊的需求。山里到冬天吃蔬菜十分困难，肉从来没有少过。一个冬天过去，战士们的体重都会增加几公斤，这都是吃肉的功劳。普通的百姓家里，吃肉是一件很奢侈的事情。在这里冬天就跟过年一样，顿顿有肉。

除了肉，还有咸菜酸菜。我在今日边防连的菜窖里看到尚未吃完的白菜和一坛坛咸菜。多年不曾吃咸菜的我，此刻想起父亲吃饭总离不开咸菜的习惯，眼睛就热起来了。

傅连长说："给你捞一些战士们自己腌制的咸菜尝尝。"我满脸欢喜，想带回去给父亲吃。

我问连队战士吃鱼是从河里捞的吗？傅连长说都是从县城买来的。

记得父亲给我讲过一件牧民送鱼的故事。当年喀纳斯湖边的村里有一位牧民的脚不慎被蛇咬伤，肿到了大腿处。边防站得知情况后，速派卫生员骑马出诊。经过一天一夜的悉心治疗，这位牧民病情转危为安。牧民为了表达对部队战士的感激，便想去喀纳斯湖为战士们捞鱼。他同他的两个儿子用了两天两夜的时间，将一棵三个人抱不住的大松树砍倒，三米多长的树干从中间掏空，做成独木舟。那时候在喀纳斯湖中没有船，牧民和两个儿子一起,坐船到湖里去捞鱼,白天没有捞到鱼,晚上点着桦树皮拿着倒钩继续打捞。最后捞到一条重达二十多公斤的鱼,一口气将鱼送到边防站,部队给他们送了3块砖茶和几包方糖,以表感谢。

父亲说,连队最开心的是每年5月—9月军分区的宣传队会来演出,或者是放映队来站里放电影。放电影时,周围的牧民都来了。远处的牧民得到消息后纷纷骑马赶来,最多的时候有四五百人。

父亲曾说,在边防站的几年里,除了狼袭击过连队的羊群,咬死了不少羊外,其他动物几乎没有危及过部队的安全。有一阵子,狼多成灾,牧民们组织打狼队。狼是很聪明的动物,一个个都躲起来,并没有几只狼被打到。

冬季,在此生活的哈萨克族牧民们的冬宰活动也拉开了帷幕。在这个传统习俗里,牧民们要宰杀一批膘肥体壮的牛羊马等储备起来过冬食用,这些肉食一直要吃到来年春天。一些牧民还会制作熏肉,调剂口味。熏肉的传统做法是将肉切成块撒上盐,架在木架子上,用木材烟熏干,适宜较长时间的保存。熏肉可以煮着吃,也可以做抓饭,有一种独特的味道。

为了过冬,准备柴火也是一项任务。枯木死树躺在山林中,被战士们运回来,再用斧头劈开,整齐地码放在营房外的墙边。牧民家都能看到,成为一道风景。每当看见这些柴火,我就想到熊熊火焰和沸腾的肉锅,还有歌声。

没有人介意你的音准,只在乎是不是加入唱歌的行列,你一首,他一首,或者大家一起唱。军歌或者民歌等,但凡能想起来的歌都要唱一遍。这里冬季气候严寒,每年大雪封山达7个月之久,战士们能娱乐的方式远比现在的战士少得多,没有电,没有电视,没有网络,没有健身房,也许唱歌对年轻的战士们来说是打发寂寞的方式之一。

另一种比较刺激的休闲方式就是滑雪。滑雪板是自己做的,一米多长,当然不能跟专业的滑雪板比了。但对年轻战士来说,这项充满挑战意味的运动具有莫大的吸引力。哪怕摔倒了,再爬起来也要学会。

后来看电视剧《林海雪原》时,那些身着白色斗篷的战士从山林间飞驰而过时,父亲说,当年我们也是一个山坡滑下来,又滑向另一个山坡。那感觉跟飞起来差不多,真是好啊!

听父亲这么说,我对滑雪也充满好奇,只是我踩在滑雪板上时,掌握不住平衡,连续摔了好几次后,胆怯地不敢再碰滑雪板了。这一点我承认不如父亲勇敢坚强。

对家国的意识,我是在界碑前顿悟到的。中国与哈萨克斯坦交界的一号界碑就伫立在白哈巴边防站辖区内的阿克哈巴河源头。我在界碑前站立良久,父亲当年并没有看到界碑。在高高的瞭望塔上,在阿勒泰山的友谊峰下,白哈巴边防站成为"西北第一哨",当然这是今天的叫法,当年没有人这么称呼这个普通的哨所。

刚还阴乎乎的天,被阳光切开云层,雨停了,宝蓝色的天空下一片澄净,那金色的阳光铺展在界碑上时,红色的"中国"二字如火焰一样燃烧着,我不由得激动起来。这就是祖国的边境线,半个多世纪前,父亲是守边人。如今我和我的下一代又是建设边疆的人。

忽然听到一声马的嘶鸣声,顺着声音望去,在不远处山坡下有几匹马在吃草。同行喂马的饲养员说,那是连队的马。那一刻,我想,大概马知道我父亲在这里服役过,父亲又那么喜欢马,它得到了来自这片草原的信息,在跟我打招呼吧。之前我在连队马厩里看到的那匹名叫二毛的马会不会听到这叫声呢?

55年后的白哈巴边防连今非昔比,室内训练场、宽敞的餐厅、明亮的宿舍、荣誉室、健身房、储备库等现代化的设施配备齐全。如今的战士们巡逻不仅保留了传统的骑马方式,开车巡逻也是常态,同时还运用了现代化的电子设备,提高了边防执勤的科技含量。

热心的不仅是边防连的战士们,还有两位不曾相识的人,一位是曾经在该县政协工作的同志,为我找了许多哈巴河县的宣传资料。另一位是在客运站工作的同志,给我介绍他所熟知的哈巴河县的情况,让我从多角度认识了这个静谧安详而温暖的小城。

三

迫不及待是父亲看到我进门的那一刻的神态。他肥胖的身子从椅子上站立起来,有点吃力,腰部受伤留下的后遗症,步子急促地想迈出去,似乎已经等不及我走到他面前。那不过是几米的距离。我理解他,这不是几米的概念,是他心里积蓄了55年对哈巴河,对白哈巴边防连的思念与牵挂。我从没有见他如此急切。

我端起杯子喝水。父亲急慌慌地说:"快讲讲,边防连怎么样?"

"真是太好了。"我说完,将拍的照片给他看。父亲激动的眼神盯着我的手机屏幕,不时地说:"变了,变得太厉害了。"

父亲问:"部队还养马吗?"我说:"养着呢! 就是比以前少了一些。如今部队巡逻都是专业车辆巡逻,只有车辆无法抵达的地方才会派战士骑马去巡逻。"

我将部队马厩里拍摄的唯一一匹马的照片打开让父亲看,父亲的眼睛一下就亮了,把手机又拿近一点,看了又看说:"好马,真是一匹好马!"我说:"部队通过几十年的建设,如今养马技术都改良了,马的品种也更优良了。"

打开电脑,接上电视,让父亲又看了介绍哈巴河县的宣传片,父亲眼睛盯着画面,嘴巴张着:"大变样了,我都认不出来了。"我心想,您都从意气风发的小伙子成了步履蹒跚的老人，一个地方怎么可能不发生变化呢！

看完片子差不多中午了，妹妹端过米饭，我将傅连长捎来的咸菜放在桌子上。"这是战士们自己腌制的咸菜，尝尝看。"父亲接过我递给他的筷子，夹起咸菜放进嘴里慢慢咀嚼着，半晌说："好吃，好吃！"

当我把一个白色的盒子放在父亲面前时，他用疑问的眼神看着我。我说："看看是什么东西。"

这是一个普通的鞋盒，盒子很轻，不像装了什么重物，但我能想象它在父亲记忆中的重要位置。父亲真是老了，颤抖着手，两次都没有拿起盒子，好容易拿起来，却打不开。我没有想帮他打开的意思，这个过程只属于他。父亲的指甲干瘪了，没有光泽。他想用指甲将盖子抠开，一次，两次，三次……到了第五次才慢慢抠开。他看到一块十几厘米长腐朽的松木，疑惑地看看我，又瞅半截木头。"这是边防连防御工事遗址上捡来的。"此时，我看到父亲目光锁定在松木上，过一会再看时，发现父亲眼眶里噙满泪水。我不再看父亲，冲窗外望去，外面也下起雨来，是那种无声无息的小雨。

四

哈巴河县的光开阔而金黄，2020年9月末的正午阳光体恤怕冷的我。我已迟到了两年，才来到这里，但我见到你，依然高兴。

今天，我来了，想去看看白哈巴的，再看看父亲曾经服役的边防站，却因天气原因，未能如愿。

既然来了，就该看看。走在哈巴河县城附近的白桦林，白桦树皮的图案怎么看都像一幅一幅水墨画，造型各异，令人着迷。来自北京的汪剑钊老师说过,白桦林是兼具浪漫与英雄气质的树。我想,在生与死的考验中,那些驻守边防的战士们,穿行白桦林时,也会驻足仰望直插云霄的白桦树,那片片金黄叶片是家书、是明信片,每一片中都有他们思念的人。

高兴老师说,他喜欢朴树的《白桦林》,我忙从手机里搜到这首歌,将音量开到最大。在重返哈巴河时,在白桦林中漫步,耳边响起音乐,抬头没有看到鸽子,却看到V字形的雁阵。

阳光下,白桦林安详,整座哈巴河依然安详。

玉 西 布 早

到玉西布早去，每个月都盼着这一天。这个位于天山森林公园内的哈萨克族村落，一年四季风景不同，更亲切的是与我相识五年的阿尔那西妹妹一家人总让我牵挂。逃离城市的喧嚣与浮躁，到山里去是我喜欢的事。

春

你走过多少山谷，就有多少双眼睛在盼望你回家。

我躺在蒲公英盛开的草地上，亲吻身旁的蒲公英。它们是多年前的春天我吹散的蒲公英的后代。我始终爱这座山谷，一刻也没有停止过。

阿尔那西双手抱膝坐在一块巨石上，仰望天空。蓝天下，苍鹰展翅盘旋。阿尔那西不紧不慢地说："姐姐，我们苍鹰一样飞向天空吧。"

阿尔那西比我高大，此刻如一尊雕像，凝固在石头上。"如果苍鹰会俯冲下来袭击我们，我们的眼睛会不会瞬间失明，身体会不会被撕裂开？"我闭着眼睛侧脸问阿尔那西。

"苍鹰吃兔子，吃黄鼠狼，从没听说吃人。"阿尔那西瞭望远方，语气坚定地说。

我相信阿尔那西的话，暗笑自己过于敏感小心。苍鹰再大，也大不过一个人，何必庸人自扰。实际上，这不能怪我，我生在平原、长在平原，平原上的孩子几乎没有见过苍鹰。见过天空中的飞禽，无非鸽子、麻雀、喜鹊、猫头鹰以及乌鸦等。这些飞禽，哪一个的体量都无法与苍鹰抗衡。早先在电视看到过苍鹰袭击动物的场面，想想就心里发抖。

阿尔那西生活在山里，她与家人始终以大山为家，这山是极其有名的天山山脉的一部分，她觉得没有比这里更好的地方了。她带着我，来到她家夏牧场所在的大东沟。

二十多年前，我来过大东沟，在山冈下的牧民家住下。夜里下起雨，越下越大。第二天晨起，河水猛涨，无法渡河，只得多留宿一天。待我与同伴撤离后，这户牧民搬迁到另一条山谷地势稍高的地方。

这次，我要跟着阿尔那西学习如何识别野葱，在哪能挖到野葱。我脱下高跟鞋，换上徒步鞋，牵着阿尔那西的手，顺着山谷前行。野葱多半长在山崖的石头缝隙里，有的几根一簇，有的则与杂草混生，眼睛不好的我很难分辨出来。阿尔那西远远地就发现了野葱的踪迹。她爬山真是好手，顺着山势，疾步攀上了山崖，在一块巨大的片石前向我招手。

我想跑快一点，跑出去几十米就腿肚子发酸，额头渗出细密的汗珠，呼吸紧一下慢一下。眼看就到了，我胆怯了。远看觉得片石很牢固，近看,那片石随时都有脱离山体的危险。站立不动,我瞅着阿尔那西一个劲摇头。

阿尔那西笑了笑,扭头躬下身子拔起野葱。几分钟后,她举起一簇野葱,向我挥舞着。我伸出大拇指,给她点赞。

阿尔那西山羊般从石缝中跳到山脚下,将采来的野葱塞到我手里说:"中午,我们一顿野葱饺子包一下,味道嘛,吃了就知道。"

味蕾的诱惑,瞬间令我兴奋起来。野葱羊肉饺子,味道无法想象,好吃是肯定的。

跑累了,我提议歇息一会儿,阿尔那西点点头。

五月中旬的山谷,黄色的、白色的野蔷薇争着抢着开了,满地的蒲公英不甘落后,千朵万朵地昂着头,将草地铺成一层明黄。任何一朵野蔷薇的花瓣都比蒲公英的花冠大。我捡起一片花瓣,盖在自己的眼睛上,再摸一片盖在嘴唇上。我满脸都是野蔷薇的花瓣,静静地躺着。草地是床,蓝天是被,群山是摇篮。

我躺着,第一次感到山谷的怀抱让人沉静。这种静,有种穿透力,让沉重的肉身变得轻盈,自己是一片叶、一朵花,是一抹蓝天、一缕白云、一阵清风。

"姐姐,我们该回去了。"阿尔那西从巨石上跳下来,走到我身边。

我没有睁开眼睛,伸出五指。

"好吧,好吧,五分钟,我等你。草地凉得很,躺的时间长了,身体不好。房子去,大大的炕上,躺一哈。"

我翻身从草地爬起来,活动了一下身子。从身边一簇黄色野蔷薇上摘下两朵,在阿尔那西的发髻插了一朵,给自己的发髻也插了一朵。我瞅着她,她望着我。我们眸子里有彼此戴花的影子。

我们双手相扣,在原地转起来,转得自己与天地成为一体。她笑,我也笑。几分钟后停下来，眼前发黑，我眯着眼睛，蹲下身子，她也蹲下身子。我们坐在草地上。婉转的鸟鸣声打破了山谷的寂静。我跟随声音，寻觅鸟的身影。树木繁茂，不知鸟藏身何处。我吸口气，打出一个响亮的口哨。鸟儿的声音更响了，似乎要与我比试一下。我只会打哨，与鸟儿比试，自是甘拜下风了。

阿尔那西看看太阳，说："姐姐，时间不早了。"

我点点头，转身从繁盛的野蔷薇丛中折了一枝。阿尔那西一脸惊讶地问："这也拿回去吃吗？"

我在空中画了一个花瓶的图案，说："回家插花瓶，女人的房子有花才好。"

我右手挽着阿尔那西的胳膊，左手拿着野蔷薇，顺着小路走出山谷。

夏

站在山顶俯视，阿尔那西家门前有两条绸带，一条是发白的玉西布早河，一直通往山里；一条是修整一新的公路。没有路的地方是羊肠小道，指向博格达峰。

很早以前，有人通过这条路到博格达峰。听山里的老人们讲，大诗人李白和元代的丘处机道人都走过这条路，去拜谒天山博格达峰。

玉西布早河与公路并肩相伴同行。每天清晨，阿尔那西提着水桶去河里打水，这是她每天要干的一件事。我在阿尔那西家住的日子，这事我抢着干。早先我在农村，这活就是我的。我家离河有500多米，通常是用扁担挑水。我羡慕阿尔那西，天天喝着天山流淌下来的泉水。阿尔那西边擦桌子边说，就图出门吃水方便，没有搬家。之前家里人讨论，要不要搬到院子更大的地方去。这个院子不过五六百平方米，对牧区来讲，有点拥挤。可讨论几次，都觉得这里交通便利、饮水便捷。搬家的念头打消了。

有河的地方，自然灵动。

阿尔那西家的牛产下小牛后，拴在屋后的树干上。这不是普通的树干，而是一株两个人环抱不住的榆树。树旁一只大铁盆，专供小牛饮水。我从河里提来水倒在盆里，小牛侧着脸盯着我看，又将头扭过去，看着阿尔那西。脑袋晃动几下，它低头开始饮水。我看着小牛把头伸进盆里，不觉笑了。阿尔那西疑惑："小牛饮水，你笑什么?"我猜出她一脸的疑问，解释说："小时候，我常坐在这样的铁盆里洗澡。"

"你现在两三岁的话，放在盆里，牛娃子给你澡洗一下。"阿尔那西没说完就笑了。

我拎着水桶去河边，缓步沿着坡下去，河边有大小不一的石头，有腐朽倒下的树干，一切保持自然状态，没有人擅自改变它们的位置。

坐在巨石上，伸展双腿，双手支撑在身后，阳光晒得皮肤和石头温热。索性舒展身子，仰面朝天，躺在石头上。往常最怕暴露在阳光下，此刻，勇气与阳光一起包裹着我，闭目静享山谷里的阳光和空气。

玉西布早的河水蜿蜒，流水声不绝于耳。恍惚间，我在聆听一场盛大的音乐会，偌大的演艺厅只有我一个人，演奏者是涓涓流水。乐曲不同寻常，一天到晚，一年四季，都不会停止。河水演奏的曲子明快清亮。呼吸着清凉的空气，我想一直这么躺着，听河水的演奏，听河流的前世今生。一条河，远胜于一个讲故事的人，它经历的远比我们想象的更浩瀚。

演奏者除了河水，还有鸟鸣。身旁另一块石头上，跳跃着跟麻雀差不多大小的河乌，黑褐色的羽毛，嘴巴与头差不多长，昂着白色的胸脯看我。从它的神态来看，似乎并不惧怕我的存在。

我坐起来，滑下石头，想看清河乌如何觅食。它见我离开了石头，迅疾沿着河面飞去。我不死心，躲在河边一棵榆树旁窥视河乌。它没有飞远，一头扎进水里去捕食，动作轻快潇洒，令我暗自赞叹。它跃出水面时，嘴里衔着东西，看来捕食成功。它在水面浮游一会儿，又飞到一块露出河水的石头上，左右顾盼，机敏可爱。

我不清楚河乌的视力能看多远，担心贸然出现会惊吓到它。再看，它又跳入河水中。看来，它还没有吃饱，继续觅食。

决定不再打扰它，我转身上岸。

阿尔那西问我，一桶水怎么提了这么久。我说看到河乌了。她告诉我，河乌通常都在水里行走。冬天也不会离开。

水倒进缸里，阿尔那西递给我一个盆子，里面装了昨天她采来的羊肚菌。鼻腔里瞬间都是羊肚菌的味道。我是一个贪吃的家伙，无力抵挡野味的诱惑。

野葱、羊肚菌与新鲜羊肉搭配做出的饺子，估计许多人都没吃过。我不能用准确恰当的词语来描述，只有亲口品尝才知道。

整个夏天，我都痴迷在玉西布早河相伴的时光。每月一次，雷打不动的，我来看阿尔那西妹妹。阿尔那西靠在我的身旁，说我山里出生的女人一样，人都往山外跑，我是有空就往山里跑。不过，她喜欢我的样子。

我转身拥抱住了阿尔那西。

秋

入秋，牧民们开始打秋草，为过冬的牛羊储备草料。

我跟着阿尔那西和塞里克汗进入她家的牧场。

今年雨水多，牧草像一个吃得饱睡得香的孩子，经过一个夏天的疯长，我站在它们身边，只露出一颗脑袋，身子完全被牧草淹没。我在牧草里横冲直撞。阿尔那西比我高出一个拳头,她大步跟在身后,笑着说:"姐姐,小心点,摔倒麻烦得很。"

羊肠小路转入谷底,消失在高大的牧草里,我不敢继续向前,立定等待阿尔那西。十几分钟过去了,仍不见她的影子,我心里慌张起来,踮起脚跟,回头远望,满眼都是牧草,不见她的影子。我正想放声呼喊时,右侧的山坡上传来阿尔那西的声音:"姐姐,这里,过来。"

我掉转方向,拨开牧草,向阿尔那西奔去。

原来,我跑偏了方向,阿尔那西和塞里克汗早于我到达了草场。对我来说,八百亩的草场想象不出到底有多大。包产到户那年,我家分了十亩地,种上麦子,好大一片。如今看了阿尔那西的牧场,大得超出我想象的范围。

割牧草的钐刀与我曾割麦子的镰刀不同,牧民称这种钐刀为钐镰,钐刀的开口弧度,小于割麦子的镰刀。手柄有两米多长,而割麦子镰刀的手柄不过二十多厘米。

我眼里钐镰是庞然大物,立起来比我高出一个头。我见过牧民割草,但自己从未使用过钐镰,心里有点胆怯,怕驾驭不了这个大家伙。

阿尔那西看出我的心思。向前走出去十几米,站立,转动身子,自右向左挥动手臂,在草场画了一道弧线,弧线上的牧草整齐地倒下。我仔细看着阿尔那西的全套动作,钐镰速度快,要领是保持水平,我暗自觉出,这是割草的关键所在。

我想亲自尝试一下,塞里克汗说,这是费力又危险的活。不一会,赛力克汗的额头满是亮闪闪的汗珠。阿尔那西提着水壶给塞里克汗倒了一碗茶水。塞里克汗接过碗,望着躺下的牧草说,今年冬天,牛不愁没饭吃了。说罢,端起碗喝茶。

乘着塞里克汗休息的间隙,我拿起钐镰,有种兴奋。钐镰挥舞出去的一瞬间，一股力量带动我的身体，向前倾斜，顺着钐镰的滑动，傲视天空的牧草，一个个醉汉般歪斜躺倒。倒下的牧草是对我的一种召唤，我忘记是从田地走出来、脚上沾满泥土的农村娃。似乎我生在草原上、生在山谷，朝夕生活在这里。钐镰听从我的指令，一行行牧草臣服在钐镰下。我越割越起劲，汗珠渗透了衬衣的前胸和后背，胳膊酸胀，却不肯放下钐镰。

"姐姐，汗出来了，休息一下嘛！"阿尔那西的声音从背后传来。我立定，抬起胳膊擦了一下额头的汗珠。转身的一瞬间，发现一头牛在我的左侧看着我。

牛，哪来的牛？从天而降？我疑惑的眼神盯着牛的那双黑玛瑙般的眼睛，牛侧脸冲阿尔那西望去，似乎对我不感兴趣。我噘起嘴巴，哞叫了几声。牛，眼皮闪动几下，没有回应我的声音。

"你忘记了吗？这头牛是去年冬天生的。"阿尔那西走到牛身边，抚摸着牛脖子和脊背，牛温顺地小步移动身子。阿尔那西看牛的眼神亲切温暖。牛的目光也充满温情。

去年十二月份，我来看望阿尔那西一家，夜里，阿尔那西去了牛圈，说母牛要生了。我瞌睡重，躺下就睡着了。

清晨看到牛圈里的小牛犊还站立不稳，见我这个陌生的人，眼里露出几分胆怯。我心里担心它会摔倒。阿尔那西说，放心吧，它不会摔倒。

转眼，小牛犊已长高长大，我都认不出它了。

阿尔那西告诉我，春天的时候，家里的六头大牛，三只牛犊交给山谷里的亲戚帮着代养。等秋天收割完牧草，她和塞里克汗会把牛赶回自家的牛圈喂养。

我相信，牛有记忆，会认人。这头牛一定是认出了阿尔那西和塞里克汗，才不愿离开。

也许，牛看到我们帮它和它的伙伴们收割牧草，以注目礼的方式向我们表示感谢呢。

一入秋，人们开始贴秋膘，牛羊肉消费量陡增。牛羊们便从山里运出去，进了活畜交易市场，最终端上餐桌，成为美食，供人享用。

我有点哀伤，牛不知道自己什么时候被送出山里，好在它还小，不到一岁的牛，主人是舍不得卖的。

回头瞄一眼低头吃草的牛，眼里却已是银光点点。

冬

雪来的时候，山谷、树木在默默祈祷，希望雪下得大一点，久一点。风早在头一天就歇息下来。雪的脚步很轻，谁都不知道，它走了多远的路才到这里。

我起床时，雪透过窗子打量我。我伸个懒腰下床，倚在窗前，凝视着雪，舌头舔了两下嘴唇。嘴唇干裂，想喝水。

最初，我眼里雪就是糖，那种细细白白的砂子糖。在雪地打滚吃雪，那时有两三岁的样子。母亲说怎么都拉不回我，嘴里只说一个字——糖。母亲说我上辈子估计是棵甜菜，投胎人世，迷恋糖。

十几厘米的雪，在山里不算厚。我和阿尔那西开始扫雪。院子不大，不到一个小时就扫干净了。

早饭是奶茶、馕、包尔萨克、黄油、果酱。牧民的早餐始终如一，简单，又不失营养。阿尔那西说饭后要去姨妈家帮忙，姨妈的儿子娶媳妇，女儿出嫁，双喜临门。她答应带我一起去。

阿尔那西姨妈家离阿尔那西家五六百米，在玉西布早河的北岸。没有院墙，坐南朝北的屋子前，散落着七八棵上了年纪的榆树。

进屋，热气腾腾，七八个女人在忙，四五个小孩进进出出玩耍。我被分配制作包尔萨克,这种发面做成的面点,是我们常吃的油果子的一种。

面发好。我坐在宽大的炕沿边,开始揉面,面团揉成面剂子,擀成大大的面饼,切条后,剁成菱形小块,放置盘子上,等待下油锅。

院子古榆树旁,一口大锅,三块石头支起,干枯的树枝燃得通红,泛起油泡的锅边站着穿紫红色棉衣的阿尔那西。她有一双巧手,包括包尔萨克在内的面点,样样拿手。

经过炸制的面块,华丽转身,一身金色吸人眼球,也勾引味蕾,我禁不住拿一块塞进嘴里,顾不得说话只频频点头。

从早晨到午饭时间,炸好的包尔萨克像一座小山堆满厨房的案子。我发愁会不会浪费,阿尔那西笑着摇摇头。

婚礼是在两天后举行的。我赶到时,新娘已进了新房,娘家陪嫁的马拴在一棵榆树上。马高大,王子般的贵气让人只能远看。马身上的配饰吸人眼球,我想靠近看一下,但马敏捷地围着榆树转起来,昂头,甩尾,一副不许亲近的样子。阿尔那西说马认生,让我小心。我见识过马踢伤人的事,不敢轻举妄动,匆匆跟着阿尔那西朝礼堂走去。

村委会礼堂内,人头像是雨后的蘑菇,个个都昂着头注视着门厅方向。音乐响起,人们纷纷站立,伴着掌声,新娘身着白色传统礼服,新郎西装革履,一对新人在伴娘伴郎的陪伴下进入大厅。掌声持续响彻整个大厅,新娘面带微笑微低着头,新郎则一脸喜悦地向客人们打着招呼。装扮一新的典礼台上,司仪依照程序一项项进行,厅内交谈热烈。我听不懂哈萨克语,但一对新人脸上掩藏不住的幸福令我由衷开心。

仪式进行中,抓饭、手抓肉等逐一端上桌来,我不会用手抓着吃抓饭,看旁边的人吃得香,不知所措时,一个帅气的小伙递给我一把勺子,瞬间打破了我的窘态。我点头道谢,身边的一位哈萨克族大姐招呼我说:"不要客气,吃嘛。"

接下来，要出嫁的女儿登场，一样是音乐与漂亮的伴娘相陪。送祝福、赠礼物，每个环节都蜜糖般甜到人的心里。

当奔放的《黑走马》跳起来的时候，我也加入人群中，在喜庆的场合跳舞就是祝福，没有人会介意你跳得如何，只要你全身心地投入感受这种幸福时刻。

我擦去脖颈的汗珠，走出大厅，门外站着塞里克汗，也是一脸热气腾腾。"走，喝奶茶去。"他招呼我。此时，一碗奶茶再好不过。

走在瓷实的雪地里，我想，雪也是有眼睛的，此刻，它的心情跟我和阿尔那西以及山谷里的人一样，喜欢这个季节，喜欢这个季节喜结连理的人们。

柏杨河的阳光

柏杨河作为地名，出现在新疆许多地方。但我想说说镶嵌在乌鲁木齐市以东天山余脉处的柏杨河。

一

十月柏杨河的阳光通透敞亮不说，还有几分妩媚，甚至能从树影投下的光斑中感受到一种热烈的气息。我喜欢这样的阳光。我被阳光拥入怀中，甘愿做一片发红泛黄的叶片，共享她的沐浴。

行走在柏杨河沟壑中，土坯房、新盖的砖房或三层小楼房，牛羊围栏圈舍散落于河边、坡上、谷底，共同勾勒出乡村秋日图景。

树,在这里是熟悉的景致。百年树龄的榆树不在少数,几十年笔挺的白杨点亮眼眸,散发迷人香气的沙枣树,杂糅其间。房前屋后零星的果树枝头顶出花瓣时,整条山谷如少女般鲜亮动人。

我来到村里的这些日子,除有一晚下了一场小雨外,其余的时间是秋阳高照。久居城里,几乎成为废人,上坡爬楼喘粗气,身体与年龄不符。到村里爱上行走和劳动。村里组织种植苹果树,我去了。

闻信赶来种苹果树的有老党员郝月霞,与共和国同龄的村民郝才,开店的入党积极分子乔冬梅,青年党员郝建毅、董翔宝等,致富能手张运华夫妇也来了。

"种树修路都是造福后人的事情,能动弹就会过来出一份力。过去革命不怕流血,如今建设家乡不怕流汗。"70多岁的老党员郝才说这话时一脸认真。听了这样的话,我深感惭愧。

苹果树种在河边的空地或者缓坡路旁。树坑是小型挖掘机提前挖好的,减轻了劳动强度。我们两人一组,一人铲土,一人扶树苗。看似简单活儿,一个上午下来,腰酸背痛。中午没有回宿舍,在地边支起一口大锅,村主任亲自为大家做了一锅"胡尔顿"(新疆传统菜,羊肉土豆一锅烩,连汤带菜),主食馒头。平时我一小碗就觉得饱了。这次白瓷碗,我吃了两大碗,外加一个馒头。饭后稍作休息,接着干,这时候我有点吃不消了,从铲土换为扶树苗。之前两人有约定,扶树苗的人负责扛树苗。果树苗都在两米多外,一捆五六株,几十公斤重,司机刚放到我肩头,双腿发软,树苗滑落在地。司机笑着说:"赶紧换人。"与我搭档的养殖能手刘玉红说:"还是我来。"话音刚落,扛起一捆树苗大步向地里走去。我暗自佩服,与她年龄相差无几,干劲比我强。我也是一名共产党员,但与这些乡村党员相比,那种吃苦耐劳的精神都不及他们。不过,一周植树劳动,我还是坚持下来,双手和脚板磨出水泡。手痛握不住筷子,脚痛不敢沾地,但望着一片片苹果树,心里满是成就和幸福。我憧憬三五年后的柏杨河,春天苹果花盛开、秋天果子泛红的时节,我一定会再来,这里是我洒过汗水的地方。

我迎着十月的阳光开始奔跑,去寻访柏杨河更鲜活的故事。

二

这里养育了母亲以及母亲家族众多的亲人,郝家大院让我想起曾经热播的电视剧《乔家大院》。我去过山西祁县,带着我对乔家大院的感受,回来给家里人讲所见所闻。母亲听后说:"咱郝家大院在以前也是数一数二的。"说这话时,母亲语气明显高了,眉梢眼角,甚至是嘴角不约而同一直向上飞扬。

今年已经86岁的二姨回忆说,郝氏家族第一个来柏杨河落脚的人,名叫郝灵,到母亲这辈已是第九代。每年清明上坟,母亲、二姨、三姨和舅舅给我讲过去的事。早先不觉什么,等自己到了不惑之年,常思念亡故于此的先人们。

遥想当年,郝灵携家带眷,一路上风餐露宿,披星戴月,苦不堪言,出玉门关,过星星峡,进哈密,经奇台,到迪化,最后落脚在柏杨河。柏杨河人少地多,山崖石缝间到处是泉水汩汩,沟前沟后都有河,山上牧草茂盛,满沟都是榆树、白杨,郁郁葱葱,虬枝横出,盘根错节,种地放牧都很适宜。人只要勤快,养活一家人不成问题。

柏杨河分南沟北沟。郝灵将家安在了南沟中段一处面南靠北的山坳间,一座标准四合院,依山而建的上房是两廊出水的土木建筑,两根粗大的木柱支撑起前廊,廊檐上雕刻着各种寓意吉祥的图案,廊柱上是一副楹联,具体的内容母亲已经记不得了,只记得是黑底金字。上房是一套两间,外间宽敞明亮,正中放着一个敦实高大的供桌,上面供奉着先祖们的牌位。

每到新年等重要的日子,族人们就会宰羊杀鸡,聚集在上屋祭拜逝去的先人,仪式庄严而隆重,告慰昨天,感恩今天,祈福明天。

大院东西两侧都是郝家几个兄弟居住的地方,紧挨着院门外左首依次是由半截土墙和木栅栏围起来的马厩和牛圈。右首下了山坡就是一眼泉。

一个大院几十口人,同劳动,共生活,不分彼此。几十年的光阴,一个大院已经不能满足族人们生活的需要,一些人便在北沟又陆续建起了郝家大院。

郝氏家族人丁兴旺,等到了母亲的爷爷那辈,同族的堂叔兄弟已有二三十口之多,且家家男丁兴旺,娶妻生子。到民国初期,郝家成为柏杨河最大的一户人家,男男女女,老老少少,竟有三百多口人。

二姨说姥爷去世时,同族送葬的人绵延一里多地。回来吃饭时,大院都站不下,山上坡下都是人,来的亲戚都是没有出五服的近亲。

一个家族的兴衰总无法逃脱社会发展的变迁。在20世纪30年代,家族中遭遇一次前所未有的劫难,山里窜进土匪,且是夜里偷袭,烧杀抢掠,伤亡不少人,当然包括郝家人。二姨说,姥爷的哥哥及其他几个同族的亲属让土匪绑在树上杀死。

当时,姥爷在村子附近小煤窑干活,听到风声将睡梦中的家人拉起来,顾不得收拾东西,骑马翻山越岭,到依山傍水的阜康去逃难,马背上一路颠簸,天亮才勒住马缰绳,歇息一会,至今让二姨想起来心有余悸。等局势稍有好转后,才回到柏杨河山里的家。

土匪的洗劫,让原本宁静的山村不再是人们眼中的世外桃源,心中惶惶不安的人们开始纷纷外迁,郝氏家族的一些人有的迁往阜康、奇台,有的去了乌鲁木齐等地。

母亲有兄弟姊妹十人。二姨说，姥爷是个能干的庄稼人，全家老小十几口人，一百来亩地，有一半是山地，全凭姥爷带着家人干，实在忙不过来，再请人帮工。农闲时，姥爷还要去附近的煤窑下井挖煤挣钱养家糊口，因此姥爷后来落下肺病。

因为母亲，我对柏杨河有种与生俱来的亲切感，只要有空便去爬那里的山，蹚那里的河。

三

柏杨河东南部为山区，水足草丰，是牧民的夏牧场。中部丘陵地带是春秋牧场，一年四季空气清新，山间泉水欢快地流淌，用当下的话说，喝的是天然矿泉水。靠山吃山，山地里种有豌豆、小麦，水地里种有各类蔬菜、玉米、土豆、油葵等作物，自给自足，吃的是健康绿色无污染的食品，这山里出了不少老寿星。

1984年暑假，我去柏杨河姨妈家，在路上看到送葬的人群，浩浩荡荡，蔓延好几百米，心里纳闷，这是谁家在办事，后来得知，这是村民们在送村里113岁老寿星李货郎子。1926年，目不识丁的他在柏杨河孙家大院落户，刚来时给大户人家放牧，20岁时娶妻，后离婚。单身一人，没承想守在山里待了一辈子，脑子灵活的他在山里做些小买卖，时而挑着担子在村里叫卖，时而骑着马到牧区叫卖。货郎子是那时对买卖人的称谓，人们称呼他李货郎子，反倒忘记他的本名。40岁时，他又与一哈萨克族妇女再婚，婚后生活得安稳平淡。他不沾烟酒，但爱喝奶茶，好吃馕，吃肉爱吃肥肉，从不见他说有头疼脑热。他身体一直很好，80多岁时走路利落，90岁时腿脚稍有不稳，拄着拐杖。他91岁牙齿脱落，谁能想到他99岁时又长出两颗新牙。人都说他是返老还童。年近百岁,他耳不聋,眼不花,精神矍铄。天气好的时候,喜欢坐在院墙边,看过往的路人,遇到熟悉的人还搭讪说几句话。

母亲说她上中学那时,村里还有一个叫塔拉德巴依的哈萨克族百岁老人,当时105岁,耳明眼亮,因患有关节炎行走不便,去世时尚有几颗牙齿。

家族中活到八九十岁的老人比比皆是,如今母亲的堂嫂89岁,身体很硬朗,夏日里依然喜欢坐在院子门前老榆树下,边乘凉,边看看远山近树,听听树上的鸟鸣,闻闻山谷里野花的香气。孝顺的孩子想带着老人去山外的公园走一走看一看,老人不肯,说这柏杨河的山里就是天然公园,想看啥都有,在这里最好,哪里也不去。

早先从山里走出来的老人,后来又陆续回到曾经的老屋。尤其在冬日里,原因很简单,城里的天空没这里清亮,看看蓝莹莹的天空,心自然亮堂舒服起来。

这种感受我深有体会,如今其他的亲戚搬离柏杨河,二姨和舅舅还在山里,只要我有空,就会开车去柏杨河。

说来也怪,当车子行驶到柏杨河路口,天空的颜色就发生变化,越往山里走,天越蓝,雪更白,空气更为清冽,太阳都比城里的大,比城里的暖和,也比城里的更为刺眼,在柏杨河才能看到太阳原来的模样。

我不比别人高明,当我想到来柏杨河呼吸点新鲜空气的时候,无论是夏天,还是冬天,总有一些城里人跟我一样,喜欢开车来这里休闲。有徒步的人,有三五成群在河边的树下,铺个毯子,打牌,玩耍,也有自带东西,来此做烧烤的。

喜欢在山沟里走一走的我,每遇到这些人就会主动搭讪,来玩的人无一例外喜欢这里清新的空气,饭点就近在农家乐喝点干净水,吃点山里的菜、山里的鸡、山里的羊。无论挣钱再多，什么也没有健康重要，这是人们的共识，渐渐地看似寂静的山村也热闹起来，尤其每到周末，一早一晚，来往柏杨河路上的车辆川流不息，大多是来度假休闲的人们。看来，想长寿不是一两个人的愿望呀。

四

"上学是大事。"长辈们都这么说。

1943年，柏杨河梧桐窝子成立了第一所哈萨克族牧民小学。

这个消息传遍整条山沟，已经到上学年龄的二姨也嚷嚷着要去上学，可梧桐窝子离柏杨河有几十公里远，哪是说能去就去的。距离远不说，雪上加霜的窘境，实在无法满足这个看似再正常不过的诉求。

读过私塾的姥爷到底是通情达理的，当得知柏杨河成立教学点，且离家不远时，他让家中的几个孩子都去读书。

教学点位于南沟到北沟路边一处平滩上，校舍是利用旧时"五圣宫"大殿。大殿长约10米，宽有7米，土木建筑，屋顶是青砖灰瓦铺顶，还有一个和尚。大殿做学堂，和尚回原籍，将原本供奉在大殿的那些神位牌，请到石嘴山的山洞里。虽然去山洞的路有些崎岖陡峭，可依然无法阻挡善男信女的脚步，常有人去祭拜诸神。当然也时常听说在那条山路上有捡到铜钱的人，有摔伤脚的人。

教学点唯一的教员是县里派来的，姓毛，时年有三十多岁，方脸盘，戴一副黑边眼镜，中等身材，说话不紧不慢，文质彬彬。随毛老师来的还有他媳妇和两个男孩。他们一家住在五圣宫旁的厢房内。

毛老师是一位多面手，除教数学、语文外，还教孩子们图画、音乐和体育。教学点三十几个孩子，有十三四岁的，也有六七岁的，年龄相差较大。他按年龄分组，教不同课程。对学习能力差的学生会课后补习，对有特长的学生更会倾注更多精力。毛老师细致耐心地教育学生赢得家长们称赞。条件好的人家送鸡鸭，遇到谁家宰牛羊，也会割块肉送到毛老师家里去。条件差点的家长也不忘送几枚鸡蛋或者一两个馒头花卷，聊表心意。夏秋时节，各家的蔬菜玉米等络绎不绝送到毛老师手里。不管谁送他都会谦让推辞一番，抹不过情面，收下也是千恩万谢。那时照明是煤油灯，各家舍不得多点一会儿灯。煤油贵不说，关键不好买，要去几十公里外的县城才能买到。有几个爱学习的孩子，晚饭后又钻进毛老师家，借着油灯看书或写作业，毛老师从没厌烦过。

给山里人带来希望的教学点，只办两年多就解散了。一些稍大的孩子回家放羊放牛，也有帮着家里人去割草挖煤。

两三年后，当村里成立夜校，二姨三姨抢着去报名，白天干活，晚上步行五六里地去夜校学习识字。有人劝她俩别上夜校，气温零下30多度，夜里寒风刺骨，山路又滑，极不安全。再说，一个女孩认字又能干啥？她们有自己的主见，学跟不学总会不一样。现在用不上，以后没准会用上，到时候学就来不及了。

当时家里生活困难，没钱买铅笔本子等文具，只好用一个鸡蛋在村里小杂货店换一支铅笔、一个本子和一块橡皮。本子写完用橡皮小心翼翼地擦干净，又重新写上字，这样反复使用，直到本子被橡皮擦烂，不能再用为止。

事实证明，当初上学是有用处的。三姨结婚后，随三姨父去了昌吉，三姨父因参加过淮海战役，拿着部队上发的红本本以及军功章，有关部门将其分配到硫酸厂工作，一个月有69元的工资。三姨作为家属，也受到照顾，因读过书识字被分配在昌吉州幼儿园工作，一个月也有28元工资。这在当时来看是令人羡慕的家庭，双职工，日子比柏杨河山里人要好过得多。

可没干几年，赶上中苏关系紧张，为保一家人平安，三姨父带三姨和两个女儿回山东老家。后来三姨恋着柏杨河的山，想着柏杨河的水，更思念柏杨河的亲人们，整日茶不思，饭不想，执意要回新疆。无奈之下，三姨父带着一家人又回到柏杨河，先借邻居房子住下来，在南沟的沟口处挖山平地，盖起几间平房，安定下来，过起正经八百农民的生活。在这个院子，三姨先后有四个女儿和一个儿子，加之此前的两个女儿，家中大大小小七个孩子。

三姨因自己有教学的经历，对七个子女的教育自是严格。在70年代初期，生产队招收代课老师时，她家的三个女儿先后都被录取，一时成为山里人茶余饭后津津乐道的佳话。没几年，代课老师转正考试，综合各方情况，大女儿成了一名正式教师，其他两个女儿则转行另谋出路。

无论是在柏杨河教学，还是在铁厂沟，以至于后来在县城学校教学，柏杨河同族郝家人都喜欢进三姨大女儿玉萍的班，实在进不去，也要放在邻班教室，期盼这个当老师的亲戚能对孩子有所关照。从那时起，起初在玉萍宿舍，后来在玉萍家里，总能看到前来补习或借宿于家中的亲戚们孩子的身影，少则三四个，多则十几个，加上自己家的人，在不大的房子里一下子拥满这么多的人，孩子的自我约束能力总是有限的，姑且不说学习，给这些孩子们做饭都不是简单的事情。也许是当老师固有的本领，玉萍总能让这些年龄不同、性格各异的孩子们，服服帖帖地听她的话。不大的屋里，叽叽喳喳、打打闹闹一群孩子。不说休息，就是吃饭，凳子根本轮不到你坐，早被抢坐一空。菜只要端上桌子，不用说，一眨眼的工夫，盘子见底。孩子们都在长身体，饭总不够吃，那就多做点。即便如此，玉萍饿肚子也时常发生。可几十年里，玉萍家一直如此，若少耐心怕是坚持不了这几十年光阴。

桃李满天下，是对老师的赞誉。那些曾在玉萍家吃饭补习过的孩子，毕业后当了公务员、老师、护士、厨师、司机等，也有甘愿自己打拼做生意的人，当然也有回到柏杨河放羊种地的人。

不论这些孩子们在做什么，曾经相似的学习经历都对玉萍怀有感恩之情，在众多的姨表姊妹中，我从中能深切地感受到，大家对玉萍的尊重和喜爱。

如今玉萍已经退休，成为奶奶级的人，可她家里依然有不少孩子，这些都是孙子辈的人。我彻头彻尾地佩服她，问及啥时不看孩子了，她笑着说："等走不动就不看了。"

在整个家族中除玉萍外，还有舅舅的大女婿，振国家的女儿田田，以及其他堂叔姨表姊妹家从事教育的人，粗略算来有十几人之多，这令家族引以为傲的职业在这一门里可谓枝繁叶茂。

五

80年代初期的柏杨河还没有通电，家家户户都点着石油灯。二姨说以前在柏杨河独山子附近发现外溢石油，从此山沟里的农牧民取之照明和润滑车轴。后来政府不让私自采油，山里人骑马到县城买来石油点灯。那时马是人们出行最便捷的交通工具。等山沟里陆续开采煤窑，才有拉煤的卡车。人们出山多一条途径，顺路搭乘过往的运煤卡车。

那时卡车司机都有些派头，为能搭便车，有给司机送鸡蛋的，有送大公鸡的，有送酸奶疙瘩的，也有送从山里抓来的呱啦鸡的。出山的人多，进山的卡车少，拉谁不拉谁全凭司机一句话，所以司机成为山里人追捧的香饽饽。在司机等待装煤的间隙，请司机来家里吃饭喝酒的人不在少数，朴实的山里人想通过这种方式，拉近与司机们的距离，期盼每次出山时能坐上车。要知道,骑马出山最快也要两三个小时,如果步行,即便从孙家大坂翻山到铁厂沟再到县城也要走上大半天。倘若与某个司机熟络,顺路带个人,捎点东西都很方便。

路成了山里人与外界沟通的桥梁,却也是制约发展的最大瓶颈。因为从县城到柏杨河全程都是土路,遇到下雨或春季冰雪融化时节,坑洼不平的土路就更加泥泞不堪。

1982年初春,二姨的大女儿结婚,春雨后的土路太泥泞,娶亲的车停在进山的路口。接亲的人只能步行到二姨家,此时已是中午时分。按老规矩,姑娘要早出门,中午就要娶回婆婆家。如此看来,在糟糕的道路面前,许多原本固守的规矩无法遵守。

有一年过年,我跟随母亲从县城坐班车到铁厂沟,又从铁厂沟步行到柏杨河姨妈家。那些年冬天,天冷不说,随便一场雪就有一二十厘米厚。等到春节前夕,地面积雪至少有半米厚,虽有一条人能穿行的小路,步行十几公里的山路,也要三四个小时。

当我叫苦连天时,母亲说这比她上学那时近一半的路程。我没有从柏杨河步行到县城的经历,无法想象三十多公里路程步行会是怎样的感受,这一趟下来,我已经有些吃不消。母亲因当年往返练就的速度与耐力,让我望尘莫及。如今母亲已经是古稀之人,走起路来也比我快。我陪母亲上街,她总嫌我像蜗牛,一个人径直而去,落下我在她的身后,她宁可提前走在柜台前等我,也不愿意跟我慢步前行。回想起来,母亲感谢曾经那漫长的回家之路,练就她走路的硬功夫,让我自愧不如。

电视上热播《西游记》的那年,我上初中,这一年柏杨河有两件喜事,第一件喜事是修通柏油路,另一件喜事是通了电。

那是秋日的一天,好像我还没有开学,当时我住在二姨家,清楚地记得通电那天人们的喜悦心情。所有的村民都走出家门,渐渐围拢在乡政府门前，个个伸长脖子，瞪大眼睛，目光投向高高的铁栅栏门里，希望早些看到光明的出现。黑了上百年的老百姓，被黑怕了，渴望的眼神能穿透厚厚的围墙。

早几个月前就开始忙碌的电力工人们，已经与山里人都熟悉，得知这天要通电，人们跟过年似的，当电线拉进一家一户的房梁上时，几毛钱一个的灯泡成了最热销的商品，乡供销社商店已经断货。

此时人们眼里，其他的农活都不重要，唯独这电才是头等大事，人们不知道乡政府的灯亮的同时，自己房梁上的灯也会亮，当15瓦的灯泡瞬间发光时，有的人用双手捂住眼睛，如此刺眼的亮光在点惯了石油灯的人们看来，简直就是一种奢侈。

二姨在灯亮的那一刹那，眼眶里滚出热泪。她用衣袖擦拭着眼泪说，这下娃娃们写字就亮堂多了。二姨父慢悠悠地摘下头顶那看不出颜色的帽子，放在炕沿边，挪动身子，老练地从衣袋里拿出一个巴掌大的搪瓷盒，打开盖，卷一支莫合烟，吸一口，微微一笑说："这下子，你做针线活方便多了，再不用跟娃娃们挤到黄豆大的灯前，凑热闹了。"在我眼里，二姨父是个严肃的人，极少看到他笑，似乎这世上没有他高兴的事情，这次却表现得极为喜悦，难得地露出笑容。

此后几年间，因为电压不稳、电力不足等原因，时常有停电断电的时候，但柏杨河人已经很知足。在没电的时候，也以山里人特有的韧性，默默地等待着。

如今，去往柏杨河的路是清一色的柏油路，每年春天都会对公路进行维护，路面平整光亮，行驶在路上的多半是新式的卡车、时髦的轿车。曾经往来这条路上的马车、"嘎斯车"（苏联生产的一种型号的汽车）、拖拉机等都不见了踪影。昔日那些赶车人、开车人都已年逾花甲，当他们再来到柏杨河时，发现不仅路平整宽阔，电线杆也被高高的线路铁塔取代。

临近春节,我驱车去柏杨河,二姨妈的四儿子自制熏马肉,让我们去品尝。车子在路上飞驰,如利剑一样的阳光让我睁不开眼睛。我忙从储物箱里拿出夏天的太阳镜架在鼻梁上,眼前的世界变得发灰,但这个颜色不沉闷,有一种高级感。我想不是山变了,是心情的调色板改变了眼中的色彩。

芬芳阿瓦提

慕萨莱思的香气比风提早抵达。

阿瓦提，真是让我一次次去不够的地方，觉得这块土地是一个硕大的酿池，到处都是慕萨莱思的芬芳，以至于我忽略了阿瓦提其他的美景、美食。

我承认，太迷恋这种芬芳，只那么一想，便陶醉起来，迫不及待地想端起盛满慕萨莱思的酒杯，跟你，跟他，跟明月，跟清风，抑或是跟自己干一杯。

许多人，不觉得慕萨莱思是酒，不过是暗红色的饮料。起初，我也这样认为，甚至在初次与慕萨莱思相遇的时候，从心底小瞧了它。有什么了不起？我才不怕你呢！不知道从哪里冒出来的自大与狂妄，让我思想麻痹，放松警惕。

同学迎宏把慕萨莱思的杯子递给我时，看着他眯成一条缝的眼睛，一时间，觉得他目光里有许多东西，我似乎没有畏惧，目光坚定有力与他的目光相撞，丝毫没有在杯子上停留一秒钟，端起溢满的杯子，将慕萨莱思一饮而尽。

几杯下肚，我便觉得耳热心跳，人兴奋起来。"别只喝酒，快讲讲这慕萨莱思的故事。"

土生土长的迎宏，向我讲述起阿瓦提有名的慕萨莱思酿造匠人伊布拉音·帕夏甫的故事。

清光绪五年（1879年），伊布拉音·帕夏甫出生在阿瓦提县。不知道伊布拉音·帕夏甫的父亲是否会酿酒，或者是否善于饮酒。在伊布拉音·帕夏甫成年后，对酿造慕萨莱思情有独钟，甚至是到了痴迷的地步。起初是酿造给家人及邻居们饮用，饮者无不夸赞他酿造的慕萨莱思好喝。

独乐乐，不如众乐乐。在家人和乡亲们的鼓励下，伊布拉音·帕夏甫开了一间酿制慕萨莱思的作坊。这间作坊置身于民居中，简朴得跟他的衣着一样。如果不是慕萨莱思的香气指引，很容易与普通民居混淆。可慕萨莱思的香气是一个没有腿的情报员，这间作坊的信息被无形无影的风儿捎到一户一户农家。

如此一来，伊布拉音·帕夏甫的作坊热闹起来。年轻的汉子、银发的长者，三五结伴，七八成群，乃至一二十个、二三十个，蜜蜂一样围在作坊门前。一时间，这里成了一处品尝慕萨莱思的场所。饮者们或蹲或站或依靠在向阳的墙根，哪怕杯子里已经没有一滴慕萨莱思，谁都不肯离去。

"再来一杯？"

"一杯不够，两杯、三杯我们跟前要呢！"

"你呢？"

"心里嘛，想呢。"

"老婆子，骂呢！"

一阵笑声，一阵唏嘘声，一阵叹息声。

阳光赤裸裸地扑向这些端着慕萨莱思的人们，手臂、脸庞沾满尘土，却散发出一股温暖炽热的光泽。

这些人，在地里种麦子、种棉花、种水稻、种玉米、种向日葵，自然也种酿造慕萨莱思的葡萄。他们的手无一例外都是弯曲、布满茧子的手。与之相握时，粗粝，有力。就是这样的一双手，握住酒杯时，瞬间变软，如脚板踩在土地上一样，踏实舒坦。

每个人都很享受边喝边聊的这种氛围。用当下的话说，这里就是一个露天酒吧，放松身心，交流情感，互通信息。

这酒吧好似一块磁铁，将四面八方的人都吸引过来。不仅仅是本乡本土的庄稼人，还有骑着骆驼、骑着毛驴的买卖人，以及前拥后呼的官家人。总之，各色人等都成了这里的座上宾。身份并不重要，重要的是来的人都只为一杯慕萨莱思。

相熟与陌生，在杯子举起相碰的一刻就拉近了彼此的距离，称兄道弟，好似故友重逢，勾肩搭背，耳鬓厮磨。

俗话说，来的都是客。伊布拉音·帕夏甫是一个热情敦厚的人，怎么会让客人长久地站着饮酒呢。

接下来，伊布拉音·帕夏甫与家里人一起，撸起袖子，打土坯，盖起了供客人休息的店铺。坐北朝南，很是宽敞。坐着总比站着舒服，到作坊里来畅饮慕萨莱思的人越来越多，常常是一座难求。遇到节庆或者农闲，来往的人只能站在门外。如此，谁也不会在意。

伊布拉音·帕夏甫的生意越来越好。

怎么说呢，当时并非伊布拉音·帕夏甫一人会酿造慕萨莱思，可偏偏是他酿造的慕萨莱思甘冽醇厚，口感比别人家要好，更要紧的是放一年都不会馊。凭借这一优势，就将同行打败。这秘密不会轻易传授于人，依照现代的说法,这属于商业秘密,必须严格保守。

那些进了伊布拉音·帕夏甫作坊的人,一高兴便喝多了,这一多必然是醉。醉了,没人会撵你走,只要愿意,偌大的炕随便你睡。

夜里路过酒坊,此起彼伏的呼噜声、鼾声,成为夜幕中一曲独特的歌。曲调是任何一个作曲家无法模拟复制。这弥漫着慕萨莱思香气的街巷,传递出市井生活里人间烟火的绵柔与细腻,温情与安逸,通透与达观。这歌声,让蜷缩在农家院子里的狗,不时发出几声犬吠,让熟睡的夜空多了一份生机。

在许多人眼里,到伊布拉音·帕夏甫作坊里畅饮一次,跟过节一样,幸福无比,快乐无比。

后来,伊布拉音·帕夏甫结婚娶妻,他妻子也是贤惠豁达之人,凡到作坊里饮酒醉卧,醒来肚子饿了,还免费供应饭菜,热茶热馕管够。若是到了晌午才醒过来的人,还有热菜热面相待。如此优厚的待遇,让无数人慕名而来。

听到这里,我想,就是如今,再精明的商家也不敢推出这等销售策略。在一个世纪前,伊布拉音·帕夏甫率先在自己的经营中,大胆实施,不能不说其商业谋略胆识过人。

一百年前,不像现在的微信、微博、抖音、邮件等新媒体让信息秒间扩散,且是几何倍数的增大,网红商家雨后春笋,层出不穷。那时候,靠的是人与人之间的口口相传,再要说快一点,就是骑着毛驴,赶着马车的速度。

好东西都会有一双翅膀。

那些从阿克苏、温宿或者更远的喀什、和田过往的商人们路过阿瓦提,都要到伊布拉音·帕夏甫的作坊停留下来,亲自品尝一番久负盛名的慕萨莱思。一个个都夸伊布拉音·帕夏甫酿的慕萨莱思好喝,用皮囊、水壶等装满,随人带走。

好生意的伊布拉音·帕夏甫,人品也是没得说。作坊进进出出的人,聊天拉话,免不了东家长,西家短,各种是非,杂七杂八的小道消息自然会滋生出来。伊布拉音·帕夏甫面对各种信息,只听听而已,从不言语。有人跟他要个说法时,他耸耸肩,咧嘴笑笑。

每每遇到穷苦之人,伊布拉音·帕夏甫解囊相助。这份爱心,跟他的慕萨莱思一样,不胫而走,登门的人越来越多,他从没将一个乞讨者挡在门外。要知道,那个年月吃不饱肚子的大有人在,像伊布拉音·帕夏甫这样热心肠的人倒是稀缺得很。

我被伊布拉音·帕夏甫的故事感动,主动与迎宏干了满满一杯。

"觉得这慕萨莱思怎么样?"迎宏一脸通红问。

"这是我至今喝到的最好的葡萄酒。"

"要是喜欢,我寄给你。"迎宏说。

我为同学的话,又干了一满杯。

麻烦来了。我觉得腿不是我的腿了,不听我的指令。我想起身,可身子重得跟石头一样,根本站不起来。我能想象自己脸上的表情,努力挣扎,又故作镇定。

是的,我被阿瓦提的慕萨莱思迷醉了,醉得不会走路了。此时,暗自有点气恼自己,在慕萨莱思面前逞英雄,那是自找无趣。结果出来了,高下不言自明。瓶子里的慕萨莱思依然安静,自己却燥热难耐。

隐约想起一句话,酒在瓶子里,你是英雄;酒在肚子里,你什么都不是了。我笑起来,迎宏与一桌人都笑起来。好酒要喝尽兴,再来一杯,再来一杯。

迎宏的妻子给我端来一杯温热的开水,我非要再来一杯慕萨莱思。迎宏给我斟满,迎宏的妻子不愿意了,沉下脸来,不让我喝。迎宏说,要喝就喝透,如此才能记住阿瓦提,记住慕萨莱思,哪天没准这段经历会成为她写书的一个由头。

我腿软,可心里明亮,觉得还是迎宏了解我。当然他妻子用意自然也是为我好。为了化解当时的尴尬场面,同桌的人站起身来,将杯子里的慕萨莱思倒了一半,将杯子塞进我的手里。

这半杯入口,我彻底成了慕萨莱思的俘虏。

由此,我终生难忘阿瓦提的慕萨莱思。

迎宏隔三岔五就给我寄过来慕萨莱思。每每打开慕萨莱思,我都想起初次喝慕萨莱思的一幕,也是从那时起与慕萨莱思结缘。好比相识一位友人,再也割舍不断彼此间的情谊。

后来,上海、湖南、河北的客人来新疆,我拿出迎宏寄给我的慕萨莱思款待,没有一个不说好的。我不知道迎宏听到了没有,也不知道伊布拉音·帕夏甫听到了没有。我听到时,心里特别舒坦,还有几分美滋滋的感觉。

也就在几天前,迎宏打电话给我,说寄了慕萨莱思,让我注意查收。心里发热,抵消了初冬寒风的袭击。

我端坐在窗前,玻璃里有我的影子,渐渐又多了一个人的影子,如果没有猜错,那影子是伊布拉音·帕夏甫。我眨巴几下眼睛,想是眼睛花了,怎么出现了一百多年前未曾谋面人的影子呢? 想来是,我常常念叨慕萨莱思,作为阿瓦提制造慕萨莱思的知名匠人,以这种方式与我一见吧。

其实,我想跟伊布拉音·帕夏甫干一杯,感谢他让阿瓦提芬芳了一个世纪,让我一次次在痛饮慕萨莱思后总想开一间属于自己的酒坊,如他当年那样为喜欢慕萨莱思的人提供一个无拘无束的地方——抛弃尘世的烦恼、忧愁,在慕萨莱思的醇香甘洌中享受忘我无我的逍遥。

我出生的地方,不产慕萨莱思。整个新疆偏偏是阿瓦提的慕萨莱思最好,名气最大。我想,为什么阿瓦提人脸上的笑容总比别处人的笑容更甜蜜些，想来与酷爱饮用慕萨莱思多少有些联系。

我行走在阿瓦提的街上，觉得来来往往的他们真是甜蜜的人——那些葡萄，这些慕萨莱思，发酵成了多少故事？要是细细讲起来，怕是《一千零一夜》也比不过。

梦，酒坊，注定这是一个梦，一个永远无法实现的梦。但我痴迷慕萨莱思不是梦，是冬日傍晚围炉夜话里心仪的一次欢饮。哪里来的孤独，哪里来的空寂，哪里来的烦闷，一切统统被慕萨莱思消解。

这一夜的芬芳，定是无眠之夜。

第四章

撞向时光

喀赞其的门

我一直认为建筑带给人们精神上的震撼以及灵魂上的抚慰，是其他东西无法取代的。就伊犁而言，我喜欢喀赞其（"喀赞其"维吾尔语，译为"铸锅为业"。这里以手工业者居多，至今各种手艺还在延续着）。准确地说，是喜欢那里的门。建筑中的门，如同人的嘴唇，意义不同，更会让人记忆深刻，我对喀赞其便是如此。

一

进入喀赞其，我被各式各样的门所吸引。我放慢脚步，不放过每一扇门。或关或开的门前，我都要拍照，都会驻足一会。似乎我来拜见故友，在努力辨识曾经进过的一扇门。

最早听到喀赞其是四十年前的夏天。在我家浓荫的葡萄架下，伯父带着一个戴眼镜的男人来我家看奶奶。母亲忙着做饭，父亲拿出好酒相陪。一家人与客人唠家常。

席间，我得知这人是伯父的朋友，年长伯父一岁，每次来乌鲁木齐都会在伯父家住两三天，且每次都要来看望奶奶，如此与父亲相熟。奶奶给客人夹菜，说："玉新，多吃菜。"从奶奶的眼神里不难看出，她对这人的疼爱。

后来我得知伯父的这位朋友叫李玉新，是锡伯族。李伯伯给我们讲述他被喀赞其一位俄罗斯族妇女相救的往事。

李伯伯是在迪化（今乌鲁木齐）与伯父上学时认识的，比伯父高一级，算是学长。毕业后回到伊犁，不想回去一个多月母亲病故。幼年失去父亲，刚高中毕业，母亲又去世，他在街坊邻居及母亲生前好友的帮助下，才将母亲后事料理妥当。这样的打击令李伯伯伤心至极，最令人揪心的是李伯伯又染上肺病。与他母亲相识的一位俄罗斯族大婶阿加西将他搀扶到家里，帮其看病，配以可口的饭菜，如此一个多月，直到休养痊愈。这位好心的阿加西大婶就住在喀赞其这条街上。

他依稀记得，阿加西大婶家有一架手风琴，每天下午阿加西大婶会拉一会儿手风琴。阳光从窗外漫进屋里，洒在阿加西大婶的身上，光彩照人。琴声悠扬，回荡在屋里，李伯伯心情愉悦。

有一次，李伯伯问阿加西大婶，什么时候学拉手风琴的。阿加西大婶说，她母亲教的。她母亲曾是一名音乐老师，会好几种乐器。小时候，家里各种琴声不断。她母亲琴弹得好，歌唱得更好听，自己没继承母亲的好嗓子，这多少让她感到遗憾。但能学会手风琴，她从心里感激母亲，不然真不知道如何打发干枯的日子。

李伯伯说，在阿加西大婶家，罗宋汤、卡莎粥、布林饼、黑面包等食物让他领略不同以往的美食，尤其是罗宋汤，他每次都能吃两碗。后来他尝试着做罗宋汤,但怎么都做不出阿加西大婶做的味道来。这种色泽红亮、口感酸爽的汤品,成为他念念不忘的一个话题。美食与音乐抚慰了他。临别时,阿加西大婶拥抱着李伯伯含泪说:"玉新,我这里就是你的家,随时欢迎回家。"

李伯伯说,他直到巷口,眼泪依然止不住。回头一瞬间,看到阿加西大婶身披蓝色披肩目送他时,不忍心多看一眼,似乎站在那里的不是阿加西大婶,是他母亲。

李伯伯痊愈后来到乌鲁木齐,一时无处安身,便住在奶奶家,后来找到工作,住单位宿舍,隔三岔五来看奶奶。

李伯伯虽然离开伊犁,离开喀赞其,但心里一直惦记着这位救命的阿加西大婶。一次,李伯伯去塔城出差,返回时转道伊犁喀赞其。一打听得知,阿加西大婶在70年代中期去世,老屋还在。李伯伯找到那条巷子,院子易主,院门李伯伯一眼认出来。之前院门是蓝色的,如今改为砖红色,门上的两个兽面铜环依旧威风凛凛地注视着路人。

李伯伯轻轻推开院门,这是一扇普通的门,在他心里却意义非凡:他生命垂危时,与这里结下终身的缘分,如同母亲赐予他生命一样,终身牵挂爱恋。他在院里站立良久,眼眶里噙满泪水。屋里有人,他努力想控制住激动的情绪,可思念的阀门被这扇门打开后,如山洪一泻千里。他那柔软的眼帘根本无法阻挡汹涌而来的泪水。滚烫的泪水顺着脸颊滑落,裹挟着空气中的尘埃,缓缓下落,坠地一刹那,将他多年对阿加西大婶的思念都融入土地中。他深信,不光他有记忆,这门、这房子、这院子,这里的一切都有记忆。人的记忆一旦与物的记忆碰撞后,会形成一种合力,这种力量能恒久存在于世。

那天无风,当李伯伯离开时,院里树叶哗哗作响,似乎在向他叮嘱什么,又像跟他在诉说什么。他停下脚步,转身环顾院子,那响声像是施了魔法,忽然停止,四周一片安静,正当他感到诧异时,一群鸽子飞过院子上空,嘹亮的哨声打破了宁静。同行的人说,看来你还得回来啊,鸽子都舍不得你离开。

几年后,李伯伯又来到这里,房子的主人换了,房子也翻新了。房主说翻建时老旧的椽子和门窗都在,这些物件也没卖,陈列在旁边不大的房间里。他将旧物件拍照留存起来。

旧物有情。我在那棵老树前,驻足良久,昨天是今天的历史,今天就是明天的历史,这一件件旧物,一张张照片,这棵老树都是巷子变迁的见证者。

二

一个地方,能否让你深入了解,一定与这里的人有关。

四年前我来到喀赞其时,推开了一扇蓝色的大门。门上附有圆形、拱形、菱形、折线纹等几何图案,屋子墙面镶嵌着同样的几何纹饰,叠加的组合产生重复的韵律美感。房屋的外廊和厨房以及外廊前葡萄架有机地组成室外的绿色空间,形成一个十分雅致、幽静、凉爽舒适的室外生活环境。

热爱音乐的居玛大叔热情地引我们进屋,喝热茶,吃点心,我们看着他家一面墙的乐器,希望有幸聆听一下。居玛大叔很高兴,说还有几个民间艺人马上到。七月的天气,大叔提议坐在院子里葡萄架下,这正合我意。几分钟后,来了三个年轻的民间艺人,他们大概不到三十岁,分别拿着都塔尔、弹拨尔,令我意想不到的是,有一个年轻人手握小提琴。他们几个人坐在中间,我们围坐在四周,居玛大叔拿起手鼓,四人合奏一段《北京的金山上》中的片段,接下来是都塔尔、弹拨尔、小提琴的独奏。音乐响起时,我们都静默地聆听。音乐停止时,院子里顿时响起热烈掌声。作为生活在新疆的我,对这些乐器是熟悉的。

我问居玛大叔家里为什么有这么多乐器时,他慈祥的目光看着我说,他与共和国同龄,每到这一天他很开心,他的日子一年比一年好。从小喜欢音乐的他,过去生活不管多么艰难,只要手里拿着乐器,什么忧愁都抛到九霄云外。酷爱音乐,开始收集各种乐器,二胡、京胡、板胡、琵琶、马头琴、冬不拉等。痴迷乐器的他,拿着乐器忘记时间的存在,错过吃饭的点是常事。家里人纳闷说,难道摆弄乐器,肚子不饿?居玛大叔笑着说,饭一两顿不吃饿不死,一天不摸乐器难受得要命。

有一次,居玛大叔生病住院,起初人浑身发软坐不起来。三四天后,能勉强靠住被子时,让家人回去拿琴。家人低声说,这是医院,不是家里,病人需要安静休养,琴声会打扰到病友休息。居玛大叔说,我摸一下琴,不弹。琴拿来后,他来了精神。把琴翻来覆去地看,像是与久别重逢的孩子相见似的。同病房的两个病友见他拿琴抚摸的样子说,给我们弹一首吧。他说,担心影响你们养病,担心护士不同意。两个病友说,没事,护士来了就说我们让你弹的。居玛大叔拨动琴弦,病房一下热闹起来,隔壁的病友来了,护士来了,医生也来了。大家夸赞他琴弹奏得好。居玛大叔心情好,身体好。没几天,他出院了。

居玛大叔的心思一直在乐器上,走到哪里都要打听乐器的事,经年累月,家里乐器越来越多,无处可放,乐器挂上墙,酷似一个家庭乐器陈列室。每一种乐器都有故事,它们静候在那里,成为他家最靓丽的一道风景。

大家听居玛大叔讲他和乐器的故事,十几双眼睛注视着居玛大叔。我也听得入迷,心想若有机会,一定再去拜访他,记录他的故事,让更多人了解这位热爱音乐、痴心乐器的老人。

我们走出院子,上车驶向返程的路,耳畔依稀飘荡着音符,不仅回响在我的心里,也回荡在广阔的天际。

三

　　这次来喀赞其，我们去探望一位从乌鲁木齐嫁到这里的阿达莱提，她娘家在乌鲁木齐县安宁渠镇，与乌鲁木齐市米东区一路之隔，这里的人以种植蔬菜闻名。她是当地种菜能手，得知我们要来的消息后，阿达莱提早早站在枣红色院门外，笑吟吟地等候。

　　朋友相见，甚是欢喜。我俩拥抱，男士们握手。我们跟她进入小院。院门不大，可进院子别有洞天，二百多平方米的院子，收拾得干净整洁。院子一角有片菜地，辣子、茄子、西红柿、豆角、香菜，行距株距整齐，一看就知出自行家之手。

　　菜地边摆放着盆栽的石榴花、海棠花、月月红、月季、三角梅、君子兰和一棵无花果树。每一种花开得欢实，似乎花儿们在进行一场比赛，看谁开得漂亮，叶子浓密，不见一枚叶片发黄。

　　院门西侧，一个土灶吸引我，这种土灶已很少见。三十年前，我家也有，土坯砌成方形灶台，四周抹有泥，又刷石灰，白白净净。与普通的土灶相比，洁净耐看。炉子上坐着一个搪瓷茶壶，白底红花。炉子面洁白如新，没有一点污渍，可见她是极为爱干净的人。茯茶在壶里沸腾了，她提过来给我们依次斟茶，深琥珀色的茶很诱人，我小心地沿着杯口吹几下，希望茶快点凉下来，倒不是我口渴，只想品尝喀赞其普通人家热茶的味道。

　　好茶要好水。这里饮用的水是来自西天山的雪水和山里泉水汇集而成的水，茶自然有味道。

　　炉灶最小的炉圈躺在一边，炉膛里火苗像兴奋的孩子，欢快地在炉膛里跳跃着，不时探出头来，看看我们。这景象我已多年没看到了。顿时,心热了。儿时家里没电,冬天漫长的夜里想看书,揭开炉盖,让火光照亮屋子。我搬个小板凳,坐在炉子旁看借来的小人书。其他人没有觉察我怎么会挨着炉子坐,我也没有讲过去的往事,许多事一个人与记忆交流更有趣味。

阿达莱提家的厅室布置得整洁朴素雅致,四壁呈白色泛蓝,墙上挂着壁毯,靠墙置床,被褥均展铺于床上,床上还摆设镂花方枕。客厅中央置长桌,家具及陈设品多遮盖有钩花图案的装饰巾,门窗挂丝绒落地式垂帘,并衬饰网眼针织品。高大的柜子里陈列着水晶、陶瓷、铜制等各种精美的茶具。在中间一格里,摆放着她与家人的合影。

热情的阿达莱提为我们准备了丰盛的午饭,烤羊肉、抓饭、薄皮包子、大盘鸡、面肺子、米肠子、凉粉、马肉、酸奶、格瓦斯等,我们的胃都已经到了极限,可阿达莱提还在往桌上端她准备的美食。

我说她别忙了,跟我们一起吃。半晌她才坐在我的旁边,我问她,来这里习惯吗?她嘴角挂着笑容,明亮的眼睛看着我说,在这里生活得很好,孩子已经两岁多了。丈夫做水果生意,她在家料理家务带孩子,现在比结婚时胖了好几公斤,人也白了。一家人日子过得安稳幸福,她很知足。

走出这扇枣红色的门,我们随意在巷子里走着,挺拔的白杨树,流着清水的小渠。我依然在关注大大小小、颜色各异的门。有的老人安静地坐在自家门旁的凳子上,一脸慈祥,目光淡定地打量着过往的人;三五成群的孩子在门前玩耍;有的妇女则提着水壶给花儿们浇水。

许多的门都是半开着,或者完全敞开着,极少有上锁的门,说明多数院子里是有人的。

忽然,我想起了那个在米东街头卖袜子的女人,我买过几次她的袜子,闲聊中得知,她曾从霍城嫁到喀赞其某户人家,起初在一家缝纫店打工,她不会裁剪,只好做些收裤边、换拉链等辅助的活,工资不高。为多挣点钱,她又去一家餐厅打工,干些洗碗洗菜的杂活。她的手在水里浸泡久了,肿胀起来,疼得钻心,无奈只能另做打算。后来一个邻居请她帮忙照顾一位瘫痪的老人。这活一点都不好干,但她很看重这份工资,因为工资高不说,还管三顿饭,离家近,孩子也能照顾上。老人一年后去世,她又失业。日子再难,她始终没有放弃过,不停去找适合自己的事,保洁员、包子工、理货员等都干过。后来离婚,带着孩子来到米东。她说米东的房子都太新,没有喀赞其的那么古老。我笑了笑,心想别说米东,怕整个新疆也找不出第二个喀赞其。它是独一无二的,其他地方真不好比,也没法比。

如今,我走在喀赞其的街区,擦肩而过的"六根棍",是爷爷曾经坐过的。沿街鳞次栉比的马具店、铁器店、乐器店、小吃店、老杂货铺子、老副食品店、牙医诊所、理发店等吸引着游客的眼睛。高矮不一、风格各异的老屋如棋盘一样,在静默中演绎自己的人生。这种古老、朴实、原生态的生活方式,在城市化过程中能保存下来,算是一块宝地。这种气息触发我的念旧情怀,让我有片刻的错愕与感慨。这样的老城区,不仅是个人的记忆载体,也是珍藏城市记忆的密码。

当我再次来到喀赞其时,女友一定邀请我去吃喀赞其颇为出名的"哈根达斯"冰激凌。从此,伊孜海尔店名牢记在心里。店面不大,坐满客人。服务员端上冰激凌,奶黄色的冰激凌上盖一层紫红色果酱,十分诱人。还有淡蓝、咖啡色、白色等颜色,这与喀赞其街巷门的颜色基本一致。可见人们对颜色的偏爱不仅在建筑上,也在食物上。

我吃着冰激凌,眼前又出现那一扇扇门。我不清楚,这里到底有多少扇门,可我想世代繁衍于此的人们,他们无论从哪扇门里走出走进,那作坊里传出的叮当声,空气中弥漫着香喷喷的气味,耳际飘荡着醉人的乐曲,节奏明快的马蹄声以及那飞翔于蓝色天空的鸽子,汇聚在一起,糅合于此,使喀赞其成为一个让人难忘的地方。

魂牵梦萦话奇台

一

奇台是一个地名，其地位从新疆和其他省份在文化与交通发展上来讲，是极其重要的。就我家族来说，讲述家族历史，也绕不开奇台。

我与奇台的缘分，来自爷爷。

1917年出生的爷爷，在20世纪二三十年代随曾祖父母在奇台古城生活过，那里留下爷爷少年时最美好的记忆。

家中几个孙辈孩子中，我是最喜欢听故事的一个。爷爷一生经历曲折，当过伙计，放过牛羊；当过兵，打过仗，种过地。从旧社会到新社会，众多经历在我眼里就是引人入胜的故事。

小时候，我家在乡下，没有电灯，家里都点着煤油灯。夏天爷爷干完农活要是有空闲，我就缠着爷爷讲故事。老屋前的葡萄树下，小院门外的柳树下等处，都是爷爷给我讲故事的老地方。冬天，爷爷拿个小板凳坐在火炉旁，有时也背靠在火墙边上，给我讲他曾经的往事，每次我都听得很入神。

爷爷告诉我，记忆中他大概是在四五岁时跟随父母从哈密逃难到奇台。当时一家人没有房子住，临时租一间土坯房。曾祖父平日到奇台附近有地的农户家干点犁地、割草、割麦子的农活，到冬天就给奇台一些客栈喂马、拉车。爷爷说当时从哈密到迪化(今乌鲁木齐)的车马都要在奇台歇脚，所以客栈很多。

曾祖母是个小脚女人，出门干不了其他的活，但为了能多挣几个钱贴补家用，就给人家洗衣服，做布鞋。

曾祖父有时也喝酒，买不起瓶装酒，通常是拿一个酒壶到酒铺子里打半斤或一斤散白酒回来，倒在有些残缺的蓝边的酒盅里，慢条斯理地，微微地抿一小口，解解馋。

奇台县城最热闹的时候是春节前夕，乡下人都到城里来办年货，古城子的人一下比平时多好几倍，原本就不太宽的街道上熙熙攘攘，用爷爷的话说，人就像栽葱似的，一个挨着一个，摩肩接踵。

女人们爱进绸布店，给一家老小置办布料回去做新衣服，男人们忙着理发或刮胡子。在奇台县城的那些年，爷爷说他作为家中唯一的孩子，因为生活拮据从来没有添置过新衣服，但过年前曾祖父总要带爷爷去理发。爷爷常说一句话，有钱没钱，理发过年。理发有两种，一种是用推子理出来的头叫"洋头"，另一种是用剃头刀子理出的光头。"洋头"贵，爷爷理发都是剃光头。

爷爷说在他记忆中,奇台县城到了正月十五还要闹社火,四街五巷的人们都出来看,跑旱船、耍狮子、舞龙灯等,很热闹。

我因没有见过闹社火是什么场景,就很好奇,一听这些事情都发生在奇台,第一次对奇台有了向往之情。

有一年,曾祖母病了,奇台的一位老中医建议爷爷到省城迪化去抓药。爷爷一听,带了一些干粮,当即动身步行去迪化。从奇台到迪化200多公里,爷爷步行将近3天才到迪化,抓好药,把药包塞进包袱里挎在身上就往回赶。原本脚上已经打了血泡,爷爷钻心的疼,可爷爷知道母亲病情危急,早一点回去母亲就多一分希望。这一路上,见到牛车马车之类的,爷爷就央求人家带一程,好让满是血泡的脚歇歇,可没搭乘几十里,爷爷又得步行往回走。等他回到奇台的家中时,已经是离家6天后的半夜,累得说不出一句话。因及时抓回药,曾祖母身体渐渐有所好转。后因马仲英率部围攻奇台县城,为躲避战乱,爷爷随父母逃往迪化避难。

1942年,25岁的爷爷又被盛世才的部队抓了壮丁,到奇台服役。爷爷被抓走时,曾祖母因病卧床,爷爷虽然到了部队,但心里日夜思念家中生病的母亲,待他领到当月的饷钱后,趁人不注意,在奇台给母亲买了一斤多点心,连夜逃出奇台。

爷爷怕部队来人抓他回去,他没有走大路,而是走小路。爷爷采取了白天躲在树林或桥洞里睡觉、晚上赶路的方式,用了4天终于回到迪化家中,把从奇台捎回来的点心拿出来给母亲吃。

从此,爷爷再没有回到奇台,但爷爷的心里一直记挂着奇台。

曾祖母有个干女儿叫桂芳,原来在迪化学秦腔,后到奇台一家戏班子演戏。1959年桂芳到新疆天山化工厂礼堂演出,伯父看到海报,告诉爷爷,爷爷还去看了戏。

从我记事起,就知道爷爷特别喜欢听收音机,只要里面有奇台的消息,他都听得很仔细。比如听到奇台粮食丰收的消息,爷爷就会如数家珍地告诉我,他当年跟随父亲到农户家种地的事,说古城子地宽、土肥、水多,是天然种粮食的好地方。

1988年我考到昌吉财贸学校,第一个月回家,爷爷见我就问,班里多少人,有没有古城子(奇台县的别称)的同学。我说不但有,而且最多,有8个同学,我的宿舍里就有一个女同学是奇台的。

后来,我把从奇台同学那里听来的奇台县消息又讲述给爷爷听,每次爷爷听得都很兴奋,问个不停,什么犁铧街的庙在不在了,老城墙是不是挖了,每年正月十五社火还有没有耍,等等。

说实话,此前我一次奇台也没有去过,爷爷说的地方我一概不知。虽然同学给我说得很仔细,可我一点感性认识也没有。心想,既然爷爷那么关心奇台的发展,等我参加工作,有机会一定带爷爷去奇台一趟,让他亲眼看看那里的变化。

1990年10月,我参加工作了,领到第一个月的工资,高兴地对爷爷说,等春天天气暖和,带他去奇台。当时爷爷听了很高兴,捋着他的山羊胡,微眯着眼睛说:"的确该去看看,也不知当年那些街坊邻居们在不在。"那种回到从前的幸福神情洋溢在脸上,但不一会儿,爷爷又叮嘱我,刚参加工作要认真工作,不能随便请假耽误工作。我想,爷爷身体还硬朗,过一两年再去也不迟,反正奇台县会越变越好。

从此,我也关心起奇台县的消息,每当从报纸上看到有关奇台的新闻,我都要拿回家给爷爷读一读,每次爷爷都会发出"啧啧"的称赞声。

有时候就是这样,人往前看时,总认为时间很多,所以没有紧迫感。1992年,爷爷因肺气肿身体每况愈下,我后悔没有早点带爷爷去趟奇台。

从1942年离开古城子到1993年3月爷爷去世,51年间,爷爷没有回过一次奇台县,成为他后半生的遗憾。

如今的古城奇台已今非昔比，爷爷曾经目睹的土街土巷早已经被宽阔的柏油路取代，新建的文化广场、博物馆、古文化街等都吸引着我。如今为人妻、为人母，总被林林总总的事情牵绊着，每次想到爷爷，就想到奇台，想去奇台看看，找找那些老街老店老街坊，哪怕都不在了，看看老地方也行。

二

奇台出酒，且是好酒。

我每次到奇台必要喝酒，不喝没法出奇台。

2017年正值大暑，热得无处躲藏。忽然同学来电话说，到奇台来吧。

奇台，好一个奇台。如果让我选择，我更喜欢叫它古城子。就好比，我的挚爱亲朋唤我的乳名一样，亲切，甜蜜，温暖。

我读中专时，班里奇台的同学有8个，自然去奇台的机会就多。

奇台的好东西太多了。土豆、粉条、酸奶、馍馍、过油肉，当然最难忘的是古城酒。

记得那是2000年的深秋。我从米泉到奇台，同学摆上酒菜款待。我这个人总是经不住人劝，来的时候胃痛，还喝了陈香胃片。同学说，到奇台不喝古城酒，怎么行？

我不胜酒力，可磨不开面子，那就少喝一点，别扫了大家的兴。酒杯端起来，一下子就热闹起来，一桌人都兴奋不已。

我讲的时候，旁边有人不时将目光扫过来。有人说，酒能麻痹人的神经，可我觉得，某些时候酒让人变得更加敏锐，哪怕是一缕目光都逃不出感觉的雷达。酒杯沾在嘴唇的时候，我停顿一下，目光荡过去看了那男人一眼，确定不认识。

同学海阔天空地说话，嗓门高了一些，邻桌的一张肥硕的男人脸，不时往这边打望，我示意同学声音压低点。同学兴致高昂，哪里听得进去我的话，不但没压低声音，梗着脖子、斜眼瞪着旁边的桌子，嗓门陡然升高许多。

怎么说呢，那天我脑子里就一个想法，把我桌子对面的男人气焰打下去。斜三横四，几只空酒瓶宣告一场浩荡的聚会到了尾声。偏偏这个时候，肥硕脸的男人拎着一瓶古城酒从另一张桌子晃过来，将酒瓶重重砸在桌子上，那声音分明就是一份挑战书。

同学喝了不少，如果硬要喝，搞不好就出麻烦事。

男人目光在我的面前停住。我说："怎么喝，说吧！"男人轻蔑地看我一眼，说："一口闷！"

我不知道酒瓶里有多少酒，嘴里蹦出一个字："好！"

这家饭馆也真是老店，我说拿只碗来，伙计递到我手里的居然是久违的蓝边碗。如今知道蓝边碗的人很少了，知道它的人一定是具有时代烙印的记忆。男人见我把蓝边碗摆在他面前，目光微抖一下，酒瓶的口伸入碗中，一桌子人目光都聚焦在碗中。一碗满了，男人看我一眼，我镇定地看着他，没有丝毫退却的意思。酒瓶伸进第二只碗时，屋子里一下安静下来。又是一碗，比之前的那碗要稍微浅一点点。

"兄弟，喝酒为了高兴！"

我端起第一碗酒，一口气喝了下去。男人毫不示弱，也干了第二碗酒。就在他转身迈出第三步时，人瘫软在地。

我有点懊悔，酒桌上无赢家，何苦如此。

时间在酒中被稀释，我忘记下午返回的事情。

我只记得，同学带我去喝酸奶。我听到新疆小曲子和秦腔的声音，非要去听。同学说在犁铧尖。不过一二百米，我们几个人，你挽着我的胳膊,我搭着你的肩膀,晃晃悠悠到了犁铧尖。

这熟悉的曲调与唱腔,又让我想起爷爷。小时候,爷爷常常带我去听小曲子和秦腔,再想眼泪就下来了。

我觉得腿有点软,看到绿茸茸的草坪,席地而坐。女同学让我靠在她的身上。

第二天清晨,我睁开眼,同学问我头痛不痛。我晃晃脑袋,不觉得沉重:"不痛!"同学自豪地说:"喝好酒,头不疼。"我咧着嘴笑笑说:"古城酒好酒!"同学也哈哈笑起来。

我不会怀疑同学对奇台的情感,不会怀疑同学对古城酒的热爱。就如,同学不会怀疑我对米泉的情感,不会怀疑我对米泉大米的热爱一样。

古城酒就成了奇台最好的名片,米泉的名片自然是大米。

我在奇台有个文友任乐,得知他去驻村。我扛着两袋米泉大米去村里看他。平日里,不怎么喝酒的他煮好羊肉,拎出古城酒,拉开要喝一场的架势。

人不过四五个,轻松自在,满一点,浅一些,谁都不会计较,聊的自然是柴米油盐酱醋茶,当然也有爱恨情仇悲欢离合。这些纷杂的事情与生活有关,与文学自然有关。这一刻,就成了几个文学爱好者的纽带。

早年,这位文友曾给乡邻们说过书。想想他的记性该有多好,头天看过的小说,第二天就讲述给村民们听。这是他后来能写好小说的禀赋所在。

几杯酒后,我鼓动文友给我说一段书听听。他笑眯眯地说,观众有点少,人越多说起来越起劲。

夜里,我在屋外散步,繁星撩人。想,人喝了酒,思绪纷飞,星星们是不是也有这样的时候呢? 想必是有的,不然,我看它们的时候,怎么个个都头戴光圈似的,只觉得那晚我所看到的星星是最美的。虫鸣一声接一声,打破深夜的宁静,我毫无睡意,夜空如酒,令人沉醉。

有一年,古城酒业搞文学活动,我有幸参加。活动结束,送了一箱酒,我拿回来送给公公。

公公一辈子除了爱喝酒,别无他好。每个月发工资,先要买箱子酒塞在饭桌下面,把剩余的钱交给婆婆。每顿饭,一杯酒,一脸幸福的样子。

后来,公公身体不好,婆婆不让喝酒。公公很不开心,我劝婆婆,只要不过量,他喜欢就让他喝一杯不碍事。

婆婆见我这么说,不好再说什么。吃饭时,我给婆婆也倒一小杯,说少量饮酒,舒筋活血,延年益寿。婆婆对我这个上过几天学的儿媳很信任,听我这么说,瞄一眼杯里的酒,又看一眼公公。公公说,你尝尝,这酒好呢!婆婆端起酒杯,小心翼翼地喝下,闭着眼睛,抬手用衣袖擦拭眼角说,火烧火燎,啥好!

我和公公都哈哈大笑起来。

待公公去世后,我跟婆婆住在一起。每逢周末或者节假日里,餐桌上多添几个菜时,我给自己倒一杯酒,也不忘给婆婆倒一杯酒,这酒十之八九便是古城酒。想必是婆婆想起顿顿吃饭必喝酒的公公,婆婆端起酒杯自己不喝,放在公公的遗像前,什么话也不说,转身回到沙发上,我也不多说话,再给婆婆满上一杯。

酒,成了思念的载体。

又一年高考季,奇台同学的女儿考上大学,电话里说:"过来吧,院子里的苹果老大了,鸡也肥得很。"听到这里,我就心动了,人生三大幸福的事情,金榜题名是其一,该祝贺。我追问一句:"犁铧尖,还有小曲子和秦腔听吗?""只要不刮风下雨,天天都有。"他说。

这夜梦中,我与七八个同学,盘坐在犁铧尖的草地上,耳畔响起了熟悉的旋律,唇边又涌动熟悉的酒香。兴致来了,大家你一句我一句都跟着唱着,你一杯我一杯都又喝起来,似乎整个犁铧尖再没有旁人,只属于我们。当然不止我们,还有如酒的夜空和那些跟我们一样欢快的星星们。

三

到奇台除了喝古城酒,必定得去江布拉克。

一年四季中的江布拉克我都去过,且都在那里住过。我觉得,到一个地方去,不住很没意思,怎么这么说呢?一个地方最美的时候是早晨和傍晚。烈日当空,再美的风景也拍不出好照片,何况是住江布拉克呢,不住下来领略一番它的景致,注定是一种遗憾。

起初,江布拉克是哈萨克语"圣水之源"的意思,实际包括两部分,东边的山梁为车排子梁,清代就有了这个名字。当时,清政府派兵在此打制车排子,用于军队运输马车所需。制作车排子的匠人多半都是请当地人,从伐木、锯木头、卯榫相接等,全由人工完成。据当地年长的老人说,年幼时听家里长辈聊起车排子那时候真是红火。粗大的原木堆成山,锯好的木板有一人多高,整齐码放起来,放眼望去就是一道木墙。做好的车排子散发木头的原始清香,老远就能闻到。某一个早晨或某一个下午,这些车排子被套装在马的身上,在赶车人的吆喝声中顺着山路远去。匠人们像送自己的孩子远行似的,点着旱烟枪,慢悠悠一口一口吸着,在烟丝燃烧的时间中看着车队消失在视野里。

一条麻沟河将山谷分为东西两条,西边的梁称为刀条岭。这名字的来历源自山脊如刀。

我有一位表姐在80年代初嫁到这里一户姓陆的人家,因表姐在家中排行老二,我这二姐夫家在这里生活100多年,二姐夫的父亲是清宣统二年(1910年)从甘肃民勤到此落脚安家的。

100多年前,这里人烟稀少,一家一户相距较远。这里是旱地,靠天吃饭。作为普通的农民在大集体年月里听上面的安排,1982年这里实现包产到户,种什么根据市面行情而定。每家每户种植什么,全凭自己说了算,青稞、油菜、豌豆、大麦等轮番在这一道道山梁上种植过。

二姐说,她喜欢种油菜,一来油菜价格高于青稞和大麦,二来每年油菜开花时着实好看。一家一户少则几十亩,多则上百亩地,三五家、七八家连片种上油菜,那不是一般的壮观。二姐喜欢爬上自己屋顶,远眺起伏如浪的油菜花地,心里美滋滋的。二姐夫开玩笑说,你二姐那段时间心情好,每天干活都哼着曲子呢!

油菜多的年份也会引来养蜂人,田边地头是一箱箱的蜜蜂。油菜开花时,这里成了蜜蜂们的天堂。农民们与蜂农们相处和睦,各取所需。

二姐说,咋能不高兴,春天播种,夏天开花,秋天收获,一年三季跟在画里一样,谁看都开心。

二姐去地头割草,遇到蜂农会送个大馒头。二姐蒸馒头是好手,外出干活总要带一个馒头,饿了拿出来吃。蜂农们喜欢吃二姐蒸的馒头,等蜂蜜酿出来时,也不忘给二姐送一罐子聊表心意。二姐舍不得自己吃,拿去给公婆,让老人们喝蜂蜜水。

我在贵州看过油菜,但那里没有这里开阔。我在昭苏也看过油菜,但那里没有这里起伏的地势,少了曲线美。这里兼而有之,试想该是天下最美的油菜花地。

与二姐喜欢花草不同,能干务实的二姐夫似乎对牛羊更情有独钟。包产到户给家里分了几百亩草场,放羊放牛的事情自然落在二姐夫身上。他说,喜欢这活,比起翻地、打埂子、挖渠这样的活轻松多了,不过是多走些路。几十头上百头的牛羊在二姐夫眼里,各个不同。他能清楚分辨出母羊和它的孩子们。清早赶着牛羊出门,沿着山路一路向南,往山谷深处而去，那里水草丰美，牛羊吃得饱。

"牛羊都通人性，你对它们好，它们也对你好。"二姐夫说。每到深秋牛羊出栏时，他总舍不得把牛羊卖了，可家里两个孩子上学等着用钱，老人们看病抓药得用钱，来年春天买种子化肥等都得用钱，即便再不舍也得卖。

当然，母羊是不能卖的，冬春是产羔的季节，也是二姐夫最忙的时候。他不停地到羊圈牛圈里去看看，对待产的牛羊要格外关注，个别临产的牛羊还要来到暖和些的棚里。牛羊待产没个准点，只能守着。遇到难产的牛羊，还得请人来帮忙，不然会有危险。

如今50多岁的二姐夫还在养牛羊，他说这辈子注定要跟牛羊在一起了。早已成家的儿女想让二姐和二姐夫到县城楼房住着，享几天清福。楼房倒是在几年前就买了，可二姐和二姐夫依旧住在这山里。

10年前这里开始统一种植小麦，连片种植，一来便于实现农业机械化，二来是为了打造被冠以新名称景区的需要。对这件事情，二姐两口子拍手称赞。这源自他们在家门口就开起农家乐，除自家的一个院子和平房，外加3个蒙古包，一次可接待五六十人就餐住宿。二姐擅长的农家土菜上了菜谱，二姐夫是帮厨和服务员。两人配合默契，一个夏天的收入比几十亩麦地的收入好。

冬天二姐夫依然在喂牛羊，二姐抽空则去儿子女儿家帮着照看孙子孙女，享受天伦之乐。

我去过冬天的江布拉克，那是另外一种景致，阳光亮得刺眼，雪白的令人发晕，山梁与河谷都在沉睡，只有缕缕升起的炊烟让人感知人间气息。

这里的人外出不再像过去要赶着马车驴车或者坐着拖拉机才能走出去，几乎家家都买了车，面包车、小轿车、大卡车，依各家所需，车型不同，但出入真是方便多了。

前几年山里哈萨克族牧民不少，后来许多人都搬迁至定居点。二姐夫说根据规划，三五年后他们也得搬出去，离他们不远的地方在建设一个天文台。这让我产生许多遐想，通过这里观测地球之外的世界，太神奇了。

我羡慕二姐一家人足不出户就可以生活在如画的山水间。可他们不以为然，说天天看也不觉得新鲜，但让他们去别处，总觉得没这里舒服，也不肯离开这里。

2019年6月，我诚邀湖南的朋友去江布拉克。一进入景区，朋友们啧啧赞叹，太美了。此时黄花漫山遍野，步行木栈道上，不觉走出几公里远，没人喊累。其中一位喜爱摄影的朋友说，这地方值得再来。我说来一两次肯定不够，最好住下来，慢慢品味才有意思。他信了我的话，深秋时节开车来这里找了一户人家住下来，吃农家饭，喝奇台酒，一早一晚去拍片。回来告诉我，这种感觉真好。

其实，我不止一次住在江布拉克，春夏秋冬四季都住过，我喜欢这里清晨与傍晚的阳光，喜欢这里夜空中触手可及的明月与繁星，喜欢这里生生不息的人文故事。

黄 英 香

一

　　新疆盛产菊花，最为出名的要数昆仑雪菊了。当然不仅在昆仑山地区才有种植，如今在天山一带也有大面积种植。这种花朵娇小的菊花却价格不菲，外地游客来旅游，总要带一点送给亲朋好友，新疆人也会以此作为特产送给外地宾客。但凡菊科植物我都喜欢，何况是如此名贵的雪菊呢。每年在乌鲁木齐市南山都有雪菊节，我是不会错过的。倒不是去凑热闹，只不过是不想辜负它们一年一次的绽放时光。

　　我生在九月，这个时候正是菊花张开笑脸，让人欢喜的季节。从小我就喜欢菊花，我家院子里、屋子里到处是菊花。邻居们来串门，都喜欢看我家的菊花，说我家就是一座菊园，在偌大的村子里是独一无二的。

在乡下住有个好处是院子大。每次去省城伯父家，几十个平方米的院子小得转不开身，如鸟关在笼子里，总觉得憋屈，站着不是，坐着也不是，一点也不自在。到乡下就不同了，我家院子仅葡萄架就有四五十米长，更别说菜园、果园。

我家早先住在石洞子村粮仓附近，后来修路，举家搬到老屋向南五百多米村麦场的南头。这次搬家的院子比之前的院子更大。不管是哪座院子，总少不了种菊花。

说起菊花，又要说母亲了。母亲生在八月，没有记错的话是八月十二日的生日。母亲喜欢花，什么花都喜欢。我觉得母亲的前世就是花，落入人间才成了女人，且是一个漂亮的女人。母亲乳名里有菊字，名曰八菊。这名字怎么来的，我没问过母亲，母亲也没说起过。我猜想姥姥或者姥爷在母亲出生时，恰好看到了菊花，随口起了这个名字。

八月开的菊花叫八月菊，它还有个好听的名字叫紫菀。其实八月菊从五月就绽放了。我家院子的八月菊有两种颜色，一种粉色，一种紫堇色。这紫堇色就是蓝紫色。母亲似乎更喜欢粉色，我偏爱紫堇色。我洗过头发，折一支插在发辫里，蹦蹦跳跳去让奶奶看。坐在窗前的奶奶笑说，一枝花有点单，编个花环戴着才好。我努着嘴巴，偷偷指一下在厨房做饭的母亲，做了一个夸张打人的动作。奶奶抿嘴又是笑。

母亲出生的地方是山里，那儿属于天山余脉的一部分，严格说属于丘陵地带，名叫柏杨河。天山深处有野花，自然也有野菊。野菊个头不高，有白色、紫色、黄色。六月初上山的话，那真是一片花海。母亲说这里住着神仙，我问神仙什么样子，母亲扑哧一笑摆摆手，又说不出来。

姥爷一门族人在当地是大户,家境殷实,房子建得气派,人称郝家大院。正房回廊的梁上绘有花卉图案,据说就有菊花,菊花与其他图案搭配在一起,寓意幸福长寿。兵荒马乱的年月,这美好的寓意并没有让姥爷安享一生,姥爷刚过天命之年就去世了。我问过母亲,那房梁上的板子后来去了哪里?母亲说,那时她不过四五岁,哪里知道下落。族人那么多,说不定被哪家捡去烧了火也说不准。家兴几十年,家败一瞬间。

院里的菊花都是母亲种的。母亲在菜园地埂边,院子西边的果园里都种了菊花。如此,觉得还不够,又将家里能找来的盆盆罐罐坛坛收拾过来,逐一种了菊花。地里的菊花长得野蛮,看不到一点寸土的面目,盆盆罐罐坛坛里的菊花也都蓬勃旺盛。

院子里的菊花名目繁多,颜色各异。不见母亲特意侍弄菊花,只是春天施些农家肥。浇水也不刻意,浇树浇菜的时候顺带浇一下。

用母亲的话说,别太当回事,它就没有那么娇贵,要是天天放在心上小心翼翼的,真就娇贵起来那就很麻烦。菊花生命力顽强,根本不需要特殊照顾,让它们由着性子才好。

我不懂养花,只是觉得院子里有了菊花,好看不说,心情也好。别人家院子也有花,没有我家品种多,何况是这么多的菊花。

五月至九月里,我常会剪几枝菊花插在花瓶里,花瓶放在客厅桌子上。这花瓶不是普通的玻璃花瓶,是白瓷釉双耳花瓶。奶奶说,这是她婆婆留下来的物件,粗略算一下有一百多年的历史,算是我家的老古董。父亲结婚时,奶奶放在父亲的婚房里,成了我家的一件摆设。花瓶白底,绘有粉色和黄色菊花,花朵一扬一垂,枝繁叶茂。花瓶是一对,自然两个里面都要插上才好。对我插花这件事情,母亲是反对的,意思是院子里到处是菊花,足够看了。好端端的菊花折了,再插在花瓶里,对菊花来说有些残忍,长在地里才是对它好。

我到底有些任性，但也看母亲的脸色，当爷爷站出来说话时，我的胆子就大起来。爷爷说，女娃爱花是好事，花瓶就是插花的器物，不插花倒也可惜。

院子里菊花多，有时我剪一两枝插入瓶里，有时则是满满一大束，踏入正屋的门，一眼就被花瓶里的菊花吸引。当邻居们夸赞花瓶里的菊花时，我一脸得意。母亲若在，还会偷看她几眼。但母亲似乎早不记得说过的话，顺着邻居的话会说，喜欢就折几枝回去，反正菊花长得很旺。母亲这么说，我心里却猛地沉下来，自家院子的花干吗让人家白白剪去，听起来很大方的样子，但真要是来剪花，看你心痛不心痛！

一日，一位喊作婶子的邻居提着篮子来，说想将黄色菊花剪些做菊花饼。母亲去给鸽子喂食，让那婶子自己去剪。等母亲回头再看时，发现一大片黄色菊花没有了头，脸上顿时就不好看了。眼里溢出几分不满，语气闷闷地说："她婶子，哪有你这么剪花的，你该挑着剪，这不跟人得了斑秃一样，太难看。"婶子却说："嗨，这有什么呀，不就是菊花嘛，过些日子又长出来了。"

母亲没有接话，可脸色还是不好看，心里分明是心痛这些菊花的。

母亲做好午饭，家里人都吃了，她却一口没有吃。我觉出母亲心情不好，自觉地收拾碗筷洗干净放好。

我有午睡的习惯，母亲没有。我刚躺下，就听婶子挑着嗓门喊我的名字，起身出门。婶子端着一个盘子说："快尝尝，刚烙熟的菊花饼。"说完又喊母亲的名字。

母亲在里屋，追着声音出来，脸上的颜色还是灰扑扑的。我忙说："妈，尝尝，挺好吃的。"婶子已将盘子塞进母亲手里。母亲掰了一小块，放进嘴里，慢慢咀嚼，半天也不说话。我在一旁眨巴着眼睛，冲婶子说："咋做的？这么好吃。"

婶子咯咯地笑起来："你妈一吃就知道咋做了。"

我扭头看看母亲，发现母亲的脸色跟刚才不一样了。

我家有个规矩：进门手不空，不知道从哪辈子就延续下来的。但凡家里人去亲戚家邻居家等都要拿点东西，多少是个心意。乡下没什么稀罕的东西，能拿的都是自家有的东西。比如院子里的各种蔬菜、果园里的果子葡萄，比如地里的洋芋红薯玉米南瓜，比如馒头饼子包子盒子饺子，比如碎布拼接做成的鞋垫拖鞋枕头套等。

一院子的菊花，母亲出门时，自然会当作礼物拿去送人。

记得一次母亲去县城一个老乡家，就提了一盆粉色菊花。回来的时候，老乡给母亲一块花布。母亲用这块花布给妹妹娟娟做了一条裙子，很好看。我就不开心了，几天都闷闷不乐。母亲看出我的心病，便说，那块布就够给娟娟做裙子，等有机会，再给你做一条裙子。

母亲这话我不大相信。我知道家里的情况，哪有那么容易，说做就做。一米布不贵，就是拿不出多余的钱来。奶奶看病，爷爷吃药都要用钱。父亲还想在正屋旁边再续盖一间房，可盖房的椽子檩子门窗等都要花钱，偏偏是父母劳作一年下来，挣的钱都不够开销。如今人喜欢说，时间去哪儿了？在那年月，倒是要说，钱去哪儿了！

我的不高兴过几天就忘了，可母亲并没有忘记，记得是一个星期天。早饭后，母亲将院子矮墙上的几盆菊花放在人力车上，对我说今天去皮革厂，看看这几盆菊花能不能卖掉。母亲没有再说下文，我从话中分明听懂了意思。如果运气好，卖掉了，母亲会给我买花布做裙子。

我欢喜地推着人力车出了院门。人力车我太熟悉了，一周两三次去几公里外拉水，人力车把手磨得光亮，我掌控自如。虽然是上坡路，可并不觉得累，心想不就几盆花嘛，哪有一桶水沉，我几乎是连推带跑到了皮革厂的院子。

这是一家大型企业，工人很多。以往我会来这里卖自家产的蔬菜，对这里并不陌生。有几位工人见我推车子卖菊花，凑过来问价格。我不知道怎么说，看看母亲。从母亲的神情中觉出，母亲也心中没数。人家追问了几次，母亲便说，看着给吧，合适就行。

母亲这么一说，"哗啦"围过来十几个人，都盯着车子上的菊花看，又都说好看。一位高个子戴眼镜的中年男人买了一盆，把钱给了母亲，母亲也没看就塞进衣服兜里。

我突然觉得肚子隐隐作痛，像是闹肚子了，忙给母亲说了一声，跑去找卫生间。等我回来时，人力车已经空了。母亲一脸春风地说要给我买花布。

这一回，我觉得不起眼的菊花真是太好了，母亲没食言，让我穿上了花裙子。裙子穿上了，心情好，几次考试成绩都不错，母亲很高兴，说好好学习，将来进城，不用在农村受累受穷。

后来我离开农村，不再受累，但也没有富裕到哪里去，顶多吃饱穿暖，可这菊花让我无法忘却。

二

我结婚时，屋子很小，有几十平方米，但我还是在窗台留一块地方给菊花。这种菊花是我从山里一位哈萨克族朋友那里移栽过来的。朋友说山里这种菊花开得好看，便种了几株在家里，一年比一年多。她见我喜欢，给我送了两盆。从五月一直到十月底，窗台上的菊花肆意地开着。我每每端详它们时，觉得它们不是花，是我的伴儿。

谁都不会想村子会消失的。爷爷不会想到，母亲不会想到，我更不会想到了。这村子存续了几百年，哪里会消失呢？依照爷爷的想法，祖祖辈辈,几代人都会生活在村子里。

所有的人都没有做好思想准备、情感准备、物质准备,突然就不见了。村里人都进了城,不用花一分钱的"整容费"就成了城里人。可农民就是农民,没有技术,做不了工,即便不种地,还是农民。

进城的村民被安排做了保洁员、保安,还有园林工。

我看着他们的背影,想起村子,想起与村子有关的一切,当然也想起一院子的菊花。

有一天,我在下班路上遇到从事园林工作的邻居,他兴冲冲地告诉我,公园里有菊花展。

这个消息来得正是时候,那段时间莫名地焦虑,大概是孩子上学,工作繁忙,公公病重,几样事情叠加起来,压得人喘不上气来。整日晕头晕脑不说,面色暗黄,毫无生气可言,甚至莫名地来气,斥责孩子弄脏鞋子,懊恼自己丢钥匙,心情糟糕透顶,觉得自己成了朽木般的老妇人。

我没有直接回家,转向去公园的路。

公园建好几年,我却很少去。一来是忙,二来怕人多。人多就觉得心急,喜欢清静的地方。但有菊花,那就不一样。即便人多,到处嘈杂也要去,这有点像见一个相思多年的友人,不管地点在哪里都要去见一面,心里才安。

一进公园门就是一个很大的菊花花坛,许多人围着照相。

我懒得凑热闹,去看盆栽的菊花。每个花盆下面有个小标牌,写着菊花的名字。我贴上去仔细看,这一看真是开眼了。我不知道这些名字都是谁起的,个个好听。比如绿牡丹、绿云、墨荷,比如凤凰振羽、西湖柳月、泥金香,比如紫龙卧雪、朱砂红霜、瑶台玉凤、轻见千鸟,再比如胭脂点雪、墨菊、红杏山庄、飞鸟美人、草舍如篱等,一圈看下来有近百个品种。

看得人眼花缭乱,好像是在一群美女中溜达一圈,严重审美疲劳,不知哪个好看。我不死心,又转一圈。这次脚步放慢许多,不光是看,也会闻一下。有两次,我趁人不注意,偷偷地摸了一下花瓣。我觉得有了肌肤之亲,立马就不一样了。

平日里,人们见面握手,是礼仪所需,也是必要的礼貌,这一握手,一下子把两个人的距离就拉近了。有的少数民族见面要拥抱,行贴面礼,别看这么一个小动作,有了肢体的接触,瞬间彼此就亲近起来。

有了与菊花的肌肤之亲,这么多菊花里,我有了偏爱的菊花。说到这里,有点不好意思,我是不是有点花心,偏爱的不是一种。

先说名为"绿牡丹"的菊花。说起花,姹紫嫣红惹人喜欢,可偏偏是绿,却又绿得不一样,这就令我欢喜起来。"绿牡丹"初开时,花色碧绿如玉,晶莹欲滴。阳光沐浴后的"绿牡丹",叶片中的绿悄然又透着黄,这种颜色很微妙,言语说不清楚,只能心里感受。这时的"绿牡丹"外部花瓣浅绿,中部花瓣翠绿,向上卷曲。心瓣浓绿包裹,整个花冠呈扁球状,颇有牡丹芍药的风姿。可它又不是牡丹芍药,就是堂堂正正的"绿牡丹"。

再要说这墨菊。一个"墨"字就让我喜欢,但此墨非彼墨。这墨菊如少女会变,情窦初开时花形如荷,没见过的人保不住会认错,闹出笑话来。这样的笑话不是没有,早先城里人到乡下来,不认识刚返青的小麦,以为是韭菜,跑到地里大呼小叫地喊,这么多韭菜怎么吃得完,我笑得腮帮子疼。墨菊待盛花期时花形悄然变为反卷型。这时整株墨菊,花径有手掌大,厚实的花蕊,如丝的花瓣,很抓人心。再看,花瓣红中带紫,紫中又透着黑。细细看过每一片花瓣,果然是色如墨。我在墨菊前伫立良久,似乎眼前不是一株菊花,是一位谦谦君子,其神韵沁人心脾,惬意洒脱,鲜活隽永,尽显风流。再闻一闻,觉得满鼻都是墨香。闭目默想几秒,更觉其味融入心里,渐渐地凝聚飘逸出一份清绝之味,这味墨菊独有。更让我不敢慢待它的是,其花语竟是血的思念。就此,我脑子里满是它的影子,晃来晃去，久久不能忘怀。

此后，凡听说有菊花展，我都要看看，不是来一次两次，只要有空就进来看看，觉得满院子里都是菊花的香气。

<h2>三</h2>

气味在时间面前显得顽强不屈，任凭时间如何淘洗打磨，气味始终不变，一点都不会随着时间的流转而改变本来的模样。这一点，人是望尘莫及的。几十年下来，人从少年到老年，已面目全非。

一别就是24年。我从青年走到中年，许多东西远离我而去，实际上我内心渴望回到从前。我一次次回到村庄消失的地方，站在被摩天大楼取代的村庄遗址前，总有一种恍惚，觉得我是外星人一样，看着眼前的变化。

转身时，发现路边林带里有一抹黄色，再看，是万寿菊。猛地，我心里颤抖了一下，某根神经被激活了。眼前出现了熟悉的院子，又是一院子的菊花，看着看着，眼前的一切都模糊起来。

有一天，母亲说想在乡下添置一处院子时，我毫不犹豫地同意。我承认与母亲一样内心留恋乡村，甚至留恋牛粪马粪羊粪的味道，从来不觉得这些味道是难闻的，是臭的，反倒是这些味道跟黄澄澄的锅盔、沉甸甸的麦子、纷繁热闹的菊花一样让我朝思暮想。

我依照老院子的样子，开始打理。院子以南是菜园，辣子茄子西红柿，椒蒿薄荷，瓠子苦瓜丝瓜黄瓜，豇豆葫芦，苦菊菠菜小白菜，田埂上又点种了玉米向日葵。

院子以北以西种花，自然要种喜欢的菊花。菊花不是一两种，六月菊、大滨菊、雏菊、黑心菊、万寿菊、秋菊、雪菊、波斯菊等十几个品种。

菊花算是土生土长的中国花,最初多以黄色为主,便有了黄英之称。古人又以黄色为贵,自然历代备受宠爱。据说到了唐代,才有白菊、紫菊和红菊。我院子里的菊花也多是黄色,但又黄的不同。

从五月开始,先是大滨菊、黑心菊、万寿菊开了,接着其他的菊花都追着开了。

七月里,我躺在院子凉棚下的大木床上,忽然想起家里那一对双耳瓷瓶来,忙给母亲打电话,问其下落。母亲说搬了好几次家,不知道放在哪里,找它做什么?如今早不流行那种土气的瓶子。我心里莫名就难过起来,我从不曾慢待老物件,对母亲又能说什么呢?母亲是紧跟时代的人,凡是落伍的东西都不喜欢。我恰好与母亲相反,越是古旧的物件,越是爱得不行。我是出嫁了,那花瓶并没有作为陪嫁进入我家。那是奶奶送给父母结婚的礼物,我再喜欢也拿不得,即便母亲不甚喜欢,我也张不开这个口。

家里倒是形形色色的瓷酒瓶很多,找来几个,剪几枝菊花插入瓶中,左看看,右看看,根本无法与母亲家那一对瓷瓶相比。再想,哪里有可比性。觉得自己好笑,便真笑出声来。也不知院子里的菊花,看到我滑稽的样子,会不会笑得低下头呢?

整个夏天,我的眼睛里都是各色菊花的身影,每每听到客人们赞美院子里的菊花开得好时,我心里那个美,好像中了彩票似的,飘飘然。

在一个星星满天的夏夜,我忽然被一阵阵的夜风搅扰着心绪不宁,走出屋子,在院子里走走。黑夜里我看着静静守护着我的菊花们,觉得很对不起它们,我对它们的喜欢是空洞虚假的,只停留在嘴上,拿什么证明,我从内心喜欢甚至是爱它们的呢?我蹲下身子,轻轻抚摸着菊花的花瓣、花叶和花茎,待我一圈走下来时,手掌湿漉漉的。我没有急着用毛巾擦手,将双手捂在脸上,凉凉的香香的,不觉眼泪就下来了。我没有回屋里,坐在院子的秋千椅上，看着花们，荡来荡去，不知道什么时候就睡着了。

第三天，我萌动了给菊花们写诗的想法，推开手头的工作，一首二首三首，一口气写了五六首，写好发给文友梦玲看。她说菊花和红叶一样，都是阳光的琥珀，活得热烈灿烂。几天后，我把诗读给菊花们听，声音算不得大，但它们一定都听懂了我的话。思念一个人的时候，会写信、打电话、发信息。对一院菊花的思念，浇水、施肥、除草等，写诗自然也算。

三姨妈家的四姑娘，我称红姐，她家院子有好几亩大，一年她种了雪菊，长势好，我看着眼馋。第二年，我在院子里也种了一块雪菊，嘿，长得一点也不逊色红姐种的那片雪菊。雪菊耐寒，适宜山区种植。收获的雪菊我自己留了一点，一些寄给东北的朋友，喜欢得很，每到夏天都要我寄雪菊过去。如此看来，雪菊真成了友谊的使者。

人一生，花一季。中秋过后，别的花都凋谢了，可菊花们依然开得欢实，直到十一月初，那黄色紫色红色的秋菊开得都甚好。当被第一场雪覆盖后，俏色依旧。

有人说喜欢牡丹不好吗？其实种了两株牡丹，也开了，后来不知道怎么就没有精神。只是这菊花们热闹地开着，我到底不是富贵之人，怕是受不起那牡丹的贵气，独有菊花能陪着我到寒冬。

下第一场雪时，我就担心起一院子的菊花来，夜里辗转总不能入睡，第二天下午去看它们。好家伙，厚厚的雪像斗篷盖在菊花身子上，可偏偏有俏皮的菊花顶开厚厚的雪，探出头来。那一张张脸儿一点没有被冻伤，面色却格外亮丽起来。我拨开雪，将它们都扶起来，撑起木板，又是满院子的菊花。我高兴地唱起来，对面的邻居隔着栅栏看我。我忙招招手，"过来看菊花。"此时，太阳灿烂，菊花灿烂，我跟邻居的脸上更是灿烂。

你哪里知道，第二场雪后，不得不将院子里的菊花剪去，要施入冬肥了，如此明年才会长得更好。我不忍心将菊花当杂草一样扔进垃圾箱，割去的菊花安顿在院子向阳的墙角。又过了些日子，我去看它们，叶子干了，花也干了。我眼里菊花们即便干了，觉得也好看。扭头多看几眼，不觉心里发软，也就酸了起来。

一院子菊香，谁能比！这个西风烈烈的冬日里。

时光里的西大桥

西大桥,是我肩上的扁担,挑起乌鲁木齐河东岸的干妈家和河西岸的大伯家。走过半个世纪,只是家族中与西大桥故事的一段,却也是我记忆中鲜亮的一段。

时光是记录仪,是容器,它映照容颜变化,也见证标志性建筑西大桥的变迁。人有记忆,西大桥也记着尘封的往事。

我和家人每一个重要的节点,西大桥从未缺席。

"借光,拍张照片。"人挨人的西大桥栏杆处,找不到一点空隙容下母亲的身子。我上前两步,对两个刚自拍完的小姑娘说。

头戴兔子发卡的女孩挪开身子笑着说:"奶奶站这里照。"2021年国庆节灯光秀展示中,我给母亲拍了张西大桥留影。

凭栏望去，车流滚滚，人头攒动，西大桥东桥头商业街区的摩登大楼楼体滚动播放着国庆宣传视频和大美新疆宣传片，若不是西大桥的提醒，让人恍惚间觉得在某个沿海繁华都市夜游。

　　母亲是抖音达人，怎么会放过这样盛大的时刻。她将手机卡在自拍杆上，向前45度伸开，站在西大桥上缓慢移动身子，对着镜头当起主播："我在新疆乌鲁木齐西大桥向大家展示国庆夜晚街景，欢迎全国各地的朋友们来乌鲁木齐浪一圈，看美景，品美食。"抖音录好发出后，母亲像是完成了一件大事，收起自拍杆说，她第一次来西大桥是1966年10月，午饭后从米泉中学排队出发进城，在西大桥上母亲跟同学们打赌，再过20年，她还会经过西大桥。我问她，一个山里农村娃哪里来的底气确定还能进城来。母亲笑呵呵地说，啥都没想，预感自己一定会再来。

　　1984年，中华人民共和国成立35周年庆典的日子，母亲早早带着我和妹妹进城。阅兵仪式在人民广场举行，场面盛大威严。我萌生了想当兵的念头，心想穿上军装英姿飒爽，母亲一定高兴。后来，我真跑去武装部验兵，身高不够，遗憾没能梦想成真，这是后话。

　　从人民广场出来，妹妹嚷嚷着坐旋转木马。母亲领着我和妹妹穿过西大桥，进人民公园。那时只有人民公园里有旋转木马的游乐项目。

　　从此，西大桥成了我的念想。

　　1986年冬天，人民公园举办冰灯展，干爸早早就喊我过来。那时我读中学，一放假我就回到干爸干妈家。丰盛的晚饭后，干爸穿起厚厚的皮大衣，戴上帽子。我也穿上羽绒服，围着干妈给我织的红围巾，挽着干爸的胳膊出了门。

　　冬日夜幕中的寒风吹得人有点缩手缩脚，心却是热的。干爸是供电公司的老员工，年轻时爬电线杆，到处维修电路，很是辛苦。不知不觉走到西大桥时，干爸说，这桥上的电线都是他和他的同事们架设起来的。

1949年前,桥上没路灯。走在桥上时,干爸抬头望着西大桥上的路灯说,这路灯头数多,比普通路段的灯亮。我数一数,每个灯杆上有五盏灯,其他路段路灯都是单头。不用问,只有重要的地段,才能有这样的待遇。

传承需要接力。母亲带着年幼的我们共度国庆节,如今我也带着儿子共享节日的欢乐。

庆祝新疆维吾尔自治区成立40周年的十一假期,我与丈夫抱着刚满周岁的儿子,从新兴街干妈家散步到西大桥。儿子手扶栏杆,小脑袋试探地瞅着桥下穿行而过的车流,咿咿呀呀地比画着。我猜是想开车的架势。

过来一个手持彩色气球面庞黝黑的小贩,冲我说:"给孩子买个玩吧!"我笑一下,从包里掏出钱,给儿子买了一支红色葫芦状的气球。儿子欢喜地摇着。丈夫在几米外喊我,"过来咱们一家照张相。"我抱起儿子走过去。

身穿军绿马甲的照相师傅戴着黑边眼镜,热情的目光透过厚厚的镜片说:"室外照相讲究光线,现在这个光正好。"我迟疑地问一句:"在哪里取照片?"师傅顺手指向桥头说:"照相馆就在桥头,放心照,保证满意。"

丈夫怀抱儿子,我站在他身旁。快门"咔嚓"一声,锁定那一刻一家人的模样与心情。刚给我们照过相的师傅,忙把一张取相片的收据塞进我手里,又忙着招呼一对上年纪的夫妻。

大致是10天后,我从米泉出发,先乘坐13路公交车到二毛,又乘坐1路公交车到红山下车,步行到照相馆。把小票递给柜台里身材修长的女人,她敏捷地从柜台上一个盒子里找到我们的照片,从纸袋里抽出五寸彩色照片递给我说:"看看满意吗?"

我顺手接过来说:"是专程来取照片。"女人的目光迅疾扫我一眼说:"过年来照全家福吧!"我笑而不语。

西大桥的栏杆衬托着一家三口人,光线柔和,映照出棱角分明的脸庞。第一次发现夕阳中的人像会如此生动,第一次发现西大桥在黄昏中别有风情。我揣着照片走出照相馆,不知不觉走向西大桥。

此刻,路灯与车灯拥抱在一起,与我擦肩而过的行人面容淡定平和,顿觉身体轻盈许多,我趴在栏杆处,心想,当年滚滚的乌鲁木齐河如今成了路,那座摇摇晃晃的木桥几经重建,坚固不说,成为城市亮丽的一道风景。

我在桥上看风景,也许某辆疾驶而过的车中,有人通过后视镜,我成为人家的风景。

夜幕更深了,我站在西大桥头,招手打了辆"的士",司机是一位年轻人。

"去哪里?"

"米泉。"

"进城逛了一圈?"

"来看西大桥。"

"我天天从西大桥穿行,来看西大桥的人不少,哪里人都有。"

时光进入中华人民共和国成立60周年的日子,举行大型烟花表演,地点是红山公园。我和家人自带马扎早早蹲守在西大桥上,等待烟花绽放的时刻。

桥上的人越来越多,有人维持秩序。一个白发婆婆在人群中站着,腿不时抖动着,显然她站立时间久了,有些支撑不住,身边不见有人陪同。我起身过去对婆婆说:"过来坐着看。"婆婆一脸喜悦。儿子起身把马扎让给我,自己跑去玩,我扶着婆婆坐下。

几声炮响,烟花盛开在夜幕中,人们一阵惊呼。婆婆鼓掌,我跟着鼓掌,一浪高过一浪的欢呼声中无法掩饰人们的激动与兴奋。婆婆脸上始终挂着笑容。我问婆婆高寿,婆婆说78岁。1959年重修西大桥时,她是其中一员,过去常来西大桥走走,现在腿脚不好来得少,但国庆节的烟花表演不能错过,也想借机看看西大桥。听到这话,我顿时对这位慈祥的婆婆生出敬意。那年月没有大型机械,修桥是大事难事,也是苦差事。从某种意义上说,在婆婆眼里,西大桥就是她的孩子。她对桥有深厚的感情,在微凉的秋风中才不顾年迈体弱,依偎西大桥身旁。

这时,儿子从人群中挤过来说:"妈,桥头有个大石狮子,好威武,过去看看?"浓稠的人流挡住视线。心想石狮子哪里都有,没啥稀罕,不急着看。不等我开腔,婆婆说:"那不是石狮子,叫虎狮兽,寓意吉祥纳福,黎民平安。"听婆婆这么说,我来了劲头,起身跟着儿子去看石狮子,哪想,石狮子被人群包围着,好不容易挤进去,但见石狮子双耳上翘,双目圆睁,威武勇猛。不知谁说了一句:"神兽在,桥就在。"

自参加工作以来,我每年都会接待从全国各地来乌鲁木齐或探亲或求学或游玩的亲朋好友,无一例外,安排行程时西大桥是必不可少的一处。

1990年5月,从黑龙江虎林来探望伯父的一位朋友站在西大桥上远望红山,半晌后问了我一句,那山怎么是"裸体"的山?当时我还没反应过来,满眼疑惑地望着这位远道而来的朋友。他笑着说,你们的山上怎么没有树?我一时尴尬,不知道怎么回答,低头看着西大桥旁草木凌乱的空地,沉默了。朋友说,树是城市的衣裳,树多,城就漂亮。这话我记住了。

也就是从那时起,这座城开始大规模植树,不仅是西大桥附近,河滩公路两侧、红山、妖魔山、红光山等,轰轰烈烈的植树让乌鲁木齐变了模样。

一位喜欢航拍的友人将自己拍摄的一张西大桥的照片给我看,如今的西大桥如同一条丝带,系在乌鲁木齐的腰部,楚楚动人。

我喜欢给友人介绍西大桥过往的故事。也想多年以后,友人回忆起在乌鲁木齐的经历时,西大桥的名字清晰可见。

我们世代繁衍生息在这片土地上,西大桥历经二百多年的风雨,不断被重建,不惧风雨,屹立在乌鲁木齐人心中。在时光里回眸,每一个生活在乌鲁木齐的人,抑或游历过乌鲁木齐的人,西大桥都会留下属于自己的印记和气息,它不会随风轻易飘逝,只会在不经意间与你重逢相拥。

博 乐 拾 贝

　　横贯亚欧大陆的丝绸之路是一条珍珠项链,镶嵌在丝绸之路北道上的达勒特古城便是这条项链上的一颗华美的珍珠。它位于博乐市东南27公里达勒特镇破城子村北缘。在仲夏一个热辣的午后,我走进了它。从一锹土、一个碗、一批币来窥见它的繁盛。其实,它远非这么简单,但我想,这个闪着光亮的窗户打开后,每一个人会以自己的视角去解读品味这座城。

一　锹　土

　　土,是神奇的,更是神圣的。神奇是看似普通的土,是有色彩的。比如红色的土,是土壤内含铁多。比如黑色的土是含腐蚀物多。跟人一样,土也是有个性的。有的土质松软,有的土质坚硬,有的土质不软不硬。

我们面对土地的时候,会情不自禁地说"大地——母亲",可见土地在人们心中的地位。之所以这么称呼土地,是因为地表的土给了我们赖以生存的希望。

当然,我想说的是,土的神圣是她的属性,这种属性,如同人的基因一样,有很强的识别性。普通人眼里,几乎无所差别的土,在土壤学家眼里是丰富多彩的。

好了,东拉西扯绕了半天圈子,我想说土的神奇与神圣在考古学那里,则是揭开历史神秘面纱的一支挑杆,那之后,我们就可以窥见某个时段或者某个遗迹所反映的时代风貌和历史信息。

2017年7月末,我搭乘博乐市委宣传部的车出城,向博乐东南方而去。路程不远,37公里后,便到了博乐达勒特镇的破城子村,该村北缘就是我们的目的地。我是跟博乐的韩雪昆老师一同进入达勒特古城遗址的。从地图上看,古城被两个温柔的手臂环抱着,这两个手臂分别是博尔塔拉河与大河沿子河。

穿过考古工作人员的院子,杂草丛生、高低起伏的遗址便跃入眼帘。新疆考古所的工作人员正在进行现场挖掘,这样的场景虽不是第一次看见,但还是令我有些激动和兴奋。

激动的是有专家在现场,自己的疑惑可以得到现场解答。兴奋的是我想知道是否有新发现。

我探着身子看向坑中作业的人。一个身穿灰白工作服,戴着眼镜的中年男子,放下手中的毛刷,从梯子上来。我猜他就是我要见的考古专家党志豪。

眼前的土,是西北最为常见的黄土。虽说是黄土,可在专家眼里还是有区别的。

我问党老师，有什么发现？他说正在挖掘的居住遗址有房子、灰坑、灶址等，这中间还发现了青灰色的土质，应该是淤泥，告诉我们这里曾发过洪水。旁边就是河，遇到河水暴涨，岸边的城被洪水袭击是在所难免了。

当城墙北面的黄土被一锨锨揭去时，考古人员发现一间房子里较为完整的陶罐有三个，初步判断不是蒙元的器物，比这个时期要早。是西辽，还是更早的唐代，有待进一步鉴定。

但从内城的形制来看，与中原唐代城遗址相当。为更具说服力，期待以后挖掘中有实物证明它就是唐代的城。在离我所处位置不过百米处，有一个更大的作业区。我并非专业人员，只能止步于此。

党老师说，有百姓居住区，一定有更高规格的衙署等权力机构，也应该有相应的商业区，令人遗憾的是目前尚没有发现。

我追问原因。党老师说，因为城存续的时间比较长，在废弃后又有新的居民入住。再次废弃后，又一拨人成为城的主人。哪些重要的建筑遗迹是当初就损毁了，还是后来破坏了，这是个很复杂的问题。这些都要等整片遗址全部挖掘后才有可能知晓，也许会是一个永远的谜。但无可否认的是，这些埋于黄土下的遗迹是真实存在过的。

土，被风裹挟着，落在天空的肩膀上，它只在那里做了短暂停留，或是呼吸了一点新鲜空气，没有留恋天空的高远。它知道，它的家在哪里，就如同离开故乡的人，无论告别多久，都会回到故乡。哪怕是一把白骨，也希望葬在故乡的土里。这些土，是有眼睛的，它们知道回家的路在哪里。

但决定土命运的，不仅是战争、洪水，还有藏在土里的有机元素，就如同人身体的血型一样，很神秘。

作为负责保护文物的韩雪昆心急如焚，他深知要慎重处理遗址保护问题。农民在国有土地开垦土地没错,但依据相关法律规定,在国家文物保护区内要让出十五米建设控制地带,通过不断给农民做耐心的法律宣传和政策解读后,农民的文物保护意识提高了。在争取到资金后,古城遗址得到了保护。

我问党志豪,有活人居住的城,是不是该有葬人的墓地?他说很可能就在附近村庄下面。

土,不仅仅是记录历史发展变迁的一个介质,也是让人充满幻想的奇异迷宫。只不过,从哪个端口进入的,看到的景象不同罢了。

一 个 碗

人有貌,器有形。

说到器,我想说说与吃饭有关的碗。碗是谁发明的?如今无从可考。但据考古发现和史料记载,最早的瓷碗是原始的青瓷制品,大致其形状为大口深腹平底,人们开始使用于商周至春秋战国时期。

到中国历史最为辉煌的盛唐时期,碗的器型跟那个时代的音乐歌舞一样的丰富,有直口、撇口、葵口等。口沿有唇边,平底,施釉接近底部。那种精致的碗则施满釉,有些碗外壁有简单的花纹装饰。

有比较,才能找到差异。

我们再来看看宋代的碗。其型多为斗笠式、草帽式,大口沿、小圈足,圈足直径大小差不多是口沿的三分之一。跟人穿衣服有所变化一样,宋代推崇极简主义,作为碗外衣的釉色也多为单色,如影青、黑、酱、白等。碗的纹饰用刻、划、印等手法,将动物、植物等形象绘在碗的内外壁或内底心上。

说了这么多,跟达勒特古城有什么联系吗?那是肯定的。

我在现场时,党老师告诉我,正在挖掘的两片区域出土有宋代钧窑瓷碗残品。

我还听说早在1990年3月,附近村民在古城发现4个瓷碗。后来经过专家鉴定,这4个碗可不是普通的饭碗,而是宋代钧瓷。我在博州博物馆里则看到了完整的钧窑瓷碗。

近看其白里泛青,釉质晶莹,肥厚玉润,类翠似玉赛玛瑙。远看其高雅大气,沉重古朴,明亮深沉,一丝不苟,宫廷气势让人叹为观止!

这让我对达勒特古城充满遐想。

坐落于丝绸之路北道上的这座城,当年的重要与繁华从这"纵有家财万贯,不如钧瓷一片"的钧窑碗中可以窥见。

如此尊贵的商品,从某种程度上说,在当时上层社会乃至人们的价值观中,拥有一个钧窑碗远比一根金条,或者金锭更有价值。这也是衡量一个人社会财富和地位的物质标志之一。是什么样的人,载着这些浅如天青,深如天蓝,比天青更淡的月白,具有荧光般优雅的蓝色光泽的钧窑瓷碗,从中原出发,蹚过茫茫戈壁来到达勒特古城的呢?

不难想象,装置钧瓷碗的箱子以及驮运箱子的马匹、骆驼都比一般货物的马和骆驼要俊美结实,不然,不足以与这些雅致绝伦的钧瓷相匹配。

我们顺着这个思路,继续展开画面。

在这座废弃几个世纪的古城,这钧窑碗的主人是谁? 当然一定不会是普通的居民,与之对等的不是达官贵人,就是富贾巨商,不然还有谁呢?

据此,不难看出,这达勒特古城远非活跃在丝绸之路上的一座普通驿站,而是一座充满活力、繁华忙碌具有一定规模的城市。它以自己得天独厚的地理位置,张开怀抱,接纳了连接丝绸之路两端的各色人等,其中不乏富贵显赫之流。

钧瓷碗里装的美食是地地道道的当地食物,肥美的羊肉,奇香的山珍或是甘醇的马奶,总之不会是粗糠烂菜。端着钧瓷碗的人,不是气宇轩昂者,也该是端庄大气、玲珑可人者。那双手触摸碗壁时,凝重舒缓,沉稳自如,绝对不是慌慌张张的样子,那样与钧瓷碗的气场不搭。

是的,具有高贵气质的钧瓷碗是有气场的。气场中的人、物、空间都是浑然天成的,是相得益彰的。只有这样,才是匹配的。如果错位了,那感觉就跟身着西装、脚穿球鞋的效果一样,突兀而滑稽。对美追求极高的宋代,这样的场景几乎是不会出现的。

也许你会说,别忘记,这是当时的西域,不是中原。我也想告诉你,此时的西域已深受中原文化的影响,不然内城的形制怎会与中原如出一辙。况且发达的贸易,让丝路上的人接纳这种文化,这种美,不然钧瓷碗就不会出现在这座城里。

容纳并居住这样一批人的城,你可以想象非凡的城楼,热气腾腾的集市,繁忙的客栈,红火的酒肆,以及不绝于耳、身着胡服的艺人的歌舞声。

一个碗是一面镜子,是一部传奇,更是一个辉煌时代的暗语。

我们在这面镜子里看到人,形形色色,男男女女,老老少少。我们在这部传奇中听到了典籍中都不曾记录的奇闻轶事乃至令人无法忘却的故事,它随着时间的锤炼,变成了今天我们依然渴望了解的传奇。我们在这个暗语中,找到了通往那个令人感动荣光的时代,它不仅仅在钧瓷碗的釉面里,还在我们热气腾腾的生活里。我们不仅走入了那个时代,今天我们还延续了那个时代并昂首阔步大踏步地向前迈进。

一　批　币

金币一直被视为财富的象征。这种贵重的金币,在达勒特古城不止一次地被发现,让这座沉寂多年的古城,不时地被笼罩在金子般的光芒里。

20世纪60年代,当地民间开始传说破城子里有金条,有宝藏,村民在田间劳动中拾到两根金条。这个消息迅速传播,很快传遍附近乃至更远的村子。

或明或暗,独自乃至三五结伙潜入达勒特古城,希望福从天降,自己走运,与金灿灿的金子撞个满怀。人对财富的向往一直没有停止过,一旦有宝藏的城在眼皮底下,没有谁会放弃这样的淘金机会。哪怕这个概率极小,也会壮着胆子,不顾风险去试一试。多少个夜晚,那些影影绰绰的身影出现在星月下。

从60年代到80年代,这二十年间,多少人进古城去淘金,多少人失望而归,多少人收获狂喜。没有人能说清楚,也无法说清楚。对城里埋有金银币的事实,从没有人怀疑过。

1985年,有村民在古城内挖土,挖出10根金条,最大的一根长21厘米、重54.7克。这条消息比二十年前的那则消息更振奋人心。此时改革开放的春风吹遍大地,人们的思想观念发生变化,市场经济意识逐步占领人们的思想。金条的发现,让人对这个古城更是刮目相看。

惊喜如剧目一样不断在上演着。

1987年5月15日,极其普通的日子,太阳依旧欢喜地升起,照耀这片大地,树枝依旧随着清风自由摇曳,整个村子依旧平和安详。村民姜守禄早早起来,他盖房要打土块,就近取土的地方只有古城。那残破的城墙很厚,姜守禄和几个民工在古城里挖土。毫无征兆,竟然挖出一批金币,意外的惊喜让在场的人目瞪口呆,对财富的渴望驱使人们瞬间将金币哄抢一空,后经文物部门做工作收回30余枚金币。据在场村民反映,当时挖出的金币可能有四五百枚,上缴的只是极少一部分,且多为残片。后来,文物部门根据线索又收回几枚，其中就包括目前新疆博物馆馆藏中最大的一枚金币。

历史百转千回，逃不过一双发现的眼睛，惊喜不断呈现。

1990年3月，气温还不是很高，作为博乐负责文物工作的韩雪昆老师坐不住了，他是新疆大学第一届考古班毕业的人。韩雪昆老师一连多日在达勒特古城遗址搞调查。他对这座自己一手保护起来的古城充满感情，希望有新发现。在一番紧张熬人的探挖后，结果令人欣喜，他和队员们一次发现1649枚、3.95公斤铜钱。

后来，韩雪昆老师告诉我，在达勒特古城遗址还零星出土察合台汗国金币、银币、铜币以及宋代银锭等。

从金币、金条到银锭、银币，乃至铜币。这些不同朝代的货币，向今天的我们无声地诉说着昔日商路的繁忙与达勒特古城的繁华。

2013年3月3日，对达勒特古城来说是一个不寻常的日子，这一天该城被国务院公布为全国重点文物保护单位。进入全国保护目录，意味着有更多人关注，更多资金的扶持挖掘。

达勒特古城总给人神秘的色彩。为揭开这层神秘的面纱，2016年，国家拨付专项资金开始对该古城进行专业试探性挖掘。考古部门借此组织开展一次考古公开日活动，让普通百姓走进考古现场，与考古工作零距离接触。

考古是一项严谨细致、融合综合学科的工作，一层黄土被刨开，藏于其中的陶片、器皿等遗物被取出登记、清洗、编号、分类、归档，再进行下一步的研究工作。从另一个角度说，这是简单枯燥甚至乏味的工作。如果真正了解后，大概许多人都不会选择这份工作。但其中的魅力总会被一些人所钟情，当揭开一件物品乃至一个遗址的秘密时，这种兴奋、快乐与成就感其他人无法体会。

站在高高的城墙地基上，四周是腰板笔直的白杨树和绿意诱人的棉花地。夕阳泼洒出的酒红，有点醉人，我似乎闻到从城中某处酒肆中飘出的酒香，如烟如雾侵入我的肌肤里，点燃我。兴奋因子比火焰炙热，我脑际闪烁着疑问，这些问号如同锤子敲打着，我有点迷离，也有点混沌。

　　身旁的达勒特古城考古队队长党志豪不紧不慢地说："随着考古工作的不断深入，大量的地下建筑遗存会相继面世，再现达勒特古城的潜在价值，讲述丝绸之路丰富的历史文化内涵，将为保护和传承中华民族优秀的历史文化发挥积极的作用。"

　　位置决定角色，规模决定地位。从已经出土的众多文物中我们不难看出，达勒特古城是丝绸之路北线必经之道上的一座中西方文化交流和贸易的重要城市，也是一座兼容并蓄、具有丰富文化特色的城市。

　　珍珠熠熠生辉在于它的品质。我们有理由相信，当挖掘规模不断扩大，更多文物会呈现在我们的面前，曾经的那些疑问逐渐会有清晰的答案。我想，那时候，我们会高举美酒，为脚下这座城市的辉煌，为我们繁衍生息的这条丝绸之路，为我们继续书写的中华文明而干杯！